O que aconteceu com Emma

ELIZABETH FLOCK

O que aconteceu com Emma

Tradução
Jorge Ritter

1ª edição
Rio de Janeiro-RJ / Campinas-SP, 2014

Editora: Raïssa Castro
Coordenadora editorial: Ana Paula Gomes
Copidesque: Maria Lúcia A. Maier
Revisão: Cleide Salme
Capa: Adaptação da original (© Laura Klynstra)
Foto da capa: © Doreen Kilfeather/Trevillion Images
Projeto gráfico: André S. Tavares da Silva

Título original: *What Happened to My Sister*

ISBN: 978-85-7686-284-0

Copyright © Elizabeth Flock, 2012
Todos os direitos reservados.
Edição publicada mediante acordo com Ballantine Books, selo da Random House Publishing Group, divisão da Random House, Inc.

Tradução © Verus Editora, 2014
Direitos reservados em língua portuguesa, no Brasil, por Verus Editora. Nenhuma parte desta obra pode ser reproduzida ou transmitida por qualquer forma e/ou quaisquer meios (eletrônico ou mecânico, incluindo fotocópia e gravação) ou arquivada em qualquer sistema ou banco de dados sem permissão escrita da editora.

Verus Editora Ltda.
Rua Benedicto Aristides Ribeiro, 41, Jd. Santa Genebra II, Campinas/SP, 13084-753
Fone/Fax: (19) 3249-0001 | www.veruseditora.com.br

CIP-BRASIL. CATALOGAÇÃO NA FONTE
SINDICATO NACIONAL DOS EDITORES DE LIVROS, RJ

F645q
Flock, Elizabeth
 O que aconteceu com Emma / Elizabeth Flock ; tradução Jorge Ritter. - 1. ed. - Campinas, SP : Verus, 2014.
 23 cm.

 Tradução de: What Happened to My Sister
 ISBN 978-85-7686-284-0

 1. Ficção americana. I. Ritter, Jorge. II. Título.

14-15262
CDD: 813
CDU: 821.111(73)-3

Revisado conforme o novo acordo ortográfico

Impresso no Brasil pelo Sistema Cameron da Divisão Gráfica da
DISTRIBUIDORA RECORD DE SERVIÇOS DE IMPRENSA S.A.

Para Cathleen Carmody

*Como um raio vindo do nada,
chega o destino para guiar-lhe a jornada.*

— GRILO FALANTE
(Ned Washington, "When You Wish Upon a Star")

1

Carrie Parker

Se você estiver lendo isso, devo estar morta e talvez você esteja folheando este caderno à procura de pistas. Fico irritada quando procuro alguma coisa em toda parte e, depois de muito tempo, ela aparece bem debaixo do meu nariz, onde esteve o tempo inteiro. Então vou lhe contar desde o começo tudo o que sei com certeza. Pode não fazer sentido agora, mas quem sabe mais tarde faça.

A primeira coisa que sei com certeza é que o Richard nunca mais vai machucar a mamãe de novo. A segunda coisa é que eu tinha uma irmã chamada Emma. E tem mais: a gente *ia* se mudar para a casa da minha avó, mas agora não vamos mais. A mamãe diz que no rio da vida eu sou um tijolo no bolso dela, e não sei exatamente o que isso tem a ver com o fato de ela mudar de ideia, mas ela certamente não está dirigindo na direção da casa da vovó. Então, até eu colocar tudo no devido lugar, a coisa mais importante mesmo que você precisa saber para poder contar para todo mundo é que eu, Caroline Parker, não sou louca.

Eu não me importo com o que as pessoas dizem — não mesmo. Juro. Elas acham que não consigo ouvi-las dizendo coisas quando estou na cidade, como *shh, shh, shh — lá vai a menina Parker, Deus abençoe aquele coraçãozinho doido*, mas não sou surda, viu? Sou só uma criança. Não sou *diferente* ou *maluquinha*. E vou provar isso de uma vez por todas. Você vai ver. Elas vão fazer fila para dizer *me desculpa* e pedir um abraço ou algo embaraçoso assim, mas a melhor parte vai ser quando todo mundo finalmente admitir que estava errado a meu respeito. Vou fazer tudo direitinho de agora em diante. Vou ser como as outras crianças. Vou ser a melhor filha de todo o universo — tão boa que a mamãe não vai acreditar. Você vai ver só.

2

Carrie

Agora mesmo, a mamãe e eu estamos andando na nossa velha perua com tudo o que temos na vida enfiado em sacos plásticos no bagageiro. A mamãe tem uma malinha velha, quadrada e pequena, que ela chama de *mala de viagem*, trancada à chave ao lado dela, no banco da frente. Eu nunca a tinha visto antes. Sério, nem sabia que ela existia até nos mandarmos da cidade. Ela deve ter achado que eu a abriria se a tivesse achado lá em casa, e, verdade seja dita, provavelmente eu faria isso mesmo, porque adoro coisinhas pequenas de qualquer tipo. A coisa que eu mais gosto na vida são bichinhos pequenininhos. Não temos nenhum bicho de estimação, mas espero que isso mude com a nossa nova vida, porque tenho muita vontade de ter um cachorro e acho que, se eu me comportar de verdade e nunca disser o nome *Emma* e fizer tudo o que a mamãe quiser, ela vai ceder e vamos pegar uma cadelinha. Prometi para a mamãe que ela não precisaria fazer nadica de nada porque eu cuidaria dela, mas, todas as vezes que falo no assunto, ela diz que eu provavelmente a mataria com todo o resto. Mas juro que eu não faria isso. Eu cuidaria direitinho dela. E a chamaria de Pip. Apelido de Pipoca.

Guardado com coisas chatas como roupas, tenho este caderno onde gosto de desenhar e escrever. A coisa que mais gosto de fazer são listas. Posso fazer uma lista de qualquer coisa mesmo. Você diz um assunto e eu faço uma lista sobre ele. *Extraordinário*. É isso o que o sr. Wilson, nosso velho vizinho, diz sobre a minha capacidade de fazer listas. *Extraordinário*, ele disse quando lhe mostrei que estava fazendo uma lista de armas, balas e coldres. Mas isso foi antes de eu usar a arma dele para atirar no Richard, e agora não me deixam mais mencionar o sr. Wilson ou armas.

Minhas coisas

1. Dois pares de sapatos, se você contar os chinelos, que eu conto.
2. Um vestido de bolinhas que eu odeio, porque é de bolinhas, puxa vida, e é um vestido, e ninguém usa vestido para ir à escola se puder escolher. Não consigo me lembrar de quando o usei fora da igreja, na época que a gente ia à igreja.
3. Uma camisa de botões que a mamãe chama de blusa e que eu quase nunca usei, porque é chique e eu nunca fiz nada que chegasse perto de chique, porque somos miseráveis.
4. Um livro de palavras com o título Vocabulário Básico.
5. Dois shorts e uma calça jeans que não cabe mais em mim.
6. Cinco camisetas velhas do caminhão de caridade que costumava vir umas duas vezes por ano para vender coisas no estacionamento dos fundos da Zebulon's.

Acabei de fazer nove anos. Estou a um ano dos dígitos duplos. Mais um ano até eu virar *mocinha* — é assim que a professora na minha antiga cidade, Toast, onde a gente vivia antes de se mudar para

Hendersonville com Richard, costumava chamar as garotas mais velhas na escola. As pequenas — os dígitos únicos —, ela chamava apenas de *crianças*. Pena que não tenho dez anos em Toast só para ouvir a srta. Ueland me chamar de *mocinha*.

Meu aniversário deve ter passado em branco pela cabeça da mamãe, porque a primeira coisa que ela me disse dois dias atrás foi:

— Bote uma roupa, preciso que você vá correndo até o correio pegar um formulário de mudança de endereço.

Esperei um segundo para ver se ela lembrava que dia era, mas, quando ela me disse para *parar de enrolar e mexer meu traseiro preguiçoso*, eu soube que seria só mais um dia como outro qualquer. Caminhei até a cidade e, quando tive certeza que nenhum carro estava vindo de qualquer direção, cantei "Parabéns a você" para mim mesma bem baixinho. Segui em frente e cantei a versão "É pique, é pique, é hora, é hora" também.

Mas nossos planos mudaram ontem, depois que a mamãe foi usar o orelhão da cidade. Quando ela saiu de casa, o plano era ficar com a mãe da minha mãe, a vovó, mas, quando a mamãe chegou em casa, de uma hora para outra não íamos mais. Simples assim. Ela disse que *não iria aonde não era bem-vinda*. Apesar de eu não ter falado nada, sei exatamente o que ela quis dizer. É assim que conheço melhor o lado de fora da nossa casa do que o lado de dentro. Eu poderia achar de olhos fechados o buraquinho atrás dos liquens e das trepadeiras que crescem sobre o velho toco musgoso de uma árvore lá atrás no vale. Sei em quais pedras você pode pisar se quiser atravessar o riacho e quais só *parecem* que vão continuar firmes. Eu poderia desenhar de memória o tronco de uma árvore caída de atravessado no caminho entre a casa do sr. Wilson e a nossa. Para mim, sempre pareceu que o mato estava tomando aquela árvore de volta para o lugar de onde ela veio, com o musgo cobrindo-a quase inteiramente e as trepadeiras parecendo que iam sufocá-la até ela se partir em pedaços. Além de uma abertura grande onde um gnomo viveria, se gnomos fossem reais e vivessem em matas de pinheiros. Mas eu gostava mais de ficar na rua, de qualquer jeito. Fingia que criaturinhas da floresta estavam nos observando, cuidando de mim e da Emma. Ops. Quer dizer, cuidando de *mim*. Eu achava que eles gostavam que eu estivesse ali porque sabiam que eu jamais deixaria alguma coisa os machucar, não mesmo, não deixaria, de verdade. Sempre que eu voltava para casa, quando a porta de tela batia e a mamãe desviava o olhar daquilo que estava fazendo e via que era eu, o ar a deixava como uma bexiga de aniversário velha. Então ela dizia *ah, é você* e voltava para suas tarefas. Não sei quem mais ela achava que poderia passar pela nossa porta.

— Problema — Emma dizia. — A mamãe se assusta toda vez que a porta se abre porque está acostumada a ver o Problema entrar.

E eu dizia a ela:

— Mas nós entramos toda hora e não somos nenhum Problema.

— Você e eu somos pequenas — Emma dizia, desgrudando o olhar da brincadeira com a velha Barbie suja que havia perdido o cabelo antes de a encontrarmos. — Nós somos pequenas, mas para a mamãe somos Problema.

Essa é a Emma — sempre sabendo mais do que eu sobre praticamente tudo que importa. Se ela estivesse aqui, aposto que provavelmente saberia até para onde a mamãe e eu estamos nos mudando. Tudo que sei com certeza é que vamos para um lugar onde seremos bem-vindas.

Ora, com a gente se preparando para deixar a cidade para sempre, simplesmente não tinha tempo para um auê de aniversário, de qualquer maneira. Não me importo. Realmente não me importo. Mas a *Emma* teria lembrado. Eu sei, eu sei — como a mamãe disse, ela não é real. Ela foi inventada, eu devo dizer. Mas *se* ela fosse real — *se* eu realmente tivesse uma irmã chamada Emma —, aposto que ela teria feito um colar de margaridas muito lindo para mim, com spray fixador de cabelo para que ele durasse para sempre. Spray fixador de cabelo faz as coisas durarem até o infinito, só para você ficar sabendo. Não estou brincando.

Nós estamos *começando do zero*. É isso que a mamãe diz. Para se aprontar para a nossa viagem, ela até limpou as migalhas, as latas de refrigerante vazias e as latas de fumo de mascar deixadas pelo Richard, para que o interior do carro ficasse *tinindo*. Quando está de bom humor, a mamãe diz palavras assim. *Tinindo*. Ou *puxa*. *Caramba*. E, quando algo a surpreende, ela diz *minha nossa*. Eu a ajudei a carregar o carro velho e, quando abri o cinzeiro no painel e perguntei o que eu devia fazer com as bitucas de cigarro socadas umas sobre as outras, ela disse:

— Minha nossa, com certeza é um cinzeiro que está precisando ser limpo.

Uma vez cheguei a ouvi-la dizer *cacilda*. Isso foi quando apareceu uma longa fila de formigas vindas marchando para dentro da nossa cozinha. A maior parte do tempo a mamãe tem estado de bom humor enquanto se prepara para *começar do zero*. Aposto que também por estar se sentindo muito melhor. Hoje a marca no pescoço dela está mais ou menos da largura da corda com a qual o sr. Wilson amarra o cachorro dele, o Brownie, na árvore. Semana passada estava do tamanho de uma mão, a forma exata da mão do Richard. Na nuca, onde os dedos dele agarraram pra valer, está vermelho misturado com preto, mas o azul está virando o mesmo amarelo em torno da marca na bochecha esquerda. É uma boa notícia quando um hematoma fica amarelo. Significa que a pele está tentando voltar ao normal de novo.

A mamãe odeia quando eu a observo de perto. Ela diz que eu venho fazendo isso a vida inteira, mas eu sou boa em fingir que não faço mais, porque uma vez a ouvi dizer para o Richard que eu a estudo como se estivesse me preparando para uma prova. Ela disse:

— Sinto arrepios quando a Carrie me olha daquele jeito.

Desde esse dia procuro pensar em outras coisas quando estou em volta dela, para não lhe provocar *arrepios*. É aí que aproveito o meu livro de vocabulário. Descobri que a melhor maneira de memorizar uma palavra nova é fechar bem os olhos e visualizá-la sendo escrita numa lousa. Tem funcionado muito bem, até porque normalmente termino folheando o livro (para fazer parecer de verdade) e caindo em palavras que eu quero muito aprender. *Peculiar*. *Pletora*. Mas minha cabeça se perde facilmente, então não demora muito e me pergunto se a mamãe sorria bastante quando era menina. *Penúltimo*. Eu me pergunto se ela sabia dançar. Se gostava de doce. *Palaciano*. Ela amava o meu pai de verdade quando eles se casaram? *Pudico*. Será que ele a carregou pela porta da frente depois do casamento? Eles ficaram felizes quando descobriram que eu ia nascer? *Plebeu*. Ela sabe quem matou o meu pai? Por que ela teve de se casar com o Richard? Eu a observo de perto caso qualquer coisa se revele e, se isso acontecer, vou escrever aqui para não esquecer. Nunca se sabe: ela pode fazer ou dizer algo que vai ser uma pista sobre a vida dela. Eu fiquei boa em observar minha mãe de canto de olho, de maneira que pareça que estou olhando para frente, mas na realidade não estou. Como agora mesmo, por exemplo. Agora é fácil, porque a mamãe precisa ficar com os olhos fixos na estrada para *começar do zero*.

Mas, para começar do zero, precisamos passar primeiro por Hendersonville, para chegar até a rodovia.

Pessoas que vejo no caminho ao sairmos da cidade para sempre

1. O sr. Zebulon está parado com os braços cruzados na frente da loja de ferragens. Olhei direto para ele, que desviou o olhar.
2. A srta. Lettie, que corta o cabelo das senhoras na cozinha da casa dela, está entrando no carro quando nos vê e congela, ainda com a chave na mão, como no jogo da Estátua.
3. O sr. Willie Harding, da madeireira, observa nosso carro com atenção, então cospe fumo mascado no chão, acho que para mostrar que consegue fazer uma bola de cuspe grande.

Ninguém acena se despedindo. Acho que faz sentido. Todo mundo parou de sorrir para mim depois que fui lá e matei o Richard, e não posso culpar as pessoas, não mesmo — quem sorri para uma assassina? É assim que me chamam pelas costas. *Assassina*. Eles sussurram a palavra, mas ela ainda alcança meus ouvidos e parte de mim acha que eles sabem disso. *Assassina psicopata*. Agora, quando passamos pela última vez na rua principal, eles ficam parados nos olhando, observando nosso carro seguir, como se a gente estivesse em um filme em câmera lenta.

Eu devia ter penteado o cabelo. A mamãe o chama de *ninho de rato*. Fecho os olhos e fantasio que tenho um cabelo bonito, longo e sedoso, e estamos em um desfile como aqueles do Dia da Independência. Estou usando um vestido com laço e brilhos, sentada em uma cadeira alta bem presa na parte de trás de uma picape vermelha reluzente. Tem montes de pessoas de toda parte acenando bandeirinhas, esperando para me ver de relance, e, quando nossa picape aparece, todos comemoram e aplaudem, pois acabei de vencer um concurso que me torna a Rainha da Carolina do Norte concorrendo como Miss Hendersonville.

Então, mesmo quando abro os olhos e vejo que não estou em um desfile, que meu cabelo é um ninho de rato e ninguém está comemorando ou aplaudindo de verdade, sorrio e aceno do mesmo jeito. As pessoas se lembrarão de mim, sim: para elas eu sempre serei a garota que atirou no padrasto e abriu um belo sorriso depois.

A mamãe diz que não tem nada em Hendersonville a não ser *olhares frios* e *línguas soltas*. Estou escrevendo como são as coisas por lá, caso eu leia isso quando estiver em um asilo e não consiga me lembrar de nada sobre nada. Talvez meus netos me perguntem sobre isso, e não quero ser o tipo de avó que não consegue responder nem a perguntas fáceis do tipo *Como era em Hendersonville?* Então estou fazendo um registro de tudo.

Em Hendersonville, as pessoas não buzinam para você, a não ser para cumprimentar. Um breve toque na buzina e seu nome gritado, como se você tivesse andado perdido no mundo, mesmo que tenha visto a pessoa cinco minutos antes. Se um cachorro foge em Hendersonville, todo mundo sabe de quem ele é e para quem devolver. Quando alguém está doente, as senhoras levam comida até que a pessoa esteja de pé de novo. Todo mundo fala sobre tudo até não ter mais o que dizer. O problema é que, na maioria das vezes, não tem muito sobre o que conversar, então, quando os soluços da sra. Ferson não pararam por três semanas, foi uma grande novidade.

A cidade inteira tinha um palpite sobre como se livrar deles. Ela bebeu água ao contrário; pulou dez vezes sobre o pé direito, dez vezes sobre o esquerdo, depois bebeu uísque bem rápido; chegou a tentar uma parada de mão (o sr. Ferson disse que aquilo tinha *passado dos limites*, o que foi uma pena, porque tínhamos feito apostas sobre se uma parada de mão funcionaria e, além disso, quem não queria ver a sra. Ferson parada de cabeça para baixo?). Nada disso funcionou até que, do nada, o Levon, o afiador de facas, bateu na porta dela um dia e disse para ela beber água tônica segurando o copo na mão esquerda enquanto o braço direito ficava para cima, como se ela estivesse acenando para alguém bem longe dali. Dito e feito, os soluços da sra. Ferson pararam naquele instante. Anotei tudo, caso um dia eu tenha soluços que durem três semanas.

Remédio para soluço do Levon

1. Consiga água tônica
2. Sirva em um copo
3. Segure na mão esquerda
4. Levante o braço direito no ar
5. Beba

De qualquer maneira, todo mundo na cidade também sabia sobre o dedo mindinho direito que o sr. Zebulon perdeu e como o toco coçava quando ia chover. E todo mundo — não estou brincando —, *todo mundo* sabia sobre Richard, meu padrasto. O engraçado é que o Richard era uma daquelas pessoas que todo mundo gostaria de *não* ter conhecido. Então, quando ele foi morto mês passado, a cidade inteira quase explodiu como fogos de artifício em um celeiro. E quando se espalhou a notícia de que o xerife tinha convocado a mamãe e eu para *esclarecimentos*, foi quase como se os pássaros estivessem levando histórias sobre nós de casa em casa, do mesmo jeito que eles fizeram na *Branca de Neve* quando levaram as roupas dela voando no bico. O mexerico não parava nunca. Mexerico mexerico mexerico mexerico. As marcas de surra da mamãe eram bem vivas, como se alguém tivesse usado marcadores pretos e azuis para pintar o rosto dela e desenhar um círculo em torno do pescoço.

 Depois que eu matei o Richard com um tiro, a mamãe me fez parar de ir à cidade para buscar mantimentos. Ela disse que tínhamos o suficiente no armário e na geladeira. As pessoas passavam de carro bem devagar pelo acesso que levava do asfalto até a nossa varanda. Como minha mãe não estava dirigindo para lugar nenhum, a grama começou a crescer nas duas faixas de terra que os pneus costumavam fazer. Uma noite, dois garotos do condado próximo queimaram uma cruz no chão de terra na frente da nossa casa, porque alguém tinha contado para eles que um homem branco tinha sido morto por uma mulher negra. A mamãe chamou aquilo de *a gota-d'água*. Ela disse que não aguentava mais, que tínhamos de ir embora. *Espero que você esteja feliz*, ela me disse mais de uma vez depois desse incidente, mas não sei por que eu deveria estar feliz, então só respondo *sim, senhora*, baixinho, caso seja a resposta que ela espera. Nós enchemos os sacos com as coisas que a gente ia manter, mas era tão chato, e a mamãe ficava implicando o tempo inteiro, dizendo coisas como *jogue fora* e *nem pense em esconder isso na pilha das coisas que vamos levar*, então de vez em quando eu saía sem ser vista pela porta dos fundos até o riacho lá no fim do vale. O riacho é o que tornou Emma real para mim. Eu tenho sido muito boa até agora em não dizer o nome dela muitas vezes. Mas não consigo deixar de pronunciar o nome quando estou falando do nosso riacho. Os dois andam juntos na minha mente, como arroz e feijão. A Emma adorava o riacho mais que qualquer coisa, e acho que ele a amava de volta.

É onde eu sempre podia encontrá-la quando ela desaparecia. Emma se ajeitava na pedra grande e lisa bem no canto e cutucava as coisas debaixo da água com uma vara, os lábios se movendo como se ela estivesse contando segredos para a água. Se você colocasse uma arma na minha cabeça agora, hoje mesmo, eu ainda juraria que ela é real. Eu apanharia feio se a mamãe soubesse que eu acho isso, mas que se dane, este é o meu caderno e preciso escrever a verdade. E essa é a verdade. A mamãe diz que a Emma foi apenas uma irmã imaginária que eu fantasiei depois que o meu pai de verdade morreu, mas a Emma era real, posso jurar que era. A coisa ficou confusa por causa do sr. White na farmácia lá em Toast me perguntando *como vai a Emma?* E a srta. Mary trabalhando na caixa registradora e sempre convidando a Emma para *aparecer para uma visita*, apesar da mamãe dizer que estava cansada de brincar sobre a Emma comigo, porque *Emma não é um assunto muito divertido*. De qualquer modo, tomo cuidado para não falar o nome dela na frente da mamãe desde que o Richard morreu, e, mesmo no meu mundo de fantasia, a Emma na maior parte das vezes fica do lado de fora, o mais longe possível da vista da mamãe, para que elas não se confundam na minha cabeça. Como quando colocamos todas as nossas coisas para vender no jardim, em um dos últimos dias antes da nossa partida.

 Eu queria colocar anúncios sobre a venda na cidade, mas a mamãe disse que as pessoas ficariam sabendo sem que a gente tivesse de dizer uma palavra. Ela disse que o cheiro da gente se preparando para ir embora chegaria até elas como o pão quente diz para os garotos quando voltar para a janta. Dito e feito, assim que colocamos o último prato lascado que a vovó deu para a mamãe e para o meu pai *de verdade* quando eles casaram, todo mundo apareceu no acesso de terra como se estivesse nos observando o tempo inteiro, o que provavelmente eles estavam mesmo fazendo. Ouvi alguém dizer que iam derrubar a nossa casa depois que a gente fosse embora, porque ninguém ia querer morar num lugar onde um homem foi assassinado, mesmo que ele tivesse merecido. Vimos as pessoas repassando nossas coisas e de alguma maneira a gente sabia que ninguém ia querer comprar absolutamente nada... As pessoas só queriam nos olhar como se a gente fosse umas macacas de zoológico. Elas remexeram em tudo. Um homem gigante, comprido feito uma vagem, que eu nunca tinha visto antes, segurou uma jarra de vidro e perguntou para a mamãe quanto ela queria por ela. A mamãe disse *a melhor oferta que você fizer* e desviou o olhar. Quando ela secou o olho enquanto procurava o troco na bolsa de moedas, eu não soube dizer na hora se tinha algum cisco ou se ela estava chorando. Eu nunca vi a mamãe chorar na vida — mesmo quando o ombro dela saiu do lugar da vez que o Richard chegou em casa e o jantar não estava pronto e ele a arrastou até o fogão para garantir que ela cozinhasse. Depois daquele dia, a mamãe sempre deixava o jantar pronto e esperando.

— Olha como ele está segurando a jarra, mamãe — sussurrei.

Eu queria que ele ficasse em apuros, como eu e a Emma com certeza ficaríamos se a gente pegasse a jarra daquele jeito. Eu queria que a mamãe a arrancasse das mãos dele. Eu queria que *ele* se desse mal mesmo, como *nós* certamente nos daríamos. Mas ela olhou para o outro lado.

Ficamos olhando o Vagem Gigante levar embora a jarra, balançando-a na ponta dos dedos. A mamãe tinha trazido a jarra da cozinha, abraçando-a contra o peito, e por um instante achei que ela ia mudar de ideia sobre a venda, quando não a colocou direto na mesa. Ela a segurou carinhosamente junto ao peito, como se fosse um cachorro machucado ou algo assim. Fingi que não a tinha visto fazer aquilo, porque algo me dizia que ela não ia querer que ninguém visse. Ela nunca disse isso, mas eu sei que o sr. White deu aquela jarra para ela e para o papai de presente de casamento. Os três estudaram juntos quando eram crianças em Toast. A mamãe guardava aquela jarra bem no alto, numa prateleira onde ninguém conseguia pegar. Nós nunca a usamos, *nunca mesmo*. Ela brilhava, de tão limpa e bonita. Parecia que tinha acabado de chegar da loja. A jarra durou mais do que os dois casamentos da mamãe.

A mamãe nunca ia para a cidade, porque o Richard costumava dizer que *lugar de mulher é em casa*, então ela não conhecia metade das pessoas mexendo nas nossas coisas. Mas eu conhecia um monte delas. Quando não estava perfurando a mamãe com o olhar, a sra. Dilley examinava os velhos discos do Johnny Mathis do papai. Acho que a mamãe notou também, pois disse bem baixinho *por que não tira logo uma foto?*, a caminho dos degraus da varanda, no único vestido que tinha. Quando perguntei por que ela estava com seu melhor vestido de domingo, ela disse *podemos ser a fofoca da cidade, mas temos nossa dignidade*. Ela é a mulher mais bonita que já vi na vida, mesmo com o olho preto, a boca machucada e uma marca enorme no braço, como a garra de um urso. Se você a visse toda arrumada, como ela costumava fazer para o papai, juraria que a tinha visto no cinema. Sua pele é lisa, sem uma única sarda. A boca parece uma propaganda de TV de batom. Mas são os olhos que fazem as pessoas pararem e olharem. Eles são grandes e azuis (mega-azuis quando ela está brava ou chorou), e na escola, quando estudamos sobre o Egito, foi como se tivessem pegado e tirado uma foto dela, mesmo que dissessem que aquela era a Cleópatra. Lá em Toast, o sr. White costumava dizer que ela era *a beldade do baile* do secundário, e eu não queria magoá-lo dizendo que uma palavra que não dava para entender não servia para chamar ninguém de bonito, então só sorria e dizia *sim, senhor*. O sr. White disse *não esqueça de tomar conta da sua mãe, está me ouvindo?*, quando contei para ele que o Richard tinha decidido que a gente ia mudar para Hendersonville. *Vocês vão ficar bem lá*, ele disse aquele dia, *mas a sua mãe precisa de alguém que cuide dela, então não esqueça de fazer isso, entendeu?* Eu disse sim, mas não entendi realmente. A mamãe tinha um marido cuidando dela, não é? Foi o que pensei na época. Não levei muito tempo para descobrir o que o sr. White queria dizer, mas então já era quase tarde demais.

As pessoas se amontoaram sobre as nossas coisas à venda como se tivessem encontrado um baú do tesouro cheio de peças de ouro. Um homem com um bigode enrolado nas pontas, como um bandido de desenho animado estava insistindo para a mamãe vender para ele as cadeiras de cozinha com assento plástico por *um bom preço*. Ela recusou a oferta e se afastou, mas então ele tilintou as moedas no bolso e chamou a mamãe dizendo que ela era *dura de negócio*, como se fosse um elogio, mas ela não deu a impressão de achar isso. Depois que ele carregou a terceira cadeira na parte de trás da picape e foi embora, a mamãe o chamou de *sovina filho da puta*. O problema é que ele estava arrumado de um jeito que eu nunca tinha visto pessoalmente — usava sapatos pretos que brilhavam de tão engraxados e sem uma manchinha de terra, e a calça tão bem passada que tinha um risco bem no meio — e lá estava ele enchendo a mamãe para baixar o preço de três dólares a cadeira para dois. Sua picape parecia novinha — não tinha barro nem nos pneus. A mamãe disse que ele provavelmente não a usava para trabalhar. Era apenas para *se exibir*. Se *eu* tivesse um carro para me exibir, com certeza não seria uma picape.

  E então algo muito esquisito aconteceu. Começou quando o sr. Wilson chegou e pagou dez dólares pela mesa de três pernas que tivemos de firmar com o galho de uma árvore. A mamãe olhou feio para ele e a ouvi dizer algo sobre *caridade*, mas o sr. Wilson comprou a mesa por dez dólares de qualquer jeito, dizendo que voltaria mais tarde para pegar. A mamãe o observou ir embora e então olhou para mim como se eu tivesse algo a ver com aquilo, mas, antes que ela pudesse dizer por que o sr. Wilson a tinha deixado de cara fechada por comprar a mesa da cozinha, o sr. Zebulon, sem o dedo mindinho, passou para ela uma nota de cinco dólares por um livro de receitas usado que trazia a caligrafia cheia de voltas da mamãe por toda parte, como "uma colher a mais de manteiga" e "colocar o forno em 200°, não 180°". O sr. Zebulon foi embora sem pegar nada do troco que a mamãe tentou devolver para ele. Cinco dólares por um livro! Mas isso deixou a mamãe com mais raiva ainda. Eu podia dizer pela maneira que ela enfiou os cinco dólares no bolso — ela amassou a nota como se fosse jogar na lata do lixo, então a empurrou com tudo para dentro enquanto balançava a cabeça. Ela estalou a língua no céu da boca para fazer o som de *tsk* que ela faz quando não gosta das coisas como estão. Então os homens que tocavam violão na Zebulon's toda terça-feira começaram a aparecer subindo o morro, percorrendo a pé as faixas de terra que os pneus dos carros de todo mundo tinham aberto de novo no acesso.

Era como no livro de fotos da Guerra Civil que o papai deixava ao lado da cama dele — eles pareciam aqueles soldados do exército marchando de volta para casa com as roupas rasgadas e ensanguentadas depois da guerra. O sr. Harvey cumprimentou a mamãe com um toque no chapéu e largou duas notas de um dólar por uma caneta Bic que estava na mesa por engano. Logo atrás dele estava o sr. Jim, que é de cor e que nunca abria a boca para cantar ou falar, mas que tocava violão tão bem na Zebulon's que os outros homens paravam e o deixavam assumir grandes trechos das canções, as mãos voando para cima e para baixo nas cordas como se elas não conseguissem se decidir onde queriam estar. Ele era o melhor músico de todos eles — eu podia dizer pela maneira que todo mundo o olhava tocar. Uma vez vi o Richard na cidade em um dia que achei que ele estaria trabalhando no moinho — eu não sabia ainda que ele tinha ido e sido despedido. Ele não me viu porque estava do outro lado da rua, indo no Fish-N-Fowl, onde você podia encontrar iscas para peixe ou uma carteira ou um pé de alface — tudo era vendido no Fish-N-Fowl do Olson. O cartaz na frente dizia SE NÃO TIVER AQUI, NÃO TEM POR AÍ. Eu não queria que ele me visse, então me encolhi bem entre os carros estacionados e esperei ele sair e se mandar. Foi quando vi, claro como o dia: o Richard abriu a porta com um empurrão, como se fosse um maldito caubói do cinema, pronto para um tiroteio. Ele estava tão bravo que não prestou atenção e deu de cara com o sr. Jim. Eu prendi a respiração, sabendo que nada de bom viria daquilo, e, dito e feito, o Richard olhou para frente, inclinou a cabeça para trás como uma cascavel antes de morder, e eu quis muito gritar para o sr. Jim fugir, mas era tarde demais. O Richard cuspiu bem na cara dele e disse *sai da p... do meu caminho, seu macaco de m..., você sabe que é melhor para você* tão alto que eu pude ouvir de onde estava, escondida ao lado da caminhonete da sra. Cleary. O Richard usou aquele xingamento lá, onde todo mundo podia ouvir! Normalmente ele só usava quando gritava com a mamãe e comigo. O sr. Jim deu um passo para o lado para o Richard passar, e só quando eu estava a meio caminho de casa me ocorreu que o sr. Jim não se apressou em limpar o cuspe do rosto, como eu faria. Mas acho que o sr. Jim conhecia o Richard muito bem àquela altura e esperava mais ou menos aquilo mesmo da parte dele. O sr. Jim deve ter ganhado um monte de dinheiro tocando o seu violão, porque lá estava ele colocando uma nota de dez dólares em cima das notas do sr. Harvey. Aposto que o sr. Jim é o mais feliz de todos com a morte do Richard.

A mamãe não ia dizer quanto ganhamos com a venda, mas, quando ela não estivesse olhando, pensei, eu podia contar o dinheiro. Eu sabia que ela o escondia em um par de meias enroladas bem apertadas com um elástico que eu costumava jogar em cima dos grilos. Se eu tivesse anotado o número, teria lembrado, mas não anotei, então tudo que posso dizer é que tem tanto dinheiro que só consegui passar o elástico duas vezes em torno dele, não três vezes como eu queria. Enquanto estava contando, coloquei as notas em ordem, todas com os presidentes virados para cima. Notas de um, depois de cinco, de dez, daí a única de vinte dólares que recebemos. A mamãe ia me chamar de maluca por fazer isso. Ela ia dizer que minha mania de arrumar as coisas é outro sinal de que sou uma *doida varrida* e que vou acabar *falando sozinha e lustrando o chão da cozinha com uma escova de dente a qualquer hora do dia*. Eu digo *não vou não*, mas, se eu fizesse isso, qual o problema? Você não gostaria de ter o chão brilhando? Não que eu fosse dar brilho com uma escova de dente, é claro, mas, se eu fizesse isso, não seria uma coisa *boa*?

Hoje de manhã, antes de deixar a casa para sempre, a mamãe disse:

— Se tem alguma coisa que você precisa fazer antes de irmos, melhor fazer agora mesmo.

Ela entrou em casa para conferir uma última vez se tínhamos tudo que valia a pena levar, mas não entrei. No jardim da frente, ao lado do pneu velho onde a mamãe plantou margaridas, tem uma pedra que eu costumava esconder mensagens embaixo quando brincava de mentira com a Emma. Ela não é igual às outras pedras por aqui — elas são todas de um marrom sujo, empoeiradas e ásperas. Na minha cabeça, a Emma as chamava de *comuns*. Minha pedra favorita é lisa e, quando eu limpo com um pano, fica quase branca como a neve e com filetes cinza finos cortando em todas as direções. Ela é mais ou menos do tamanho da bola com que a gente jogava Queimada nas férias. Não faço a menor ideia de como ela veio parar aqui, mas é claro que não é daqui, não mesmo. A gente tinha um esquema, eu e a Emma. Se eu estava na rua e a Emma dentro de casa, ela colocava um bilhete dizendo "Bom" se o caminho estava livre para entrar. "Ruim" queria dizer "fique longe o maior tempo possível". Normalmente isso significava até que a cerveja colocasse o Richard para dormir sentado na cadeira, ou tipo quando ele me dava uma surra de cinto. Ele sempre batia com a ponta da fivela, pois era sua meta na vida me fazer chorar, e eu nunca chorava, mesmo que estivesse doendo muito. Você nunca viu meninas tão cabeças-duras quanto eu e a Emma.

Lá de fora, junto à pedra, eu podia ouvir os passos da mamãe no piso de madeira voltando da conferência do andar de cima, então eu sabia que meus dias hendersonvillianos estavam contados. Pela última vez levantei a pedra da mensagem, e fazia um tempo desde que a gente a tinha usado, então levei um pequeno susto quando um milhão de insetos se mandou para outras pedras, olhando para mim arrancando o telhado da casa deles. Se eu falasse língua de inseto, diria que não queria lhes fazer mal nenhum. Após terem corrido para se proteger, sacudi a sujeira do papel de caderno dobrado e encontrei "Ruim". Então o enfiei no bolso, para que não sei, e coloquei a pedra de volta exatamente onde estava, mas os insetos não sabiam que podiam voltar para casa, e talvez os filhotinhos de insetos se percam das suas mães e fiquem andando por aí para sempre, chorando lágrimas de insetinhos com saudades da sua velha pedra e de como ela costumava ser, e então vão morrer sozinhos sem família ou vão ser esmagados por não terem um telhado de pedra sobre a cabeça. Eu gostaria de os encontrar e os mandar de volta. Eu queria chorar, de tão mal que estava me sentindo. A porta de tela bateu atrás da mamãe, que gritou para eu me *apressar*. Ela chacoalhou as chaves do carro e baixou os óculos escuros do topo da cabeça.

Então um milagre de proporções *gigantescas* aconteceu. Vou chamar de *Milagre Número Um*.

Nós estamos entrando no carro quando a mamãe olha para mim com os olhos estreitados por cima do capô do carro com a tinta descascando e diz:

— Por que você vai atrás?

— Eu sempre vou atrás — respondo.

Às vezes, do nada, ela gosta de me testar, ver se estou seguindo as regras, e eu não queria fracassar como sempre faço. Porque eu não sou inteligente. Está tudo bem — todo mundo sabe que sou burra. Uma vez ouvi a mamãe dizer para a vovó que eu não era *a menina mais esperta do mundo*. Então achei que a mamãe estava me testando para ver se eu ia seguir a regra de sempre sentar no banco de trás.

— É melhor você vir aqui na frente comigo — ela diz.

A mamãe fala como se não fosse a primeira vez na vida que eu andasse na frente. Ela fala como se não fosse o meu sonho se tornando realidade. A vida inteira eu quis andar na frente. Assim que logo volto a mim, digo:

— *Sério?*

— Vamos de uma vez — ela diz. — Não precisa fazer disso um acontecimento.

Eu corro, caso ela decida mudar de ideia enquanto está acendendo o cigarro.

Então, um instante antes dos pneus arrancarem sobre os cascalhos na direção da estrada asfaltada, a mamãe vira o rosto para me encarar. Ela solta a fumaça pelo canto da boca como Pof, o Dragão

Mágico, aponta o cigarro no V dos dedos para mim e diz *as regras do jogo*:

— De agora em diante, assim que a gente sair dessa cidade maldita e esquecida, eu não quero nem uma palavra sobre nada. As regras do jogo são essas. Você está entendendo? Não quero levar nada dessa merda que passou. Está me ouvindo? Olhe para mim. Estou falando muito sério. Você entendeu? Vamos deixar tudo para trás. Está me ouvindo?

— Sim, senhora.

— Aliás, faz um tempo que você não fala aquilo — ela diz, imaginando corretamente que eu saberia sobre o que ela estava falando.

— A Emma foi inventada — digo. Eu conheço as palavras de cor.

— Continue...

— Eu fingia que tinha uma irmã, mas na verdade eu não tinha. Eu inventei tudo. A Emma foi inventada.

Como eu disse, conheço as palavras de cor.

— Não estou ouvindo muito sentimento nessas palavras. Você parece um robô falando — ela diz.

— Não, mamãe, eu sei que inventei a Emma — eu digo, não querendo estragar o humor dela, como pode acontecer se você não tomar muito cuidado.

— Promete?

— Sim, senhora. Prometo — eu digo.

Seus olhos se estreitam como fazem quando ela está tentando ter certeza de que eu não estou *bancando a esperta com ela*, então eu sabia que *sim, senhora* era definitivamente a resposta que ela precisava ouvir. Mas ainda não tenho cem por cento de certeza se *nem uma palavra sobre nada* também vale para o assassinato. Se fosse sobre isso que ela estava falando, ela teria dito *aquilo* em vez de *nem uma palavra sobre nada*, certo? Estou tentando formular uma lista do que ela não gostaria de levar com a gente, mas, fora o Richard (que está morto de qualquer maneira, então não poderia vir, mesmo que ela quisesse) e a Emma, não tenho nada para anotar. Então não é realmente uma lista, é mais tipo dois nomes tomando espaço no meu caderno.

Mamãe volta a atenção para a direção, engata a marcha e diz:

— Nós estamos virando a página, Caroline Parker.

E então o *Milagre Número Dois* acontece e quase faz minha cabeça saltar do pescoço.

Completamente do nada e pela primeira vez na história do mundo, a mamãe dá um tapinha no meu joelho. Primeiro ela deixa que eu vá no banco da frente. Depois dá um tapinha no meu joelho. A mamãe *nunca* me toca com carinho, então acho que é melhor não chamar a atenção para o fato e assim evitar que ela se assuste e nunca mais faça isso de novo. Eu fico imóvel. Tento respirar pelo nariz para que meu corpo não precise se mexer, mas você precisa ter um nariz grande para conseguir inspirar ar suficiente, e meu nariz é pequeno. É o nariz de uma criança. Espero que, quando ele crescer, fique parecido com o da mamãe. Não consigo lembrar como era o nariz do papai, mas aposto que não era tão ruim assim, porque as pessoas costumavam dizer que ele era um *tipão*. Após um segundo ou dois, o tapinha no joelho acaba, embora eu tenha ficado congelada como as montanhas do Alasca.

Quando a mamãe olhou de um lado para o outro para ver se podia deixar o nosso acesso de terra com segurança, olhei para ela bem rápido e juro sobre uma pilha de Bíblias que a peguei com um largo sorriso — até mostrando os dentes. A mamãe não sorri desde... bom, não sei dizer quando foi a última vez que vi a mamãe sorrir.

— Lá vamos nós — ela disse, e aconteceu de novo: a mamãe exibiu um sorriso reluzente como o dia para todos verem.

Não tenho a menor dúvida que esse foi o *Milagre Número Três*.

3

Carrie

Descer das montanhas, onde é fresquinho, para a terra plana é empolgante, não importa que esteja trinta e nove graus por aqui, como o homem do rádio acabou de dizer. Eu nunca tinha saído das montanhas, então minha cabeça é como um limpador de para-brisa virando para a direita-esquerda-direita, tentando não deixar passar nada. Durante todo esse tempo nós tínhamos um jardinzão na frente de casa — quilômetros e quilômetros dele — e eu nem sabia disso. Ninguém nunca me contou. Após um tempo, olho para trás, para o lugar de onde viemos, das fazendas até as colinas, e parece que um gigante varreu as pedras e as árvores em pilhas de montanhas e deixou a terra plana no meio para fazer o que ela faria de qualquer maneira — continuar plana. O ar carrega essa terra que você só consegue ver depois que ela cobriu você completamente e tudo à sua volta. Mesmo na boca — você a mastiga. Pode sentir o gosto da poeira.

— Como você está se saindo por aí? — mamãe grita mais alto que o rádio, que está tocando um cantor que ela disse que tinha os discos. Para mim parece uma música velha e esquisita, pra falar a verdade.

— Bem — grito de volta.

Decido não falar sobre a poeira, porque a mamãe me chamaria de resmungona. Mamãe *não suporta* gente resmungona. Ela diz que *a única coisa que existe para resmungar é de uma pessoa resmungona.*

— Abra essa janela toda — mamãe diz. — Vamos pegar um bom vento lateral.

Essa é uma grande ideia. Imagino que o vento lateral vai evitar que a poeira entre. Nosso carro não tem ar-condicionado, por ser tão velho quanto Moisés. É por isso que temos que abrir as janelas. A janela do meu lado é difícil de abrir, porque a manivela se foi há muito tempo. O que você precisa fazer se quiser baixá-la é usar o alicate da caixa de ferramentas do Richard, enfiar com bastante cuidado no buraco onde a manivela ficava, como no jogo da Operação, e virar com toda força até o vidro decidir começar a se mexer. Minhas mãos estão tão suadas que enxugo na parte da frente da minha camiseta favorita, a do unicórnio com uma crina branca graciosa e o corpo rosa cintilante. Mas eu sou tão burra que esqueci a maldita poeira, então fiquei com manchas vermelhas no pescoço do unicórnio e agora parece que ele está sangrando até a morte. O alicate não para de escorregar e eu levo um tempo — *por favor, meu Deus do céu, por favor, abra essa janela logo para que a mamãe não fique brava. O dia está indo tão bem, mas esse é o tipo de coisa que pode estragar tudo. Então, Senhor, por favor...*

Ufa, minha janela finalmente baixou, e o vento bate nos meus ouvidos. É tão alto que não consigo ouvir mais o rádio, mas não me importo. O som do vento castigando o carro faz com que ele pareça uma nave espacial pronta para decolar para o espaço sideral. Dirigimos durante horas dessa maneira, e imagino que poderia viajar com a mamãe, o vento, o rádio e até com a poeira vermelha arenosa para sempre.

Passamos por celeiros com enormes panquecas, ou waffles, ou hambúrgueres, ou frangos fritos pintados no telhado. Tantos que parei de contar faz uma hora. Cheguei a ponto de começar a ficar com água na boca mesmo antes da pintura do telhado aparecer. Mas nem todos têm alimentos pintados. Alguns estão em branco e começo a sentir pena deles — parecem completamente pelados. Pura e simplesmente envergonhados por não terem imagens. Passamos por vacas. Mais vacas. Plantações de algodão. Plantações de fumo. Pinheiros. Mais vacas. Lojas vendendo colchas de retalhos. Postos de gasolina com *Fogos de Artifício para Todo Mundo!* e *Cigarros Superbaratos — Livres de Impostos!* Quanto mais avançamos, mais parece com os Flintstones, quando o Fred corre, mas continua passando sempre pelas mesmas coisas.

 Eu abano o braço para cima e para baixo fora da janela e finjo que é a asa de um pássaro. Com a mão, dou golpes de caratê contra o vento. Descubro que, se você deixar, o vento bate o seu braço do mesmo jeito que um pássaro bate as asas, sem que você precise fazer nadica de nada. Ei, espere um pouco! Talvez os pássaros saibam disso. Talvez eles voem durante horas e não se cansem porque é o vento que movimenta as asas deles, sem que eles precisem mexer uma pena sequer. Aposto que é sobre isso que eles conversam. Pássaros velhos piando para os jovens *Psst! Só parece que estamos batendo as asas! É o vento, meninada! É o vento! Passem adiante.* Eu coloquei isso na lista de coisas que preciso conferir quando finalmente receber a coleção da *Encyclopaedia Britannica* com a qual venho sonhando desde sempre — desde o dia em que Orla Mae Bickett me mostrou a coleção do pai dela. Cada letra tem o seu próprio livro, com fontes douradas na capa. Você realmente não precisa de mais nada com a *Encyclopaedia Britannica*, porque ela tem tudo o que existe no universo bem ali, no mesmo lugar. Se quer saber a minha opinião, você nao precisa nem ir para a escola se tiver a *Encyclopaedia Britannica*. Eu anotei como soletrar esse nome para saber o meu desejo quando soprar velas de aniversário de agora em diante.

Coisas para conferir na Encyclopaedia Britannica quando eu tiver uma

1. *Por que os riachos e os rios correm para o mar, e não o contrário?*

2. Frankenstein é bom ou mau? (Ele deu uma flor para a moça = bom; ele é um monstro assustador = mau.)
3. Cobras têm ossos? Se tiverem, como elas conseguem se contorcer para tudo que é lado sem quebrar?
4. O que acontece com garotas que têm o segundo dedo do pé mais comprido que o dedão? Elas morrem quando chegam aos trinta? (Orla Mae Bickett disse isso na sala de aula.)
5. Os pássaros realmente voam ou apenas deixam as asas bem esticadas para que o vento possa voar por eles?

Meu braço sobe e desce como uma onda do mar e é divertido. Olho para fora da janela, sem pensar em nada em particular, e bem quando passamos por uma Casa do Waffle faltando um *a* na placa, bem naquele segundo, uma imagem surge no meu cérebro como um flash. Eu tenho isso às vezes. *Visões*. Desde que me entendo por gente, de vez em quando, se estou bem parada e nada está tomando espaço na minha cabeça, uma imagem de algo que não faz nenhum sentido no momento aparece na frente dos meus olhos. Como quando você olha fixo para uma lâmpada por bastante tempo, depois fecha os olhos e a imagem da lâmpada se fixou dentro das suas pálpebras. Teve um verão em que eu e a Emma estávamos nos equilibrando — uma de cada vez — sobre a cerca de troncos, quando, na minha cabeça, apareceu uma imagem de uma bolinha de gude cor de musgo rolando na direção de outra do mesmo tamanho, mas da cor do céu um pouco antes de uma tempestade. Eu poderia jurar que cheguei a ouvir o clique das duas bolinhas batendo. Eu não disse nada e logo em seguida esqueci completamente delas. Alguns meses mais tarde, o sr. White da farmácia deu para mim e para a Emma um conjunto de bolinhas de gude de Natal, mas eu já tinha esquecido o flash da imagem. Então, depois que a gente se mudou, o Richard pegou a Em e eu jogando com as bolinhas quando devíamos estar ajudando a mamãe na cozinha, e pisou com a bota na bolsa que tinha as bolinhas dentro, e o ruído do vidro quebrando me fez gritar algo horrível. Com Richard gritando *fora daqui, porra* atrás da gente, a Emma e eu corremos para o riacho e nos ajeitamos sobre a pedra no canto. Ela disse que queria me mostrar algo que tinha no bolso e, quando abriu a mão, eu finalmente me lembrei do flash da imagem porque ali, na palma da mãozinha dela, tinha duas bolinhas de gude: uma verde-musgo e outra da cor de um céu cinzento antes de uma tempestade.

 Enfim, eu olho para fora, para a Casa do Waffle faltando um *a*, e *bum!* tenho a visão de um braço rechonchudo de bebê, branco como leite, estendendo a mão e mexendo os dedinhos. Mas ela vai embora tão rápido quanto chegou. Estou tentando decidir se conto isso para a mamãe quando a gente leva um susto com um barulho metálico muito alto. O capô está bufando como uma mula velha carregando uma carga de carvão. A mamãe também ouve e tira o pé do acelerador, dizendo *por favor, meu Deus, não leve ela agora*, e por um segundo achei que ela estava falando de mim, mas, quando a perua começa a falhar, vejo que está rezando por *ela*, não por mim. O vento se foi porque estamos indo bem devagar agora. O silêncio é esquisito e ouço a mamãe dizer para si mesma *se o carro morrer, estamos fritas*, e agora estou assustada pra valer, porque a mamãe nunca diz coisas como *estamos fritas*, então vou rezar. Apesar do primeiro marido dela, meu pai de verdade, ter morrido com um tiro na frente dela lá na nossa antiga casa em Toast, apesar do segundo marido dela ter tido o mesmo fim, mas pelas mãos da sua própria filha, e apesar de estarmos *mais pobres que rato de igreja*, a mamãe nunca disse *estamos fritas*. Então vou rezar com mais vontade do que nunca, apesar de Deus não dar atenção para rezas de criancinhas. A Emma e eu fizemos experimentos sobre esse assunto e é verdade. Mas caso as coisas tenham mudado desde os experimentos com rezas, prometo a Deus que, se Ele deixar o carro continuar, vou rezar todos os dias e nunca mais vou deixar a mamãe nervosa. Penso sem parar nessas palavras exatas, dez vezes. Provavelmente mais, e sou verdadeiramente sincera a respeito de cada uma delas. *Eu juro, meu Deus, se Você deixar o carro continuar, vou rezar todos os dias e nunca mais vou deixar a mamãe nervosa, eu juro*, digo em minha cabeça, mas mexo os lábios, para que Ele saiba que estou falando a verdade.

Um carro buzina para a gente e a mamãe diz *Deus do céu, você não está vendo que estou tentando sair do caminho?*, e como num truque de mágica começa a sair fumaça de debaixo do capô e a mamãe começa a pisar com força no acelerador, embora não faça diferença. E agora sei que é um fato: Deus não dá atenção para rezas de criancinhas. Ele está ocupado com coisas mais importantes que carros morrendo transportando famílias em estradas do interior queimando de tão quentes. A mamãe está inclinada para frente, abraçando a direção com a cabeça de lado e ouvindo com atenção, como se o motor estivesse sussurrando suas últimas palavras. Ela aperta o acelerador — *vamos lá, vamos lá, vamos lá* — e, do jeito que a perua vai se arrastando, parece sentir muito por estar nos deixando na mão. Seguimos lentamente para o acostamento de cascalho e o motor dá o último suspiro. Está tão quieto agora que mal consigo acreditar que alguns momentos atrás tinha o vento, o rádio e os telhados pintados dos celeiros. A lateral de metal range e aposto que é o velho carro dizendo adeus. Ele realmente fez o melhor que pôde, porque morreu bem debaixo da sombra de uma árvore. Como um último ato de generosidade. Como se soubesse que não éramos *nós* que o chutávamos e o acertávamos com coisas durante todos esses anos, era o Richard. Acho que talvez esse carro tivesse alma e talvez essa alma tenha ido para o céu e, quem sabe, lá no céu ele seja novinho em folha e o papai esteja atrás da direção, buzinando um *olá* para nós lá de cima.

Mas acho que não vou contar essa história para a mamãe agora. De canto de olho, sem me mover um centímetro, observo a mamãe, porque me ocorre que o nosso futuro próximo depende de ela deixar a cabeça cair para frente como se fosse o fim ou a inclinar para trás no descanso, como se o carro morrendo fosse apenas um obstáculo e não existisse razão para se preocupar. Como se ela estivesse simplesmente pensando a respeito do nosso próximo passo, e, *num piscar de olhos*, como a srta. Mary da velha farmácia costumava dizer, logo vamos estar a caminho. Eu inspiro e expiro quatro vezes antes de a mamãe deixar a testa cair sobre a direção com seus pequenos entalhes, onde os dedos devem ficar. Oh-oh. A mamãe não sabe qual é o próximo passo.

Depois de um breve momento, ela se endireita no banco e olha para frente, como se o carro ainda estivesse em movimento.

— Talvez ele só precise de um descanso, mamãe — eu digo. Por que isso não tinha me ocorrido até agora, eu não sei dizer, mas não parece uma possibilidade? — Talvez ele queira esfriar ou algo assim. Não estava tão quente lá nas montanhas. Provavelmente ele não está acostumado com o calor.

Eu soei muito professoral. Muito sabe-tudo. A mamãe detesta gente sabe-tudo. Acho que estou errada, porque ela não responde. Olho para ela e vejo que está em um de seus transes de novo. Se você a visse desse jeito, juraria sobre uma pilha de Bíblias que um mágico balançou um relógio de bolso na frente dela, dizendo *você está ficando com sooono... muuuito sono...*

Dessa vez não estou tão preocupada, porque a mamãe não pode ficar em um carro velho quebrado para sempre, como ela quase fez no quarto após o papai morrer. Naquela época, a mamãe foi para a cama e o transe levou uma infinidade e mais um dia para passar e ela conseguir sair dele. Um pastor veio uma ou duas vezes para ver como ela estava, e também o sr. White e a srta. Mary, mas eu não os conhecia muito bem ainda. Na saída, o sr. White fez um carinho na minha cabeça e disse:

— Ela vai dar a volta por cima. É uma sobrevivente, aquela ali.

Uma vez ouvi o sr. White dizer que uma parte da mamãe morreu com o papai. Ele disse para a srta. Mary que a mamãe *entrou no quarto uma pessoa e saiu de lá outra, completamente diferente.*

Então eu sei que a melhor coisa que posso fazer agora é ficar parada. Esperar que a mamãe volte de novo. Desenho coraçõezinhos no meu caderno. E outros saindo das flechas, por cima dos outros, de maneira que não dá para saber onde eles começaram. A sra. Ferson me disse uma vez que desenhar corações significa que tenho um monte de amor guardado dentro de mim, louco para sair, fazendo parecer que eu ia vomitar amor se ficasse enjoada. Então penso na sra. Ferson toda vez que rabisco. Cobri uma página inteira de corações e estou quase no fim quando a mamãe levanta a cabeça e diz:

— Bom, muito bem. Vamos sair do carro para algum lugar onde possam ver a gente.

Então ela diz para eu *pular lá atrás* e pegar as coisas no bagageiro. Eu tinha a leve esperança de que a gente ia dormir encolhida sobre os sacos plásticos como filhotinhos de gato se a gente tivesse de acampar no carro hoje à noite. Acho que não.

A mamãe precisa bater só duas vezes na porta hoje para abrir, e, se você me perguntar, isso foi quase um milagre. Normalmente é preciso bater cinco ou seis vezes com o ombro antes que a porta deixe você sair. Eu subo no banco e abro normalmente a porta do bagageiro, já que agora não precisamos nos preocupar com a fita adesiva prateada que vinha mantendo essa porta unida ao resto do carro.

Caramba! A estrada está mais quente do que pensei, isso é certo. Salto para fora e em dois segundos estou pulando de um pé descalço para o outro.

— Meus chinelos, meus chinelos! Mamãe, mamãe, ai!

— Vá pegar você mesma seus malditos chinelos — a mamãe diz, de debaixo do capô que ela abriu como um mecânico. — Eu tenho coisas mais importantes pra fazer.

Nós duas estamos de mau humor. Mesmo eu, e olha que eu nunca fico de mau humor. Nem quando pisei num marimbondo com o pé descalço, quando estava na primeira série. Meu braço está esticado, quase chegando no fundo do saco de roupas, tateando à procura dos chinelos. A Emma costumava chamar chinelos de *havaianas*. Os meus têm arco-íris na sola, de modo que a pessoa que vem atrás de mim tem algo divertido para ver.

— Eles estão aqui em algum lugar — digo para mim mesma, de verdade. Certamente não quis que a mamãe ouvisse quando soltei um grunhido que ela chama de *sempre eu*. Se estou com o *sempre eu* na voz, ela pergunta se deve chamar a *ahhhhh-mbulância*, parecendo um bebê chorão.

— Ora, fique quieta — ela diz bem atrás de mim. Dou um pulo ao ver que ela está tão perto de repente. — Mamãe isso, mamãe aquilo... Como se eu não tivesse nada para fazer a não ser te paparicar. Sai do caminho; a pressa é inimiga da perfeição.

Isso deixa o meu mau humor um pouco melhor, porque *a pressa é inimiga da perfeição* é o que a srta. Juni Moon dizia todas as vezes que alguém tentava apressá-la. A srta. Juni Moon costumava vir cuidar da gente lá em Toast quando a mamãe e o papai ficavam fora bastante tempo. A srta. Juni tinha uma cicatriz feia na testa, em forma de lua crescente, e nasceu em junho de 1960, o único bebê que nasceu no mês da pior enchente que a cidade já teve. Então, graças a dois lances de azar, ela era Juni Moon* e era isso. Em pouco tempo ninguém lembrava mais o nome dela de verdade.

Depois de encontrar meus chinelos, a mamãe vai para baixo da árvore, que é tão espichada que ela precisa ficar de lado para ter sombra. Ela acende o cigarro girando a roda do isqueiro uma vez com o polegar. A mamãe consegue acender um cigarro numa ventania com uma mão amarrada nas costas. Aposto que ela consegue fazer isso até numa tempestade de neve. Ela também sabe fumar sem as mãos se for preciso — mas raramente faz isso, pois diz que não é *coisa de uma dama*. Mas aqui no acostamento da estrada vazia para lugar nenhum, ela deixa o cigarro pendurado no canto da boca como uma pistoleira num tiroteio, embora não esteja fazendo nada com as mãos.

Já que não temos nada melhor para fazer, eu pego o meu caderno. *Hoje é terça*, escrevo — mesmo que eu não saiba que diferença faz

---

* Juni, de *june*, junho; e *moon*, de lua. (N. do T.)

marcar os dias da semana desse jeito. Mas acho que esses detalhes podem me servir um dia, vai saber. Então escrevo: *O carro acabou de morrer. Estou usando meu shorts verde, aquele com o sinal da paz à direita. E minha camiseta do unicórnio, agora suja, que peguei do cesto de um dólar do caminhão de caridade um tempão atrás...*

— Que diacho você está fazendo?

Levo um susto pela segunda vez. Eu não tinha percebido a aproximação da mamãe — ela é muito boa em me surpreender desse jeito. O cigarro dela balança para cima e para baixo entre os lábios, como se estivesse dançando com as palavras. A cinza na ponta não cai, e fico preocupada se ela vai cair bem nas roupas da mamãe e botar fogo nela. Então percebo que ela está com aquele olhar que me diz, embora sua voz esteja baixa, que ela está uma fera.

— Deve ser ótimo ficar sentada desenhando o dia inteiro enquanto estou aqui *tentando descobrir um jeito de salvar nossa pele* — ela diz. — Eu aqui, lidando com a merda em que nos metemos mais uma vez, e você aí, toda ajeitada, rabiscando só Deus sabe que tipo de maluquice no papel. Passe pra cá esse maldito caderno...

Eu fecho o meu caderno bem depressa e sento em cima dele para que a mamãe não consiga arrancá-lo de mim, e rezo para que ela não tenha se decidido a fazer isso, porque, se for esse o caso, eu posso me despedir dele agora mesmo e tornar as coisas mais fáceis para nós duas.

— Eu arranco o seu braço e bato em você com o toco sangrento se encontrar sua conversa maluca aí, está me ouvindo? — Ela tenta pegar uma ponta do caderno, mas eu largo meu peso sobre ele e ela finalmente desiste. — Ah, tudo bem. — Ela acena sua desistência, fingindo que nunca o quis de verdade, para começo de conversa. — Pode ficar com o seu caderninho precioso. Mas ao primeiro sinal de que está faltando um parafuso em você de novo, já era, entendeu? *Não quero ouvir nem uma palavra sobre nada,* está me ouvindo?

Ela parte para mexer no porta-luvas e tento acalmar meu coração, que bate tão rápido que poderia estourar. Acho que foi a primeira vez que enfrentei a mamãe e venci. Preciso me lembrar disso para poder anotar depois, quando ela não estiver olhando.

 A estrada deve ter sido asfaltada faz pouco tempo, pois a sinto quase tão fofa debaixo dos pés quanto o chão musgoso de uma floresta. O sol encharca o asfalto e acho que meus chinelos podem derreter. A mamãe deve ter lido o meu pensamento, porque diz:

 — Pegue seus sapatos de verdade. Esses aí não vão aguentar a viagem.

 — Viagem pra onde? — pergunto enquanto salto de volta para o bagageiro para pegar o único par de sapatos que tenho, sem contar os chinelos. — Para onde estamos indo?

 Ou ela não ouviu, ou estava ocupada demais protegendo os olhos e olhando ao longe em busca de sinais de vida nas terras planas das fazendas. Ou ela não quer responder porque não sabe.

 — Que viagem, mamãe?

 — Ah, pelo amor de Deus, vamos de uma vez — diz a mamãe, apagando o cigarro no cascalho. — Quero chegar antes do anoitecer.

 Meus sapatos de verdade doem mesmo em um dia frio, então eu sei que vou ter problemas nesse calor com os pés suados, mas não tem muito o que fazer quanto a isso. Então encolho os dedos dos pés para ter mais espaço e cruzo os dedos das mãos para que dê certo. Mamãe diz que precisamos *cair fora*, então me apresso para pegar o outro saco plástico. A Emma não teria forças para carregar nada. Ela tem sete anos. *Tinha* sete anos, quer dizer. Ela era forte se precisasse dar um soco em um garoto na escola, mas não o suficiente para carregar peso. A mamãe está tentando pegar o saco de *quinquilharias* com uma boa empunhadura enquanto procura ajeitar a alça da bolsa no ombro direito, encolhendo-o. Na outra mão, ela segura firme a mala de viagem que não posso nem chegar perto. Mamãe se inclina para um lado e então para o outro, como se algo invisível estivesse fazendo cócegas nela. Segurar o saco de roupas é mais difícil do que achei que seria, pois meus braços são curtos demais para dar a volta nele, e o suor está fazendo eu e o saco ficarmos lisos como peixes recém-pescados.

Nós caminhamos e caminhamos, parando de vez em quando para dar um descanso para os braços. É difícil acompanhar a mamãe — para cada passo dela, tenho que dar dois, às vezes três. Por um longo tempo, não dizemos nada. E tendo em vista que todos os carros pareceram sumir assim que o nosso morreu, essa estrada podia muito bem ser um cemitério, de tão silenciosa. E então invento de abrir a boca.

— Mamãe, estou com uma bolha no calcanhar e está sangrando.

Ela reduz o passo, mas não olha para mim. Dava para estacionar dois carros entre nós — essa é a distância que ela está na minha frente.

— Desculpa, mamãe. Está sangrando mesmo.

— Odeio ter que dar essa notícia para você, mas não tenho um kit de primeiros socorros à mão no momento — ela diz por fim, sobre o ombro.

— É difícil andar assim — eu digo, esperando que não pareça uma reclamação.

Ela diz alguns palavrões em voz baixa. Eu ouço porque não tem carros, nem vento, nem nada fazendo ruído em lugar nenhum. Dois passos depois, ela larga os sacos que está carregando, enfia a mão na blusa e tira um lenço velho do sutiã para secar o suor da nuca. A mamãe leva um monte de coisas no sutiã. Coisas que ela pode precisar rápido. Uma nota de dinheiro. Um pedaço de papel com algo escrito. Uma receita. Você nunca sabe o que vai sair quando ela enfia a mão na blusa. Parece os truques de um mágico.

Eu disse *suor* e isso me faz lembrar da srta. Ueland, que chamava suor de *perspiração*. Ela disse que a palavra *suor* não é apropriada. Tally Washington sempre esquecia como era a palavra nova — ela dizia *pres-pi-tra-ção* ou algo assim. Tally Washington disse que a família dela veio no primeiro barco para os Estados Unidos. Ela disse que tem Washington no nome por causa de George Washington. Mas Tally Washington é uma mentirosa, e isso é um fato. Enfim, a srta. Ueland nos deu uma lista das vinte palavras que não devíamos dizer nunca, e os garotos tornaram sua missão número um formar frases usando tantas dessas palavras quanto possível. Billy Bud Moore chegou a catorze, mas a srta. Ueland acabou com a brincadeira quando ele formou *babaca cara de peido suado*. Ele foi mandado para casa com uma advertência do diretor, o que achei ser a pior coisa que poderia acontecer na vida de alguém, mas Billy Bud Moore só deu de ombros e abriu um sorriso, como uma mula comendo mato.

— A gente mal tem uma colher para cozinhar, imagina um band-aid — a mamãe diz. Ela morde a ponta do lenço com os dentes para abrir um rasgo que ela termina com as mãos. E adivinhe só: nada de tesoura e ainda assim ficou reto como uma seta. Você não pode questionar muito a mamãe, e de qualquer maneira ela sempre tem razão no fim, então estou esperando que isso aconteça. Que ela tenha razão.

— Aqui — ela diz, estendendo a metade menor do lenço para mim. — E aí? Vem aqui e pega. *Nóis* não temos o dia inteiro.

A mamãe disse *nóis* e ela odeia essa palavra mais que a própria vida. Mais até que torresmo. Ela diz que *nóis* é coisa de pobre, algo que só os *caipiras* dizem.

Eu manco, mas não quero que ela me chame de *rainha do drama* como sempre, então mantenho a postura pensando que isso vai me ajudar a andar direito. Mas não ajuda. Ela está parada ali, balançando o lenço para mim, e, quando o pego dela, fico na dúvida para que serve. Eu o aperto esperando descobrir o que devo fazer com metade de um lenço molhado e rasgado com dentes e mãos.

— *Não temos* o dia inteiro. Vamos de uma vez, rainha do drama — ela diz. Que droga, ela acabou me chamando de *rainha do drama* no fim das contas. Ela massageia a parte de baixo das costas e se agacha para pegar os sacos de novo, colocando o primeiro sobre o quadril, como uma mãe faz com um bebê.

— O que está esperando? — ela diz. Então começa a caminhar lentamente, dizendo coisas para mim, apesar de não olhar na minha direção. — Você me deixa louca desde o dia em que nasceu nesse maldito mundo, sabia? E sabe o que mais? — ela diz, mais para si mesma que para mim. Então continua falando mais do que eu já ouvi a mamãe falar em toda a minha vida. — Chorava o tempo inteiro, feito uma cigarra com comida, e por que você está sempre me atrasando? E depois a *outra* coisa... Nem pense em dizer nada. Você sabe do que eu estou falando, não preciso dizer as palavras que nunca mais quero ouvir na vida. Por que diabos não te deixei para trás, com suas armas e aquele sr. Fulano? Eu devo estar louca. Você não vale a pólvora que eu gastaria para estourar os seus miolos.

— Wilson. O nome dele é sr. Wilson — digo. Eu ia querer saber o nome certo. Quem não ia? Eu não esperava que minha colocação soasse do jeito que acabou acontecendo.

— Lá vem ela — a mamãe diz, como se houvesse outra pessoa com quem conversar. — *O nome dele é sr. Wilson*. Bom, eu tenho uma novidade para você: não me importa se o nome dele é *Jesus Cristóvão da Silva*, foi *muita ousadia* dele acabar com a minha vida do jeito que ele fez. Eu devia ter deixado você com ele, que tal? *O nome dele é sr. Wilson!*

Eu não soo como ela está me fazendo soar com sua voz aguda, mas isso não me magoa. Eu costumava achar que a mamãe estava falando sério quando dizia coisas sobre me jogar na rua com o lixo ou acabar com o sofrimento dela indo embora para sempre, mas eu sei que ela não está falando sério. É só o jeito dela. É a natureza dela. O que estou realmente me perguntando agora é como eu nunca soube que o nome inteiro de Jesus é Jesus Cristóvão da Silva. Nossa. Pena que não posso acrescentar isso à lista de coisas para ver na *Encyclopaedia Britannica*, porque a mamãe começou a acelerar o passo de novo e ainda estou parada no mesmo lugar segurando o trapo que ela me deu.

— Dobre isso num quadrado e coloque entre o calcanhar e o sapato. Vai evitar que eles rocem um no outro — ela grita sobre o ombro, por estar tão mais à frente agora.

Então, de uma hora para a outra, a mamãe larga os sacos muito rápido, como se estivessem pegando fogo, se vira com um giro e grita tão alto que mal consigo entender o que ela fala. A mamãe está gritando mais alto até do que quando brigava com o Richard.

— Não. Sabe de uma coisa? — ela berra. — Vou lhe dizer uma coisa. *Aquele maldito Wilson acabou com a minha vida*, está me ouvindo? Você acha que ele pensou em *mim* em algum momento quando mostrou para você como atirar com aquela maldita arma? Hein? Se ele achava que o Richard era tão podre e não conseguia manter o nariz longe da *nossa vida*, ele devia ter acertado as coisas pessoalmente com o Richard, de homem para homem. Mas nããão. Ele vai lá e ensina uma menina maluca e retardada a usar uma arma. Essa é a brilhante solução dele. E a *comida*? Ele acha que temos dinheiro saindo pelas orelhas, comigo desempregada? Ele acha que podemos comer um maldito *filé* todas as noites? Como a gente vai *viver*? Me explica essa. Me explica como você acha que a gente vai *viver*, hein? Eu gostaria de ouvir. Você é *mágica*? Você é o Houdini renascido dos mortos? *Responde!* Como a gente vai *comer*? Aposto que você não pensou *nisso* quando puxou o gatilho, não é? Hein? Responde, sua maluca assassina maldita!

— Eu não sou maluca, mamãe, eu juro!

Que idiota eu fui. Agora ela está vindo na minha direção. Largo o saco sem querer — meus braços ficaram com medo. *Seja corajosa, seja corajosa*, repito para mim mesma a toda hora, porque eu costumava ficar com tanto medo dela que molhava a calça. Mas isso era quando eu era pequena, e agora eu sou corajosa. *Seja corajosa*.

— Desculpa, mamãe. Mamãe, desculpa, desculpa, mamãe. — Esqueci completamente que a mamãe odeia quando eu digo isso rápido para fugir de uma surra. Ela diz que eu pareço uma bebê chorona.

Normalmente as unhas dela machucariam o meu braço, mas elas estão curtas hoje, então não foi tão ruim dessa vez. Quando elas estão compridas, é outra história. E a outra notícia boa é que fiquei de pé enquanto ela me sacudia. Eu costumava desabar no chão como uma boneca de pano abandonada por uma criança.

— Você e esse seu cérebro de louca. — Sacudida. — Provavelmente nem passou por essa sua cabecinha desmiolada que matando o Richard você estava selando o nosso destino também. Você pensou nisso, sua retardada de *merda?* — Sacudida.

— Não, senhora.

— Não estou ouvindo! Você pensou em mim e no que eu faria sem aquele homem? — Sacudida.

— Não, senhora.

O que eu realmente quero dizer é: *Era só nisso que eu estava pensando, mamãe. Ele quase espancou você até a morte. Ele estava prestes a matar a gente. Eu queria proteger você, mamãe.* É isso que eu quero dizer, mas não é isso que a mamãe quer ouvir. Eu sei disso, apesar de ter nove anos.

Então, em vez disso, eu digo *Não, senhora*.

— Não, você não pensou. Exatamente. Você não pensou que a gente vai ter que revirar o lixo para conseguir comer de agora em diante. Você aprendeu direitinho a apertar o gatilho, mas não passou nem perto da sua cabeça que eu estou completamente falida. Sabe o que eu fiz na parada dos caminhões lá atrás? Quando fui ao banheiro? Roubei uma pilha de toalhas de papel, foi isso que eu fiz.

Ela solta meu braço e tomo o cuidado de não o massagear, apesar de estar com uma vontade enorme de fazer isso. A mamãe fica de um jeito que o rosto dela para bem em cima do meu e cospe as palavras:

— Sabe para que servem essas toalhas de papel, espertinha? Senhorita Metida a Sabe-Tudo. Hein? Servem para *aquele período do mês*. Eu vou ter que usar nosso pouco dinheiro para colocar um teto sobre a nossa cabeça, então não tenho mais o *luxo* de usar produtos femininos. O seu sr. Wilson pensou em alguma coisa disso tudo? *Pensou?*

— Não, senhora — eu digo.

É melhor não olhar para ela quando está brava desse jeito. Você tem que ficar parada como um espantalho ou ela vai dizer algo como *é melhor você calar essa sua boca tagarela, manhosa e cheia de desculpas agora mesmo ou eu calo por você*. E você não vai querer que ela cale por você. Meu queixo doeu por dias seguidos depois que ela me acertou a boca quando eu tinha cinco anos.

Mas, como eu disse, a mamãe não está falando sério. Ela sempre fica brava, mas me mantém por perto. Mães que não querem ser mães dão os filhos para adoção. Ela tem pavio curto, só isso. E as coisas foram se acumulando porque ela não podia exatamente desabafar quando o Richard estava vivo. Imagino que ela só esteja botando as coisas para fora depois de anos vivendo de bico calado.

Aqui, na *estrada para lugar nenhum*, ela para de gritar mais por estar sem fôlego. Um corvo grande grasna empoleirado em um cabo de eletricidade. A mamãe se endireita e alisa o vestido, mas não ajuda muito — ela ainda parece uma bexiga de aniversário meio murcha. Mas uma bexiga bonita.

Enfio a metade do lenço no sapato e começamos a caminhar de novo. Finjo que a mamãe e eu somos as únicas pessoas em todo o planeta. Como se todos tivessem recebido um bilhete secreto dizendo para se esconderem bem, só que esqueceram de nos passar o bilhete. Ou como nos filmes, quando alguém diz *está quieto demais* um pouquinho antes de algo assustador acontecer. Ou talvez uma espaçonave tenha pousado e somos as únicas que escaparam de ser raptadas, como fizeram com todas as pessoas do mundo. Todo mundo sabe que os ETs capturam seres humanos com suas naves espaciais. ETs com a cabeça enorme e o corpo fino como um palito. Algumas pessoas acham que eles não são reais, mas a Emma e eu sempre acreditamos que eles existem.

Vamos acelerar o passo é praticamente tudo que a mamãe diz pelo resto do dia. Não diz nem *ai* quando tropeça e rala o joelho no cascalho logo depois que um caminhão enorme passa pela gente, fazendo um vento gostoso, mas que quase me suga para a estrada. Três caminhões, quatro carros e uma picape velha passaram pela gente desde que começamos a caminhar. Dois caminhões buzinaram, as buzinas mais altas que eu já ouvi na vida, mas mesmo assim seguiram em frente. A mamãe disse palavrões para as luzes traseiras.

Levou um milhão de horas para alguém parar no acostamento e nos dar uma carona. No escuro é difícil ver o rosto dele. Só sei que o nome é Eldin. *Eldin Fisk, a seu dispor,* ele disse quando subimos. Nunca fiquei tão feliz por subir num carro como quando entrei no de Eldin Fisk. Minhas pernas estavam começando a virar blocos de concreto. A mamãe sentou no banco de trás comigo, o que é esquisito, mas bom, e o Eldin não parece se importar com isso, desde que a gente *continue a viagem sossegados*. Ele disse isso alguns minutos depois de nos pegar. *Espero que a gente continue a viagem sossegados*. Quando a mamãe perguntou se ele se importaria que ela fumasse, ele respondeu *sim*. Eu nunca conheci ninguém que respondesse *sim* a essa pergunta. Em algum ponto depois de uma placa para um lugar chamado Hockabee, devo ter caído no sono, porque de repente a mamãe está me sacudindo para me acordar.

— Onde estamos? — pergunto a ela.

— Shhh — ela diz. — Pegue aquele ali. Não, o outro, é mais leve.

Parece que estamos com pressa e estou tentando ficar de olhos abertos, mas eles lutam contra mim. Tudo o que ouço são palavras soltas entre a mamãe e Eldin Fisk. *Muito obrigada mesmo*. E *Tudo bem então*. E, *Ah, você é tão gentil por tirar isso do bagageiro. Por favor, não se incomode, estamos bem*. A mamãe está falando com a voz que usa com adultos. Que é falsa, mas eles não sabem disso.

— Caroline, agradeça o cavalheiro — ela diz.

Essa é a outra coisa: quando adultos estão perto da mamãe, ela usa sua voz falsa e me chama de *Caroline*. *Caroline* soa mais apropriado. Mas eu não gosto. Eu queria ter qualquer nome no mundo, *menos* Caroline.

— Obrigada, senhor — eu digo.

— Foi um prazer — diz Eldin Fisk.

Ele entra no carro e acompanhamos com o olhar até que as luzes traseiras são dois pontinhos pequenos.

— Onde estamos, mamãe?

— Estamos nos arredores da cidade — ela diz, olhando para algo distante. Eu me viro para ver o que ela está olhando: luzes brilhantes amontoadas, todas logo ali, adiante.

— Que cidade?

— O que é isso, um jogo de perguntas e respostas? — ela diz. — Pegue o seu saco e vamos botar o show na estrada. Aqui, pegue desse jeito..

Milagre Número Quatro:

A mamãe está me ajudando com coisas que nunca me ajuda. E está sendo doce como o mel no dedo de uma menina bonita. A srta. Mary, lá em Toast, costumava dizer isso de mim. Que eu era *doce como o mel no dedo de uma menina bonita*. Ela disse isso para a Emma também. Ela sempre foi muito boa, nunca querendo que a Emma fosse deixada de fora.

Ficamos onde Eldin Fisk nos deixou, numa esquina com placas de sinalização formando um V em um poste de luz tão grosso que eu não conseguiria abraçar nem se quisesse. Nunca vi um poste tão grande e tão alto. Colado nele, tem um cartaz meio descolando sobre um *programa de perda de peso que garante queimar os quilos extras ou seu dinheiro de volta*. O único cartaz que eu vi colado desse jeito foi em Hendersonville, e era sobre um gato perdido chamado Otis, que estava *provavelmente faminto*. O cartaz ficou por um tempo lá, até que Ally Bell (que não precisava frequentar a aula de ginástica por causa da coluna torta e do colete para as costas que ela usava), até que o pai de Ally Bell veio e rasgou o cartaz dizendo que estava *mais do que na hora* da gente parar de *sujar a cidade*. Todo mundo disse que ele só estava fazendo aquilo porque não tinha voz alguma em casa, pois vivia *dominado por aquelas vacas*. O que não dava para entender é que eu sabia que a família de Ally Bell não criava vacas. Nem uminha.

A mamãe e eu olhamos para as luzes à nossa frente e então, no mesmo instante, olhamos uma para a outra. Um pouco antes dela piscar, por um segundinho de nada, ela pareceu uma garotinha. Como se tivesse a minha idade. É como se a gente quisesse que alguém aparecesse e dissesse *vai ficar tudo bem, esperem e vocês vão ver*.

Até *eu* posso dizer que estamos prestes a fazer algo grande e importante. E assustador. Sinto vontade de dizer *mamãe, eu não quero mais virar a página. Mamãe, estou com medo*. Eu queria que a Emma estivesse aqui. Ela não teria nem um tiquinho de medo. Provavelmente seria ela quem estaria dizendo *vai ficar tudo bem, esperem e vocês vão ver*, e a gente saberia que ela estava mentindo, mas ouvir essas palavras em voz alta com certeza seria bom nesse momento.

— Mamãe?

Nós ainda estamos olhando para frente.

— O quê?

— Mamãe, hum, eu...

Bem quando estou prestes a contar para ela que estou com medo demais para me mexer, a mamãe diz:

— Você consegue falar e caminhar ao mesmo tempo, não consegue? Vamos lá.

— Mas...

— Não tem mais nem menos. E você vai levar uma surra se não apressar o passo.

— Mamãe, e se for ruim lá?

Ela espera um segundo, como se estivesse realmente pensando numa resposta para a minha pergunta, e então diz:

— Se for ruim, pelo menos vai ser um tipo diferente do que estamos acostumadas e, de qualquer maneira, nós já passamos pelo pior. Tenho um pressentimento de que a nossa sorte está prestes a mudar.

Milagre Número Cinco:

A mamãe sorri. De novo.

4

Honor Chaplin Ford

Minha mãe nunca se deparou com uma conversa que ela não gostasse. Nem perde uma oportunidade de agir de modo estranho. O que ela tem feito a manhã inteira, aos montes. Não é nem meio-dia e ela já me perguntou três vezes como estou me sentindo — como se eu estivesse com escarlatina ou algo assim. E agora, tendo certeza de que estou perfeitamente bem, obrigada, ela está se divertindo um pouco à minha custa.

— Você está calada há tanto tempo que deve ser uma espécie de milagre — eu digo.

Olhe para ela. Ruth Chaplin. Sorrindo como o gato que comeu o canário, braços cruzados, esperando que eu admita que ela está certa, o que é verdade. Mas, se eu disser isso, ela vai se exibir daqui até o fim do mundo, então tento não olhar para ela, o que é uma tarefa difícil, tendo em vista que ela ocupa o vão inteiro da porta da cozinha.

— E? — diz minha mãe, tentando tirar o sorriso do rosto.

— Sabe de uma coisa, a *maioria* das mães ficaria feliz se suas filhas desejassem o bem delas — eu digo. — Mas você? Eu acho que você quer que eu te ignore e deixe que você morra de fome quando...

Oh-oh. Falei bobagem.

— Quando o quê? — ela insiste.

— Quando, hum... Quer dizer, quando...

Ela deixa o sorriso desaparecer do rosto, vira de costas e caminha lentamente para a cozinha.

— Diga, vamos: você está falando daquele lance do Armagedom de novo — ela diz, buscando com alguma dificuldade um recipiente descartável na geladeira, um dos muitos socados de tal maneira que é realmente um desafio tirar algo dali sem derrubar todo o resto no chão da cozinha. — Quanto tempo dura uma salada de frango? — ela pergunta, com o nariz franzido. — Isso está cheirando esquisito, mas não faz só três dias que eu fiz? Você já está me abandonando, salada de frango? Vamos, cheire isso e diga o que você acha.

— Em primeiro lugar, não é *o lance do Armagedom*, apenas para sua informação — eu digo. — É *Armagedom*, só essa palavra. E não acho que eu a tenha usado um dia em uma conversa. Talvez você esteja falando do meu plano de preparo para emergências...

— Caso aconteça o lance do Armagedom — ela diz, estendendo uma garfada de salada de frango para eu provar. — Você acha que ela ainda está boa? Prove.

— Eu vou passar a vez, obrigada, e você também deveria, se está cheirando esquisito. Por que as pessoas fazem isso? Quem ia querer provar algo suspeito de estar podre e cheirando mal? Você está me ouvindo, mamãe? E aliás...

— Achei! Eu sabia que tinha cream cheese aqui, em algum lugar — ela diz, o braço reaparecendo com um pacote arredondado de papel laminado que costumava ser retangular, mas que agora está enrolado em torno do que sobrou do Philadelphia que está ali só Deus sabe há quanto tempo. — Ha! Olha só o que eu achei — ela diz, segurando o queijo no ar como se fosse um troféu. — Estava se escondendo de mim, queijinho?

Há duas verdades no meu mundo como ele se apresenta. Primeira: minha mãe tem um hábito esquisito de falar com objetos inanimados como se eles fossem pessoas; e segunda: evidentemente eu devo me preocupar agora com a possibilidade de ela se envenenar. Hoje à noite vou limpar a geladeira. Não me importo com o que ela vá dizer.

— Ah, aliás, você não me contou o que o homem da prefeitura disse — mudo de assunto. — Eu tive de levar a Cricket até o pai dela depois da aula de balé e, quando voltei, você já estava dormindo, então esqueci disso completamente. Você foi bem cedo para a cama na noite passada, não é? Tudo bem com você?

— Você me passaria as toalhas de papel? Não, elas estão bem ali, ao lado da pia. Isso mesmo. Obrigada — ela diz.

— Mãe, estou tentando conversar com você — eu digo. É tão frustrante quando ela se distrai completamente, como agora. — Eles têm alguma notícia sobre o recurso? Estou falando da prefeitura. Você podia parar um minuto, por favor? Eu faço isso depois, mãe. Eu vou limpar. Apenas deixe assim e sente um pouco aqui comigo, antes de eu sair.

Ela parece estar profundamente preocupada com as prateleiras na geladeira.

— Imagino que as notícias não tenham sido boas — eu digo. — Estou falando do tombamento.

Ela esfrega a prateleira de vidro com tanta força que posso ouvir a toalha de papel guinchar com o exagero de Vidrex aplicado. Entre esfregadas, ela me responde com resmungos, do tipo que você faz no chuveiro quando está ensaiando uma resposta para algo problemático. Fragmentos aparecem primeiro.

— ... memória curta... — então: — ... quando essa família estiver acabada... — seguido por: — cruel...

— Vamos, me conte — eu digo.

— Ele disse que perdemos o recurso — ela diz, suspirando. Eu observo suas enormes costas sacudindo com o menor movimento dos braços. — Ele disse que lutamos com coragem e que devíamos ter orgulho de ter chegado tão longe. Algo assim.

— Você devia ter orgulho de ter chegado tão longe? — eu digo.

Agora seu corpo inteiro está se agitando em pequenas ondas, com a força de sua limpeza vigorosa.

— Foi o que ele disse. Ele disse que a maioria das pessoas não teria chegado aos tribunais, mas porque a nossa família é importante para a cidade de Hartsville... Foi exatamente isso que ele disse, *importante para a cidade de Hartsville*... E tendo em vista que somos um destino turístico, eles concordaram em ouvir o caso.

Ela fez uma pausa na limpeza para revelar o que estava realmente a incomodando.

— O que eu não entendo — ela diz — é por que eles não podem ir em frente e simplesmente tombar essa casa como patrimônio histórico e acabar com essa história de uma vez, se somos tão importantes. Ele disse que o tio Charles era um ícone, um ícone!, mas não era *um norte-americano de significância histórica*. Você acredita nisso? A *audácia*? Ele disse essas coisas odiosas, você não pode nem imaginar. E isso foi apenas a ponta do iceberg comparado com o resto. Eu queria me jogar sobre a mesa e estrangular aquele infeliz. Eu queria perguntar se ele gostava de ir ao cinema. Eu queria que ele dissesse sim, e então eu teria dito que ele tinha de agradecer ao sr. Charles Chaplin por possibilitar que ele se divertisse com os filmes dele todos esses anos. Mas ele provavelmente não saberia a diferença entre *O garoto* e *Guerra nas estrelas*, então achei melhor bebericar o meu chá e ficar de boca fechada. Os Chaplin saem por cima, você sabe disso. Só fico feliz por seu pai não estar aqui para testemunhar isso, Deus abençoe a alma dele. O seu pai... ah, meu Deus, o seu pai espalharia aquele homem como manteiga sobre uma bolacha e o comeria de almoço. O seu pai não era um Chaplin de sangue, mas por casamento, e tinha tanto orgulho disso quanto eu. Caramba, eu chegava a achar que ele tinha mais orgulho disso do que eu, pela maneira como falava disso sem parar. Por que outra razão ele deixaria que eu mantivesse o meu nome de solteira como fez? Esse tipo de coisa não era feito na época, sabe? Hoje em dia, é claro, é só o que você vê, hífen isso, hífen aquilo, crianças sem os mesmos sobrenomes dos pais é algo comum agora, mas na época nenhum homem do sul que se prezasse acharia adequado ter uma esposa que mantivesse o nome da família. Nós estávamos influenciando a sociedade e nem sabíamos! Mas lá estava ele, aquele homem terrível da prefeitura, simplesmente sentado ali no sofá da sala de estar, se servindo de uma segunda fatia de torta de amêndoa, me dizendo que não havia mais nada que eu pudesse fazer para conseguir ter a casa listada no Registro. Nossa, tive de morder a língua. Porque os Chaplin sempre saem por cima.

— Eu sei, mãe. Eu sei. *Os Chaplin sempre saem por cima*. Ouvi isso a vida inteira — digo com um suspiro. — Sinto muito, mãe. Eu sei quanto isso significava para você.

— Significava mais do que você pode imaginar, é só o que eu digo.

— O que você quer dizer com isso? — Vejo de relance o relógio no micro-ondas. — Meu Deus, são onze e quarenta e cinco? Mas meu relógio diz... ah, essa é boa mesmo. Perfeito. Meu relógio está oficialmente desenganado. Ele diz que são dez e cinco. Tenho que pegar a Cricket na escola em dez minutos. Mãe? Vou deixar a mochila de novo lá embaixo, ao lado da mesa da lavanderia, onde ela costumava ficar, está bem? Eu a atualizei e acrescentei algumas coisas novas, então agora está tudo pronto.

— Vidrex, você está acabando comigo — ela diz, voltando para a esfregação. De alguma maneira ela havia conseguido encaixar a cabeça inteira entre a caixa de leite e um pote plástico com outra substância misteriosa. — Querida, você pode pegar a cândida embaixo da pia e passar para mim antes de ir? Vidrex, você está me deixando na mão, meu bem, então vou ter que recorrer ao armamento pesado!

Ainda não me acostumei ao cheiro que escapa de baixo da pia. Prendo a respiração quando abro a porta do armário, mas o cheiro não é nada comparado ao impacto que vem agora. Ele é tão enjoativo que juro que posso sentir o gosto.

— Mãe, nós precisamos fazer alguma coisa com esse cheiro. Está ficando pior a cada minuto que passa. Puta merda!

— Olha a boca — ela diz, a voz abafada vindo de dentro da geladeira fria.

— Nossa, está uma bagunça aqui dentro. Achei que o encanador tivesse vindo na segunda-feira. Nós ligamos para falar desse vazamento há semanas — eu digo, saindo para tomar um ar e voltando para baixo para dar mais uma olhada. — Meu Deus, o armário está podre de tão úmido. Aqui está a cândida. O mofo se espalhou por tudo. Você pode morrer de bolor negro, mãe, sabia disso? Vamos ter que arrancar esse armário inteiro. Aposto que é isso que precisa ser feito.

— Vocês estão morando de volta aqui há algumas semanas e já querem reformar a casa que se manteve inteira por *três gerações* de Chaplins, graças a Deus. Quatro, se você contar a Cricket. Por *Deus*, como foi que ela sobreviveu sem vocês?

— Mãe, tem um certo exagero em chamar a troca de um armário de reforma. E, de qualquer maneira, qual é a alternativa? Esperar até que a gente tenha uma terrível crise de tosse por causa de um pulmão preto ou sei lá o que se pode pegar daquele *fungo* nojento que está se espalhando por todas as paredes até a nossa cama?

— Já terminou, Bette Davis? Você é realmente uma Chaplin, com todo esse drama rondando a sua cabeça — ela diz.

— Se o Eddie e eu não estivéssemos, ou melhor, se o Eddie e eu estivéssemos, bem, *você* sabe o que eu estou tentando dizer... Eu pediria que ele viesse até aqui e desse uma olhada, mas não posso, então vamos chamar o encanador.

— Ah, tudo bem.

— Sabe de uma coisa? Se você planejasse só um pouquinho, essas coisas não aconteceriam.

Agora *isso* chamou a atenção dela, mas que diabos eu estava pensando?

— Já que estamos falando de coisas que precisam ser arrumadas... — ela diz.

— Esqueça, mãe, não é nada — eu digo. Tarde demais.

Ela emerge da geladeira. Maldita hora em que fui falar aquilo. Agora ela vai partir para cima de mim sobre os meus problemas. Pela milionésima vez. Ela está secando as mãos, fechando a geladeira, abrindo caminho até a Grande Cadeira para mais um sermão. Eu nunca encontrei outra maneira de chamar esse hábito que tenho. Não é obsessão ou TOC ou qualquer que seja o nome como as pessoas chamam isso. É só... é só que odeio surpresas. Um monte de gente odeia surpresas, não sou a única. No entanto, eu sou a única *inteligente*, porque, quando a vida lança *bolas com efeito* para a gente rebater — e *todos sabemos que ela faz isso* —, vou estar preparada. Eu gosto de dizer que, com um planejamento cuidadoso, tirei o *in* do *inesperado*. O que basicamente significa que eliminei qualquer chance para uma surpresa me pegar desprevenida. Não é fácil, você sabe. E dificilmente alguém aprecia o tremendo esforço que invisto nisso.

Eu sempre fui uma "realizadora". É assim que meu pai me chamava. "Você é realmente uma realizadora, Honor", ele dizia com uma piscadela. De acordo com meu pai, existem dois tipos de pessoas: as aproveitadoras e as realizadoras. As realizadoras lutam e fazem sua parte, enquanto as aproveitadoras ficam em casa e jantam, pensando que terão de trabalhar no dia seguinte. Eu nunca entendi bem a comparação — as realizadoras não precisam jantar também? —, mas aprendi que, ao *realizar* algo, eu ganhava pontos aos olhos do meu pai. E aos meus também. Eu sempre gostei de projetos de qualquer tipo, mas eu não diria que esse meu *traço* tenha começado há tanto tempo. Se eu pudesse apontar quando ele começou a tirar meu foco, eu diria que foi na escola secundária.

Naquela época, Patty Werther era a responsável pelo baile de formatura, mas eu fiz todo o trabalho, o que significou que a festa não teve surpresas e, portanto, foi um sucesso impecável, em minha humilde opinião — *um dos melhores na história da escola*, disse o diretor, o sr. Kipper. Ele deu as flores de agradecimento para Patty Werther, veja bem, mas eu não me importei. Eu só me preocupei em atravessar a noite sem nenhum desastre.

Na faculdade comunitária, eu não faltava a nenhuma aula, tomava todas as notas e nem me importava em tirar cópia delas para qualquer colega que tivesse perdido uma aula, desde que ele assinasse minha petição para proibir o futebol americano amador na quadra. (Você faz ideia de como dói levar uma bolada perdida? Bastante, vá por mim. Dói pra chuchu.)

Depois da faculdade, trabalhei como secretária na estação de televisão local, e Larry Diesel, o homem do tempo, uma vez me disse que era de conhecimento geral que *se alguém precisa de algo rápido e bem feito, deve passar a tarefa para Honor.*

E, francamente, não acho nenhum crime dormir com um caderno de anotação e uma caneta ao lado da cama. Não sei para os outros, mas para mim não é raro acordar no meio da noite pensando em uma situação que exigiria um conjunto de habilidades ou equipamentos que eu não havia considerado ainda. Então, de manhã, quando vejo uma palavra ou duas anotadas com aquela caligrafia quase sonâmbula, eu me lembro do que preciso fazer. Por exemplo: uma vez escrevi "frigideira", e eu sabia que isso queria dizer que eu precisava de uma nova, porque o Teflon estava descascando um material horroroso da minha frigideira velha, e o que aconteceria se um convidado pedisse panquecas? Outra vez escrevi "fita vermelha" para lembrar que eu precisava pegar mais na loja de 1,99, caso a minha acabasse na noite de Natal depois que todas as lojas tivessem fechado. Tudo bem, talvez tenha sido em julho que isso aconteceu, mas não dá para seguir um cronograma quando se trata de estar preparada. Vai faltar fita vermelha para minha mãe e adivinhe quem vai rir por último. Isso mesmo. A senhorita *preparada* aqui.

O diagnóstico da nossa filha mais velha veio em uma terça-feira à tarde. Na quinta-feira eu tinha uma apostila encadernada, paginada e codificada em cores, e acredito firmemente que a decisão de qual quimioterapia realizar ficou mais fácil porque tínhamos todas as informações bem na ponta dos dedos. Aba do plano A = vermelha, aba do plano B = azul. Plano C (estudo clínico) = amarela. Mais tarde, quando a pesquisa para um doador de medula óssea estava a caminho, eu havia transformado nossa mesa de jantar em uma grade de pilhas arrumadas de pesquisa que eu podia facilmente consultar. Nós não tínhamos como saber como tudo isso terminaria, mas fizemos o melhor que pudemos diante das circunstâncias e, de qualquer maneira, nenhuma quantidade de preparo pode ajudar quando você passa pelo que passamos. Cricket tinha nove anos quando sua irmã mais velha morreu, quase exatamente três anos atrás. Um aniversário que passei a temer tanto que quase o bloqueio completamente.

No dia 11 de setembro de 2001, antes de a segunda torre cair, quando os repórteres começaram a dizer coisas como *ato terrorista*, não entrei em pânico nem corri para a loja em busca de provisões. Eu me senti muito mal a respeito de tudo, veja bem — foi horrível. Mas eu sabia que tinha mochilas de emergência debaixo da cama e, como eu tenho uma lista de inventário, sei que cada uma contém dois sinalizadores, um cantil verde de infantaria, um canivete suíço, três garrafas de água, quatro caixas de fósforos e um isqueiro, um pote de pasta de amendoim, refeições prontas para consumo, pastilhas de iodo para purificação de água, um saco grande de uvas-passas, um rolo de barbante, um mapa dos Estados Unidos, uma bússola, duzentos dólares em notas de vinte, todas elas com a figura de Andrew Jackson para cima e, bem no alto, máscaras de gás que consegui na loja do exército e da marinha alguns anos atrás. Então, nem uma guerra biológica vai me pegar desprevenida. Noite passada, finalmente terminei uma mochila idêntica para minha mãe, e hoje lhe avisei que a coloquei de volta no lugar, se um dia — Deus me livre — ela precisar usar. Apesar disso, você teria a impressão de que acabei de tentar matar minha mãe com um machado, pelo jeito que ela está agindo agora.

— Honor, meu bem, me ouça um minuto — diz minha mãe. — Não faça essa cara, apenas ouça. Muito bem, eu sou sua mãe e posso dizer o que outras pessoas, que não serão nomeadas, não podem. Você foi um pouco longe demais com essa coisa de *estar preparada*. Você não pode planejar a vida, meu bem! As coisas acontecem. A *vida* acontece. Você sabe disso. Ninguém sabe disso melhor do que você e o Eddie. Você precisa mostrar para a Cricket que a vida puxa o nosso tapete às vezes, mas a gente levanta e segue em frente. Você não pode...

— Eu me recuso a ver como uma mochila de emergência cheia de sinalizadores, água engarrafada, um pouco de dinheiro...

— Dinheiro? — Agora é ela quem me interrompe. — Mas qual a razão *disso*?

— É para o caso de os caixas eletrônicos entrarem em colapso, mas a questão não é essa.

— Então *qual* é a questão? Aliás, quando os caixas eletrônicos entraram em colapso? Nunca fiquei sabendo que isso aconteceu um dia.

— Na verdade, no 11 de setembro todos os caixas eletrônicos ficaram sem dinheiro.

— Mas eles não entraram *em colapso* — ela diz.

— Não, se você analisar a questão ao pé da letra, eles não *entraram em colapso*, mas poderiam, pois todo mundo correu para tirar dinheiro, caso os terroristas invadissem, e não tinha mais um centavo. Especialistas em segurança disseram depois que era uma boa ideia ter algum dinheiro à mão, caso precise.

— Caso precise o quê? Caso os terroristas precisem comprar algo na Gap?

— Haha, muito engraçado. Preciso buscar a Cricket em dois minutos, só para sua informação.

— Meu bem, isso é demais — ela diz, com o rosto sério agora. — Isso foi longe demais. A Cricket finalmente está fazendo avanços. Logo ela vai fazer novos amigos, tenho certeza. E você está... bem, você está levantando da cama todos os dias. Já é um começo. Você está tentando... eu vejo que você está tentando, meu amor, e tenho muito orgulho de você por isso. Eu estou bem. O seu irmão, bem... Ele está se saindo tão bem quanto possível, Deus lhe ajude. Finalmente tudo está voltando ao normal, e você está convencida de que o mundo está prestes a acabar. Você não consegue ver que tem algo de errado nisso, meu amor?

— Eu não acho que o mundo está *prestes a acabar* — eu digo a ela. — Eu gosto de estar preparada para emergências, só isso.

— Você realmente precisa de um pente em um recipiente plástico? Que tipo de emergência exigiria um pente?

— Eu tenho as minhas razões — digo com pouca convicção, porque agora que a brincadeira parou e ela está se concentrando, minha mãe vai expor todas as coisas que ela acha malucas e não vou conseguir abrir o bico uma única vez.

— Tudo bem, então qual é a razão para o pente? — Ela paga para ver meu blefe.

A cadeira range quando ela se ajeita de novo. A Grande Cadeira. É assim que Eddie e eu a chamamos secretamente, porque é isso que ela é: *Grande*, com um G maiúsculo. Minha mãe sempre teve tendência ao sobrepeso, mas, quando meu pai morreu, dez anos atrás, ela começou a comer e nunca mais parou. Eu encontrava embalagens de doce por toda parte — enfiadas no porta-luvas, amassadas debaixo de almofadas do sofá, debaixo da cama. Literalmente por toda parte. Em um primeiro momento, achei que fosse uma fase, que ela encontraria um equilíbrio ou passaria a comer menos quando o luto acabasse. Tentei conversar com ela sobre o assunto tranquilamente, dizendo que só nos preocupávamos com seus hábitos alimentares por razões de saúde, mas ela ficava realmente na defensiva e chorosa e, com o tempo, começou a me cortar com uma mão erguida e um "nem comece" toda vez que eu tocava no assunto.

Quando ficou claro que a gordura da mamãe estava ali para ficar, eu pedi ao Eddie que tirasse os braços de uma das cadeiras da cozinha e reforçasse as pernas com apoios grossos de madeira de pinheiro. Parece uma versão da cadeira do monstro de Frankenstein. Mas ela vai segurar o peso da minha mãe, então pelo menos não preciso me preocupar com ela desabando no chão.

— Tudo bem, vamos lá — desisto. — E se a Cricket chegar da escola com piolho? *Alguém* vai ter que passar um pente no cabelo dela e no cabelo de todas as outras crianças para ver se os piolhos passaram adiante. Daí elas vão precisar de um pente para fazer isso, e adivinha quem vai estar lá, pronta e esperando?

— Honor, meu bem...

— Você faz ideia de quantas crianças moram nesse bairro? — eu pergunto a ela. — Só nessa quadra tem oito, e isso sem contar as crianças missionárias. Aliás, se você me perguntar, vão ser elas que provavelmente vão pegar piolho. Onde estão agora? Na Nicarágua ou algo assim? Droga, não posso me atrasar para pegar a Cricket. Podemos falar sobre isso mais tarde, quando eu voltar?

— Ah, está bem — ela diz. — Vamos, vá de uma vez. Falando nisso, elas estão na Guatemala, não na Nicarágua, e isso quer dizer que tem uma família por aquelas bandas realizando o trabalho de Deus...

Nós duas sabemos que ela concorda comigo a respeito dos vizinhos benfeitores, mas se sente na obrigação de elogiá-los em público.

— Eu te amo tanto — ela diz estendendo os braços, e posso dizer que ela quer ajeitar o meu cabelo atrás das orelhas.

Ela odeia quando meu cabelo cai no rosto. Mas, por causa do seu tamanho, não consegue se aproximar o suficiente, então me inclino para que ela possa me paparicar, porque é isso que ela adora fazer. Ela adora me paparicar. E à neta dela, a Cricket.

— Eu me preocupo com você, só isso — ela diz. — Você é a melhor coisa que já aconteceu na minha vida, sabia? É sim, não adianta achar que não. Eu não sei o que faria sem você.

— Bom, você não vai precisar descobrir — eu digo. — Eu te amo também, mãe. Escute, tenho que ir. Ligue para o meu celular se precisar que eu pegue alguma coisa no caminho de casa.

— Me ajude antes de ir, por favor?

Ela segura a ponta da mesa enquanto eu fico atrás dela para ajudá-la a sair da cadeira. Ela se balança para frente e para trás para pegar impulso.

— Segure firme. Segure firmeee... Tudo bem, estou pronta. Cadeira, seja boa comigo, está me ouvindo? Um, dois, três...

E ela está de pé. Cada vez é uma vitória.

E então ela pega o meu braço, olha de maneira expressiva para mim e, pela quarta vez hoje, pergunta:

— Você tem *certeza* que está bem, querida?

Como eu disse, ela é uma mulher estranha. Eu adoro a minha mãe, mas, por Deus, como ela é estranha.

5

Honor

Ano passado não foi o meu melhor ano.

Todo mês de dezembro, faço um checkup anual com minha vidente, Misty Rae, e todo ano, apesar de eu pedir para ela não me dar nenhuma notícia ruim, caso veja alguma em meu caminho, mesmo assim ela sempre termina me contando alguma calamidade terrível que vai se abater sobre mim e sobre minha família no ano seguinte. Eu digo isso da maneira mais clara possível — na realidade, eu *imploro* que ela não me conte —, mas ela sai falando do mesmo jeito, e então a previsão se imprime no meu cérebro como se tivesse sido marcada a ferro. O que eu vou fazer? Acho que é preciso aceitar o mal com o bem.

Ano passado, no dia 30 de dezembro, como sempre, Eddie me ajudou com os preparativos para a viagem para ver Misty Rae. Embora estejamos separados, ele se preocupa comigo, e não o deixo se meter muito, mas lá no fundo eu não me importo com isso. Então lá estava ele na entrada da casa, usando aquele velho boné de caça ordinário, me instruindo a desligar o celular, mas deixar no banco do passageiro, ao alcance da mão, usar o cinto de segurança e manter o volume do rádio baixo. Acho que isso vem com o território. Eddie é policial do distrito 140 de Hartsville, na região da cidade que eu chamo de *distrito triste*, embora a maioria das pessoas pense nele como *distrito perigoso*. Eddie vem de uma longa linhagem de policiais — seu pai, seu avô, até seu bisavô foram todos agentes da lei, e seu irmão é bombeiro; não que isso seja um agente da lei, mas vale mesmo assim. Enfim, ano passado, como sempre, Eddie apareceu, levou meu carro para lavar e o abasteceu com gasolina comum (no rádio eles disseram que não dá para perceber a diferença entre a gasolina comum e a aditivada, então por que gastar esse dinheiro a mais?), e colocou um bilhete no porta-luvas: "Para mais tarde", dizia. No fim das contas, ele havia pedido para Cricket me escrever, em vez do seu habitual "Boa sorte e não deixe os canalhas te colocarem para baixo", que no fundo eu sempre odiei (porque não fazia sentido! Em primeiro lugar, só estou indo ver uma pessoa, no *singular*, não no plural, e, em segundo lugar, só porque a Misty Rae vê o futuro, ela não é uma canalha. E eu sempre pensei na palavra como sendo masculina).

A carta da Cricket era simplesmente preciosa, com uma letra que ela jamais será capaz de superar, porque caligrafia ruim é um problema que vem de gerações na família, me contando como o ano que vem será repleto de *arco-íris* e *balões* e *coisas maravilhosas que vamos viver juntas*, e então ela disse que *temos um anjo no céu cuidando da gente agora, então não importa o que a Misty Ray disser, nosso anjo vai tomar conta da gente*. Levei a carta na Kinko's, no centro da cidade, e pedi que a laminassem. Alguns meses mais tarde, Cricket já é quase uma adolescente, muito insolente, por sinal. Ela ainda é a minha bebê, mas não tem nem treze anos e já estou perdendo de vista a garotinha que adorava arco-íris e balões.

Na nossa sessão ano passado, Misty Rae disse que minha mãe teria câncer, apesar de não saber dizer de que tipo, e que teria de fazer quimioterapia, que faria todo o cabelo dela cair. É claro que isso é uma má notícia para qualquer pessoa, mas no caso da minha mãe? Deixe-me explicar a questão desta maneira: o cabelo dela é o seu ponto forte e o seu traço favorito, ainda de um castanho-escuro brilhante, quase preto, e sem um único fio grisalho, não estou brincando. Tão bonito. Ela toma todo cuidado para mantê-lo daquele jeito — uma vez por semana, esmaga um abacate e pede que sua cabeleireira, Krystal, o use em vez do xampu, e sim, é nojento, mas o cabelo da minha mãe é grosso e saudável e nunca foi pintado, então quem sou eu para julgar? Ela não suportaria se seu cabelo caísse. Especialmente agora, que ela tem esse problema de peso. O cabelo é a única coisa que ela gosta em sua aparência.

Misty Rae disse que ele cresceria de novo, mas que — ela sublinhou com veemência essa parte, me fez até anotar —, se a minha mãe usasse uma escova enquanto estivesse tentando deixá-lo crescer de volta, "ele vai cair tudo de novo e ela vai ficar careca para o resto da vida". Essas foram as palavras exatas de Misty Rae. Ela disse que devíamos usar pente quando o cabelo da minha mãe estivesse "voltando", como se ele fosse uma maré oceânica.

— Vá e consiga um pente — ela disse —, e o mantenha limpo, num lugar onde você se lembre. Sua mãe vai agradecer por isso mais tarde.

Então, agora há pouco, quando minha mãe mencionou o pente que eu guardo em um recipiente plástico, tive de me virar para criar uma razão plausível para isso. Nem morta eu contaria para ela sobre o câncer e a quimioterapia. Ela já tem motivo suficiente para se preocupar sem *isso* para incomodar sua mente.

Misty Rae dizer que minha mãe teria câncer foi apenas uma de suas muitas previsões terríveis — várias se provaram corretas, já vou dizendo. Não que eu esteja feliz que a Cricket tenha quebrado a perna em três lugares e teve de ficar imobilizada por quase cinco semanas no verão passado. Ou que perdi meu emprego como secretária no escritório de advocacia Marlowe & Hayes por causa da recessão repentina. É claro que não fiquei contente que Misty Rae estivesse certa a respeito de tudo isso. Mas suas previsões me confirmaram que Misty é uma vidente de altíssimo nível, então pagar-lhe um dinheiro que eu nem tenho direito se justifica, pois, das previsões que não se confirmaram, tenho certeza de que pelo menos metade eu consegui evitar porque sabia delas antes de terem ocorrido. Algumas não fizeram o menor sentido. Que papo era aquele sobre uma caixa que dá um choque elétrico na pessoa que a abre? Perguntei para Misty Rae se ela se referia a uma caixa de fusíveis ou algum equipamento elétrico, e ela balançou a cabeça com os olhos apertados e descreveu o que ela estava vendo: serragem, um quarto escuro, uma caixa de um tamanho que podia conter um par de sapatos femininos, e uma mão se aproximando lentamente para abri-la e a soltando subitamente depois do choque.

Então havia o cão marrom de três patas chutado pelo pé de uma criança. Ela tinha certeza absoluta de que era o pé de uma garotinha, mas a chance de minhas meninas machucarem um animal era a mesma de largarem a viga de uma ferrovia sobre os próprios pés. Ela teve mais algumas visões malucas como essas, mas elas não faziam sentido, então não dei atenção. Você não pode estar cem por cento certa cem por cento das vezes, e Misty Rae é apenas humana, no fim das contas.

O último ano foi ruim por muitas razões, mas o que eu achei que fosse o pior de tudo acabou sendo uma bênção, se você quer saber. Cricket e eu tivemos de voltar a morar com a minha mãe, e juro por Deus que acho que precisávamos mesmo umas das outras. E eu nem teria percebido isso, se não tivesse perdido meu emprego, meu casamento e todo meu dinheiro. A grande surpresa disso tudo é que, afinal, era a Cricket quem mais precisava da mudança. Ela precisa de alguém que não comece a chorar inexplicavelmente, de uma hora para outra. Ela precisa estar com pessoas que não pensem sobre a morte da irmã dela o tempo inteiro. Eu tentei desesperadamente me mostrar forte, mas acho que ela percebeu o esforço que isso significa para mim. Nossa, só o fato de sair da cama já tem sido uma luta, não vou mentir. Minha mãe é perfeita para Cricket agora. Ela dá a atenção que uma garota da idade dela precisa receber de um adulto. As duas podem revirar os olhos juntas para mim, e talvez isso faça Cricket se sentir normal. Eu tentei explicar para ela que as pessoas têm boa intenção quando ficam sérias e perguntam como ela está *realmente* se sentindo, mas eu mesma sei que isso cansa — sempre ser associada com tristeza na cabeça das pessoas. Eu vejo Cricket observando as amigas se cumprimentarem na frente da escola, os sorrisos se abrindo. (E o que dizer dos abraços? As garotas se abraçam como se não tivessem se visto ontem.) É duro observar o sorriso delas se desfazendo em expressões de preocupação quando Cricket aparece. Muitas vezes — na realidade, na maioria das vezes —, ela é ignorada completamente, como se o luto fosse contagioso. Saber que Cricket passa por isso todos os dias me mata de um milhão de maneiras diferentes.

Ai, meu Deus, lá vem Evelyn Owens estalando os saltos altos e exibindo suas pérolas, a caminho da entrada da escola em plena luz do dia. E justo hoje eu tinha de escolher essas bermudas velhas que me engordam. Esqueci que preciso sair do carro — no verão, eles fazem você entrar na escola para pegar pessoalmente o seu filho, o que é uma bobagem e um desperdício de tempo, mas as regras são essas e não estou disposta a fazer nada que possa atrapalhar a Cricket a conseguir uma ajuda a mais. Acredito que ela foi aceita para o programa por causa do sobrenome Chaplin e por causa do Eddie. Ele faz palestras sobre "o perigo de estranhos" para a garotada e fala sobre defesa pessoal para os mais velhos. Todos adoram o Eddie na escola, então, quando a seguradora disse que a medicação para o TDAH da Cricket não era mais coberta, pedi que Eddie mexesse os pauzinhos para inscrever nossa filha no programa de extensão de verão, que todo mundo diz que é o melhor no estado para crianças com déficit de atenção. Ele proporciona atividades que as acalmam e as fazem se concentrar, para que consigam sentar e fazer o dever de casa sem que a cabeça delas gire por toda parte. Além disso, minha separação de Eddie foi realmente difícil para a Cricket, e achei que alguma atividade de apoio nesse verão poderia vir muito a calhar. A morte de uma irmã mais TDAH mais pais separados é igual a uma criança triste. Vá por mim.

É claro que Misty Rae não previu que nossa primogênita morreria de uma doença terrível. Ela não previu que eu ficaria tão cheia de raiva e de dor que quase ataquei nossa vizinha, a srta. Childers, quando ela disse que havia sido a vontade de Deus.

Não, Misty Rae não me contou sobre nada disso. Ou sobre o silêncio que cairia em nossa casa depois do funeral. O que achei irônico, porque tudo que queríamos fazer era gritar. Ela não me contou que as pessoas atravessariam a rua para evitar dar de cara conosco — por falta do que ter para dizer, eu sei, mas mesmo assim isso doía. Misty Rae não mencionou como eu me sentiria magoada quando Eddie se fechou completamente e decidiu encurtar sua licença por morte na família para voltar ao trabalho. Como partiria meu coração vê-lo sair da cama e se aprontar todos os dias, como se nada tivesse acontecido. Como se ele se sentisse *aliviado*.

Então, por que eu continuo indo ver Misty Rae?

É simples: quando o pior acontece com uma filha, você faz qualquer coisa que estiver ao seu alcance para evitar que algo ruim aconteça com a outra.

A outra, que se colocou ao meu lado no sofá e disse, quando fui demitida e me descontrolei chorando novamente:

— Calma, mãe. Vai ficar tudo bem. Sabe por quê? Porque nós somos Chaplin. E os Chaplin...

— Sempre saem por cima! — terminamos a frase juntas.

6

Honor

— Ei, pequena, como foi hoje? Aqui, me passa essa mochila. Sério, devia ter uma lei contra as escolas que fazem vocês carregarem essa carga toda de livros pesados. E é verão! Você está com fome? Vamos parar no Wendy's a caminho de casa.

Eu estendo a mão para fazer um carinho na cabeça de Cricket e observo que o cabelo dela está um ninho de rato. Tenho que pedir para minha mãe cortar o cabelo dela. Graças a Deus ela herdou o cabelo grosso da minha mãe, embora tenha herdado o loiro do lado do meu pai. É a cor que as mulheres pagam um monte de dinheiro para ter nos salões. Um tom dourado lindo, que vira loiro bem claro no verão. Ela não dá a menor importância para isso — na realidade, não demonstra nenhum interesse por nada que seja de mulherzinha. É uma moleca, do começo ao fim. Ed costumava dizer que Cricket é o filho que ele nunca teve. Sua irmã tomara toda a feminilidade para si, então Cricket partiu na outra direção logo de início. Sua constituição franzina não se presta muito para os esportes, embora Deus seja testemunha de que isso não a impede de tentar entrar para as equipes de vôlei, futebol e basquete. Deus abençoe o seu coração, mas ela não joga nada em nenhum deles, tropeçando nas pernas desengoçadas. *Ela vai crescer até alcançá-las*, o dr. Cutler, seu pediatra, disse alguns anos atrás. Quando isso acontecer, que Deus nos proteja — ela tem tanta energia, essa aí.

— Sim, estou morrendo de fome. Espera, mãe, podemos parar na biblioteca no caminho, por favor, podemos, por favor, porque hoje terminei o L e alguém pode retirar o M, e eu não posso sair da ordem, então podemos ir, por favor? Vou correndo, você nem precisa sair do carro, por favorrrr...

— Talvez amanhã a gente possa dar uma passada na biblioteca, mas hoje eu tenho um monte de coisas para fazer, e *você* não arrumou o seu quarto, como tinha prometido que faria ontem à noite, então você também tem muita coisa para fazer, senhorita.

— Ah, por favor, mãe. Alguém vai retirar se a gente não pegar hoje.

— Querida, eu tenho uma novidade para você: o M vai estar lá amanhã. Ninguém vai tirar o volume M da *Encyclopaedia Britannica* hoje à noite. Posso lhe garantir.

— Como é que você sabe? Talvez alguém precise fazer um trabalho sobre alguma coisa que comece com M, tipo, tipo...

Posso vê-la lutando para não perder a discussão.

— Tipo... Madonna? — sorrio no espelho retrovisor.

— Não, mãe — ela diz, suspirando e revirando os olhos. — Dá para encontrar coisas sobre a Madonna em qualquer lugar. Dã.

— Espere, espere, eu sei: Malta — digo. — Ou quem sabe mofo! Falando nisso, eu *preciso* ligar para o encanador...

— Ou Maria, a mãe do menino Jesus — diz Cricket. — Ou macacões! Espera, o que é Malta?

— É uma ilha na costa de algum lugar, não sei. Mamíferos!

— Moléculas!

— Como você já sabe sobre moléculas? — pergunto. — Você já estudou isso em ciências?

— Hã, claro, tipo um milhão de anos atrás, *dã* — ela diz.

— *Como?*

— Desculpa. Mãe, por favor por favor por favor podemos parar na biblioteca? Por favor por favor por favor por favor...

Ela é assim, a minha Cricket,* ela trina e trina e trina até que fica tão ruim que você acha que perdeu a cabeça. É como ela ganhou o apelido, para começar. Ela não faz isso para ser rude ou má. Cricket é apenas uma pistola carregada, cheia de curiosidade sobre qualquer coisinha, por mais insignificante que você possa imaginar. É por isso que ela está retirando a *Encyclopaedia Britannica* uma letra de cada vez e tentando decorar. Ela tem memória total e completa de qualquer coisa que queira lembrar. Nunca se viu nada igual. Ela poderia ir a um programa de TV com isso. O dr. Cutler disse que nunca tinha visto uma criança com TDAH e memória fotográfica ao mesmo tempo, mas essa é a nossa Cricket. Um pássaro raro.

— Fique quieta um minuto, Cricket — eu digo.

O trânsito hoje está terrível. Ninguém está reduzindo a velocidade para nos deixar sair da escola de volta para a Ferndale Road, e a fila de carros é tão longa que poderíamos ficar aqui a noite inteira, Deus do céu.

— Olhe para a esquerda e me diga quando tiver mais espaço entre os carros, está bem?

— A gente pode pegar o M hoje, mãe? Por favor?

— Enquanto eu penso sobre isso, por que você não me diz... Oba, estão me dando passagem! Obrigada, senhor! Dê um tchauzinho para o homem, querida. Obrigada!

Eu aceno para o homem no Jetta e sigo dirigindo.

— Estou vendo você roer as unhas pelo retrovisor, Cricket. Pare com isso e me conte como foi a escola hoje.

A pausa é o que noto primeiro. Quando você está falando com a minha Cricket, não há pausas. Nunca. Ela está olhando fixamente para fora da janela, mas eu olho na mesma direção e não vejo o que possa ser tão fascinante, a não ser que você considere fascinante uma loja grande de artigos para escritório.

— Querida? Você está bem?

---

* Grilo, em inglês. (N. do T.)

— Se eu te contar uma coisa, promete que não vai ficar brava? — ela pergunta, cruzando o olhar com o meu no espelho.

Que pais já não ouviram isso e não sentiram um frio na barriga pelo que estão prestes a ouvir?

— Se eu prometo que não vou ficar brava? Bem, você infringiu alguma lei?

— Não, senhora.

— Você machucou outro ser humano ou uma criatura?

— Não, senhora.

— Então prometo que não vou ficar brava — digo. — O que é, querida?

— Hum, é que...

— Vamos de uma vez.

— Tá, é que eu não sabia e acho que ninguém sabia, mas hoje era o dia de dissecação no laboratório, porque os sapos chegaram ontem e o sr. Taylor não queria esperar até o capítulo de dissecação, porque ele mal pode esperar para cutucar sapos, e eu disse para você que não ia fazer isso e você disse que eu não precisava, lembra? Você disse que eu não precisava dissecar um sapo, você disse isso, e eu falei para o sr. Taylor que você me deu permissão para sair da sala, mas ele não acreditou em mim, então eu esperei, mas quando senti o cheiro do éter onde os sapos estavam mergulhados, eu disse para ele que estava enjoada e precisava ir ao banheiro e que ele me desse um passe para o corredor por favor e ele me deu um e eu saí da sala e foi uma coisa boa porque eu sabia que eu ia vomitar e se eu fizesse isso na frente de todo mundo eu nunca seria capaz de mostrar minha cara na escola de novo nunca nunca nunquinha. Assim já está ruim o suficiente.

— Tudo bem, querida — eu digo. — Lembre-se do que o médico disse sobre respirar a cada frase. Isso ajuda com a concentração.

Ela é tão incrivelmente bonitinha. Eu a vejo respirar fundo e soltar o ar como se estivesse fazendo bolhas de sabão. Nossa, como sinto falta daqueles dias. Eu já disse antes e vou dizer de novo: não consigo imaginar como ela chegou aos treze anos tão rápido.

— Muito bem. Isso foi realmente bom. Agora continue.

— Eu consegui chegar ao banheiro das meninas a tempo e ninguém estava lá, então vomitei e ninguém me viu. Quando voltei para o corredor, eu não conseguia pensar aonde podia ir para me esconder até o sinal da próxima aula tocar, e foi assim que acabei seguindo a turma do nono ano até o auditório, onde eles estavam tendo um tipo de reunião que eu não sabia do quê, o que é estranho porque eu sempre leio o quadro de avisos, então eu queria saber o que eles estavam indo ver, porque todo mundo sabe que os alunos do nono ano veem filmes toda hora, tipo todos os dias. Ninguém nem me notou, ou se eles notaram me ignoraram, então foi fácil me esconder na última fila, porque as carteiras estavam vazias porque o sr. Learson disse para todo mundo ficar na frente. Ele não queria gente vagabundeando, ele disse. Vagabundeando. Vaga-vaga-vagabundeando... Você sabe de onde veio essa palavra? Na enciclopédia diz...

— Continue com a história, Cricket. Concentre-se.

— Mãe! Você simplesmente atravessou um sinal vermelho.

— Estava amarelo. Continue.

— Tá, então ele falou em um microfone que na verdade não precisava, porque não tinha muita gente ali para ouvir a voz dele, era só o nono ano. Ele disse que porque eles tinham concordado em participado da reunião...

— *Participar* da reunião, não *participado*. Vá em frente.

— Porque eles tinham concordado em participar da reunião, e só se eles assinassem na entrada *e* na saída, eles poderiam ter meio período livre na sexta-feira, e todos bateram palmas e um garoto até assobiou, e o sr. Learson teve que dizer *pessoal, pessoal, vamos lá, pessoal!* Então ele colocou um filme e, mãe, você não acredita... era um filme tão nojento que achei que fosse vomitar tudo de novo! Tinha uns bebês na barriga, bebezinhos mortos no chão cheio de sangue do hospital e garotas grávidas tristes que pareciam muito novas para ter filho e, mãe, eu me senti *tão envergonhada*, porque elas pareciam ter a idade da prima Janey, e isso significa que elas fizeram aquilo, e você acha que a Janey também fez, mãe? Eu não acho, você acha? Será que a Janey foi até o fim mesmo?

Quando tento engolir, minha língua gruda no céu da boca e então percebo que estava de boca aberta. Se eu deixar que ela perceba como estou chocada, talvez mude de assunto e vai ser como andar na areia movediça para trazê-la de volta para continuar contando. Eu sei como é. Existe um limite de tempo. Então você tem de tirar a informação de que você precisa bem rápido, antes que ela escorra por entre os dedos para sempre.

— Não, querida, a Janey não *foi até o fim*, posso lhe garantir isso. Droga, o drive-thru está fechado. Vamos ter que entrar. Continue falando. O filme tinha bebês mortos?

— Sim! Era tão nojento e horroroso. Então, quando acenderam as luzes e o homem que estava dando a palestra apareceu, todo mundo teve que aplaudir, e ele disse com uma voz alta e muito fininha: *não deixe que isso aconteça com você* e fez com que todo mundo virasse para a pessoa do lado, apertasse a mão dela e dissesse *prometo que não vou ter relações sexuais antes do casamento*, só que era engraçado, porque os garotos bagunçaram as palavras e disseram *prometo que* vou ter *relações sexuais antes do casamento* e mais coisas que eu não devo repetir, e o sr. Learson não parava de gritar *parem com isso* e *vamos prestar atenção no nosso visitante* e *somos embaixadores de Hartsville hoje, vamos fazer com que Hartsville sinta orgulho da gente*, mas no final ele estava gritando *chega, vou começar a anotar os nomes* e dois garotos que eu não conheço foram expulsos. Você acredita nisso, mãe? Bebês mortos por toda parte. Foi tão horrível.

— Espera só um pouquinho — eu digo assim que entramos. Pego um lugar na fila e leio o quadro com o cardápio, embora eu peça sempre a mesma coisa. — Você sabe o que vai querer? Cricket, veja o cardápio e diga o que quer. Olá, eu gostaria do bufê de saladas e uma Coca Zero grande. E minha filha aqui vai querer... Cricket?

— Hum, sanduíche de frango sem nenhum acompanhamento.

— Por favor?

— Por favor.

Ela revira os olhos para mim, mas, pense bem, de que outra maneira ela vai aprender? O pai fica todo babão quando fala com ela. Deus me livre se ele insistir em qualquer coisa que não seja um abraço e um beijo dela.

— Querida, vá pegar uma mesa para a gente perto do bufê de saladas, está bem?

Enquanto espero pelo sanduíche de frango dela, observo Cricket sentada sozinha. Olhando em volta, na esperança de ter com quem conversar. O problema é este: ela é tão amigável que poderia começar uma conversa com uma pedra, mas, por mais cativante que essa sociabilidade seja para os adultos, é kriptonita para a garotada da idade dela. Não é *legal*. Então lá está ela. A garota mais solitária do mundo.

7

Carrie

O primeiro lugar aonde chegamos em nossa caminhada para nossa nova vida é o Hotel e Motel Loveless, em Hartsville, Carolina do Norte, e, apesar de o nome não ser grande coisa, a mamãe vai conseguir um quarto para a gente. Nós nunca ficamos num hotel ou motel ou qualquer coisa do gênero, e, se eu não estivesse tão, mas tão cansada, estaria realmente empolgada, mas nesse momento nem palitos de dente conseguiriam manter meus olhos abertos. O escritório da frente parecia bem acolhedor e amigável quando a gente estava mancando em sua direção, vindas do asfalto. Ele tinha um brilho amarelo que por alguma razão me fez pensar que ali dentro tivesse biscoitos recém-tirados do forno. Em vez disso, cheira a xixi de gato, churrasco e alvejante misturados juntos de propósito para ver se meu estômago aguenta sem reclamar. A mamãe está falando com um velho assustador atrás do balcão, tão magro que parece um esqueleto com uma camada fina de pele cobrindo os ossos. Estou encostada na janela de vidro quando ele olha por cima dos óculos de leitura, apertando a ponta do nariz, e diz para mim:

— Você está segurando a janela no lugar pra mim?

Ele diz isso de um jeito sério, mas, quando eu respondo: "Senhor?", ele abre um sorriso e diz:

— Só estou brincando com você, menina. A patroa diz que preciso renovar meu repertório. Diz que é melhor eu segurar meu trabalho do dia, porque o meu humor não é do tipo engraçado, e acho que ela está certa. Quantos anos você tem?

— Ah, não ligue para ela. Ela não vai incomodar ninguém — diz a mamãe, acenando na minha direção como se estivesse espantando uma mosca. — Ei! Endireite esse corpo quando alguém está falando com você.

Pela maneira como ele ergue a sobrancelha direita, posso dizer que se trata de um homem que ouviu mentiras a vida inteira. Ou recebeu muitos trotes pelo telefone.

— Você vai incomodar alguém, menina? — ele me pergunta diretamente. Está sorrindo, o que não faz muito sentido, porque ele está me perguntando se vou incomodá-lo.

— Não, senhor.

— Prometo que o senhor não vai ouvir um pio da gente — diz a mamãe.

O sorriso que ele me deu desaparece quando ele se vira para a mamãe e nos avalia.

— Vocês estão com cara de quem poderia aproveitar uma boa noite de sono. Vamos ver... Parece que os únicos quartos disponíveis no momento são o *deluxe* — ele diz, correndo o dedo por um livro de registros grande e antigo como o do Papai Noel. Ele olha para mim e para a mamãe como se estivesse julgando um carro alegórico, suspira, olha sobre o ombro para ter certeza de que ninguém o espiou, e, com a voz baixa, diz: — Vou dizer o que posso fazer. Você paga agora pela chave e o aluguel da primeira semana e vou colocar as duas no quarto *deluxe* com a tarifa de quarto comum menos vinte por cento. É tarde, e de qualquer maneira não tem muita diferença entre o comum e o *deluxe*, só que o *deluxe* tem um frigobar e um fogãozinho. E TV com os canais básicos, claro. O ar-condicionado é de graça. Chamadas locais também, mas é preciso usar um cartão telefônico para qualquer ligação para fora de Hartsville, mesmo que seja o mesmo código de área.

— Muito obrigada, senhor — diz a mamãe. — Com certeza vamos aproveitar o descanso.

— Se você contar para a sra. Burdock que eu lhe dei um desconto, eu vou negar, está me entendendo? — ele diz. — E é bom vocês se cuidarem. Isso aqui é um belo estabelecimento, mas de vez em quando recebemos algumas maçãs podres e não posso me responsabilizar por nada... *estranho* que venha a acontecer. Veja bem, a patroa não gosta de hospedar crianças. Não podemos fazer disso uma política, digamos assim, afinal seria discriminação. Mas gostamos de dizer que *preferimos* somente adultos. Abrimos algumas exceções aqui e ali. Mas, de modo geral, famílias trazem um monte de problemas e não quero incomodar o sono da sra. Burdock a noite inteira, está me entendendo? Ela tem ansiedade nos genes, então não precisa muito para deixá-la puta da vida, com o perdão da palavra. Entendeu?

— Sim, senhor — mamãe e eu dizemos ao mesmo tempo.

— Vocês estão sozinhas nessa.

— Sim, senhor.

— Ah, e anote o número da placa do seu carro ao lado do seu nome para que não aconteça de chamarmos o guincho. A parada de ônibus é logo ali, e tem pessoas indo e voltando do trabalho querendo estacionar de graça aqui todos os dias — ele diz, passando uma folha de papel para a mamãe.

— Ah, nós não temos carro — a mamãe diz. Eu quero corrigir e dizer *sim, nós temos. Ele quebrou, mas ainda é nosso*, mas mordo a língua. A mamãe não gosta de ser corrigida. O sr. Burdock está observando a mamãe por cima dos óculos, como se o fato de não termos um carro pudesse mudar sua opinião.

— Como vocês chegaram aqui? — ele pergunta.

— Nosso carro quebrou lá atrás, na estrada — diz a mamãe —, mas era uma lata-velha que ninguém conseguia reanimar mais, então partimos a pé e depois pegamos uma carona que nos deixou aqui perto.

— Bem, tudo bem, então — ele diz, endireitando as costas, arqueando o peito magro para frente e abrindo bem os braços, como se dissesse *ta-ra!* — Bem-vindas ao Loveless. A escada fica de frente para a entrada. As máquinas de venda automáticas estão no primeiro e no segundo andar. As máquinas de gelo também, mas a que está no segundo andar vem me causando problemas. Se ela não estiver funcionando, me informem. O serviço de quarto é *esporádico*. Nossa funcionária nos deixou na mão, e a sra. Burdock está gostando do dinheiro que estamos economizando, então não contem com a contratação de ninguém nos próximos dias. O aluguel deve ser pago ao fim do horário comercial, às sextas-feiras.

Eu não tinha percebido que estava prendendo a respiração, mas, quando ele passou para a mamãe o bloco de madeira preso à chave, finalmente soltei o ar.

Ela o pega, mas, quando vê o número 217 impresso, o sorriso falso desaparece do rosto e ela perde toda a cor.

— Alguma coisa errada? — ele pergunta.

Mamãe olha para ele, então para o número e de volta para ele.

— Hã, ah — ela diz —, não, senhor. Está tudo bem.

Eu posso dizer que não está *tudo bem*, mas não consigo imaginar o que a mamãe tem contra a madeira ou o número 217.

— Tudo bem, então. Eu me chamo Hap Burdock — ele diz, sorrindo e estendendo a mão sobre o balcão. — Muito prazer.

— Eu sou Libby Parker, e essa é minha filha, Caroline — a mamãe diz, em sua voz simpática falsa, com um sorriso. — Querida, venha até aqui e cumprimente direito o sr. Burdock.

Ele pisca o olho para mim e diz:

— Você se importaria em me dizer por que guarda uma moeda atrás da orelha?

— Senhor?

Ele estende a mão. Num primeiro momento, acho que vai me bater, então recuo. Ele assume uma expressão triste e então diz:

— Está tudo bem, eu não mordo. Só vou tirar aquela moeda de onde ela está escondida. — E, dito e feito, seus dedos tocam meu cabelo, perto da orelha direita, e ele segura uma moeda no ar para que eu e a mamãe possamos ver.

Sinto algo atrás das orelhas, mas acho que me lembraria de ter colocado dinheiro ali. Especialmente levando em consideração que eu nunca faço isso.

— Nossa. Como você fez isso? — eu pergunto.

Ele pisca de novo para mim e me dá a moeda de presente.

— É *mágica* — diz, passando as mãos na frente do rosto.

Eu nunca vi alguém como ele de onde eu vim. Tenho certeza.

O Loveless ocupa quase uma quadra, com todas as portas e janelas em ambos os andares de frente para as vagas de estacionamento na parte central aberta da quadra. Os quartos no segundo andar ficam ao longo de uma sacada comprida, com um parapeito pintado de preto para evitar que você tropece e caia no estacionamento.

— Você ouviu o homem — ela diz bem baixo. A voz da mamãe volta para o normal quando estamos fora do escritório a caminho da escada para o quarto no segundo andar. — É melhor você ficar quietinha, ou vou fazer mais do que jogar você na rua, pode ter certeza.

— Sim, senhora — eu digo, massageando o braço onde ela me beliscou.

— Temos sorte de achar esse lugar pelo dinheiro que temos — ela diz. — Nem sei onde a gente ia parar se não fosse esse quarto aqui. As coisas sempre ficam mais caras quanto mais perto você chega do centro da cidade.

Não sei como a mamãe sabe tudo sobre preços e centros de cidades, considerando que nunca chegamos a morar em um lugar com semáforos, mas por outro lado tem muita coisa que eu não sei sobre a mamãe. Ela não fala muito sobre sua infância.

— Tudo bem então — ela diz.

Está escuro e a luz sobre o estacionamento não é realmente clara, então a mamãe tem de apertar os olhos e se aproximar das portas para ler os números.

— Duzentos e onze. Duzentos e treze. Duzentos e quinze. Aqui está.

Ela vira a chave, abre a porta com um empurrão e acende o interruptor do lado de dentro.

É o melhor quarto do mundo inteirinho. Duas camas! E uma TV em cima do armário, de frente para elas! E ela é quase duas vezes o tamanho da velha televisão preto e branco meio quebrada que a gente tinha antes.

— Uau! Olha, mamãe! A TV é enorme!

Eu corro para dentro e esfrego o cansaço dos olhos para que possa ter uma visão melhor de tudo.

— Cada uma tem a própria cama, mamãe, olha! E tem um sabonete novo na embalagem, e dois copos. Isso é demais! E tem um chuveiro em cima da banheira, então você pode usar os dois se quiser, mamãe! Vem ver.

Ela ainda não colocou os pés no quarto.

— É bacana mesmo, não é, mamãe? — pergunto e estendo o sabonete para ela. — Cheire... É de eucalipto, que nem lá em casa.

— Apenas fique quieta, está bem? — ela diz, entrando cuidadosamente no quarto, como se ele pudesse engoli-la inteira.

A mamãe odeia um monte de coisas. Picles. Calças jeans. Gatos. Motoristas apressados. Conversa de caipira. Hendersonville. Crianças. Emma. E, pelo jeito que está olhando, acho que o Hotel e Motel Loveless, de Hartsville, Carolina do Norte, está na lista.

Eu confiro todas as gavetas em busca de algo deixado para trás e dito e feito — na mesinha entre as duas camas, tiro a sorte grande.

— Ei, mamãe, olha! Alguém deixou um livro aqui.

Ela não olha.

— Deixe aí — diz, avaliando o quarto. — Isso não é um livro, é uma Bíblia. Coloque de volta. Nenhuma alma foi salva nesta família, até onde eu sei. Além disso, se o diabo quiser te encontrar, ele vai encontrar. Não existe Bíblia no mundo que possa impedi-lo de fazer o seu trabalho.

Ela é novinha em folha, com o nome de um homem em letras douradas bacanas na frente. Você não acha que, se o sr. Gideão teve todo esse trabalho de colocar o próprio nome em letras douradas em sua Bíblia, ele lembraria de levá-la com ele quando partiu? Pego meu caderno preto e branco e escrevo: *perguntar ao sr. Burdock se apareceu alguém perguntando pela Bíblia que ele esqueceu*. Se não apareceu ninguém, vou pedir para ficar com ela. Achado não é roubado.

— Isso vai ser demais, mamãe — eu digo, enquanto ela senta bem na ponta da cama, abraçando com força a bolsa contra o peito, como se um ladrão estivesse tentando arrancar dela. Eu a observo pelo espelho quebrado sobre a pia. Ela cai um pouco para frente, então começa a vasculhar a bolsa. Ela aguentou firme até chegarmos aqui para beber o seu uísque.

— Mamãe?

— Hmmm? — Ela está passando o dedo pelos pontos da colcha, então dá um segundo gole da garrafa.

— Você quer que eu vá pegar gelo daquela máquina que passamos a caminho daqui, mamãe?

— Seria bom — ela diz, chegando o mais próximo possível de um *sim, por favor*, como sempre.

— Isso vai ser demais mesmo, tenho certeza — digo, indo em direção à porta.

E, pela primeira vez, acredito em mim mesma. Isso vai ser demais. Tenho a sensação de que vai ser mesmo.

8

Carrie

Mamãe está segurando os dois lados do vestido nas costas.

— Venha aqui e feche esse zíper — ela diz. — Não consigo de jeito nenhum.

Mamãe disse mais coisas para mim ultimamente do que em todo o resto de sua vida. Todo.

Eu fecho o zíper devagar, porque o meio das costas dela tem uma cicatriz horrorosa da garrafa de cerveja do Richard e, embora ela tenha sarado faz um tempo, eu sempre penso que ainda deve doer. Mas ela nunca ia dizer e eu nunca ia perguntar.

— Mamãe, por favor, posso ir? Eu prometo que fico bem quieta — digo a ela. — Você não vai nem saber que eu estou lá, juro.

— Não, você não pode mesmo. A última coisa que eu preciso é que eles vejam uma criança esperando por mim — ela diz baixinho enquanto mexe no cabelo de novo no espelho quebrado.

Eu adoro ver quando ela se arruma para entrevistas de emprego. Fechando o zíper. Arrumando o cabelo. Passando batom. Mais ainda a conversa dela. Eu nunca na vida a ouvi dizer tantas frases de uma só vez como agora, enquanto ela se apronta para procurar emprego. Eu sei que é por ela estar nervosa, mas às vezes finjo que ela e eu estamos nos arrumando para um baile que vamos participar com o papai.

— O que eles vão pensar? — ela está dizendo. — Vão pensar que vou querer tirar folga para cuidar da minha filha. Eles não querem pensar que os funcionários têm qualquer coisa mais importante que o trabalho para se preocupar. E nesse momento não existe nada mais importante do que o trabalho se nós quisermos comer. Onde está o meu batom?

Ela o passa e começa a falar de novo, para o seu próprio rosto no espelho. Eu tento não sorrir ao ouvi-la usar a palavra *nós*. Ela nunca diz *nós*.

— Quando eu tinha a sua idade, a minha mãe me disse que eu nunca ia passar de um desperdício de oxigênio. — Ela aperta os olhos enquanto espalha o spray fixador. O vapor vai deixar o balcão grudento, e eu sei que vou ter que limpar depois que ela sair. Eu sou muito boa em deixar o quarto *limpinho da silva*.

— Mesmo eles me chamando de Miss América na escola — ela diz, olhando-se de ângulos diferentes. — Aposto que você não sabia disso. Eu fui votada a mais bonita de toda a escola. Minha mãe nunca ficou sabendo disso, e não contei nada porque ela teria pensado que eu era uma metida. Mas eu era bonita. Eu era bonita e não pensei duas vezes sobre isso, para você ver como eu era idiota. Achei que ia ser bonita para sempre. Mas que droga, manchei meu vestido de batom. Vai, não fique aí parada. Venha aqui e me ajude, pelo amor de Deus!

Ela molha um dos panos de chão e eu ponho a mão por baixo do tecido do vestido enquanto a mamãe o esfrega, tentando tirar a mancha. Por sorte, é seu vestido florido de domingo, então não dá para ver a mancha rosa do tamanho de um polegar, mas ela fica louca de raiva do mesmo jeito. A marca em seu pescoço quase desapareceu, e o que ainda resta está coberto pela maquiagem que ela comprou na loja de 1,99. Mas, quando ela fica com raiva, a marca também fica. Não tem maquiagem que esconda isso. Mas não falamos dos seus machucados ou marcas. Nem uma vez. Sobre as dela ou as minhas. Acho que é melhor assim.

A mancha sai bem e vejo que isso a alivia um pouco, então acho que posso perguntar a ela algo que tem me incomodado, já que ela está tão falante e tudo o mais. A mamãe normalmente não tem muita paciência com *pensamentos* e *sentimentos* e essas coisas.

— Mamãe, você vê imagens aparecendo na sua cabeça, como se fosse um filme?

Ela está de pé na cadeira, no meio do quarto, de onde dá para ver o corpo inteiro no espelho.

— Como assim, imagens aparecendo na cabeça? — ela me pergunta enquanto se vira para ver a parte de trás do vestido.

— Imagens de coisas que não fazem sentido, mas você meio que acha que deviam fazer. Como quando você está com alguma coisa na ponta da língua, mas não consegue se lembrar de verdade?

Ela desce da cadeira e a próxima coisa que eu sei é que ela está apertando meu queixo entre o indicador e o polegar.

— Agora me escute com toda a atenção — ela sussurra para mim. — Se você enlouquecer de novo... Nem tente se afastar quando estou falando com você, estou falando sério. Se você ficar lelé da cuca de novo, vou te largar no acostamento da estrada e nunca mais olhar para trás, está me ouvindo? Cacete, eu adoraria uma desculpa para fazer exatamente isso, então não venha com conversa se não quiser se dar mal.

Através dos lábios apertados, eu digo:

— Sim, senhora.

— Não vou aguentar isso de novo — ela diz. — Você compreende o que estou lhe dizendo?

— Sim, senhora.

Ela solta meu braço e retoma os preparativos para sair.

— Já é ruim o suficiente que todos me tratem como uma maldita caipira. Como se eu nunca tivesse usado sapatos antes. Como se eu não soubesse a língua deles. — Ela está resmungando para o espelho de novo. — Eles falando bem devagar e alto, como se eu fosse estrangeira. Esse pessoal aqui acha que é melhor do que eu, quando tenho provavelmente mais sangue da Carolina nas veias do que todos eles juntos. É como se eu tivesse a palavra *estranha* marcada na testa. Como se fosse *eu* que tivesse sotaque. Se eles virem que tenho uma maluquinha pendurada na barra da saia, estou ferrada de vez, é só o que digo.

Ela comprime um lenço de papel dobrado entre os lábios com batom. É o que ela chama de *mata-borrão*. Não posso esquecer de pescar aquele lenço do cesto de lixo. Eu adoraria ter os lábios da mamãe no meu caderno. Finalmente consegui cabelos suficientes da sua escova para fazer uma mecha, que colei no livro ontem.

— Bom — ela diz, dando um passo para trás para ter uma visão melhor de si mesma no espelho —, não tem como melhorar muito mais, mas não sei por que me dou ao trabalho. É óbvio que não sou qualificada para fazer nada que alguém esteja disposto a pagar. Mas não sou um caso de caridade também, então isso me deixa entre a cruz e a caldeirinha.

Com a maquiagem cobrindo a cicatriz na bochecha e o cabelo longo o suficiente para disfarçar os lugares onde ele nunca cresceu de volta, depois que os punhos do Richard arrancaram tufos, ela está bonita pela primeira vez desde que ele entrou na nossa vida. O que ainda resta daquela marca no pescoço dela é a última impressão que o Richard deixou. Quando ela desaparecer — embora ele esteja sete palmos debaixo da terra agora —, o Richard vai sumir da nossa vida. Para sempre. Por isso que mantenho um registro de como ela está ficando boa no meu caderno.

— Se eu conseguir um emprego razoável, eu me mando o mais rápido possível para onde eu já devia estar há muito tempo — ela diz.

— Onde você devia estar há muito tempo, mamãe?

Ela não responde. Provavelmente não me ouviu.

— Agora lembre de uma coisa: não saia daqui. Não dê motivo para nos expulsarem, está entendendo?

— Mas, mamãe...

Eu não digo a ela que odeio ficar sozinha neste quarto, com as paredes tão finas que posso ouvir tudo, em qualquer canto. O lugar inteiro balança toda vez que alguém bate a porta, o que acontece a cada cinco segundos, e uma vez um homem com a voz grave bateu várias vezes na porta com força chamando uma tal de Melanie e eu quase fiz xixi na calça de tanto medo, mas então ele deve ter percebido que estava no quarto errado e foi embora. Eu não conto para ela que já procurei em todas as coisas dela pela mala que ela cuidava com tanta atenção na viagem de carro de Hendersonville. Eu não conto para ela que tenho escapulido depois que ela sai e que ninguém me pegou ainda.

— Mamãe, eu só queria ir com você, por favor. Não vou incomodar. Vou desaparecer quando você entrar nos lugares. Você nem vai saber que estou lá. Por favor, mamãe. Me leve com você.

Ela está curvada na frente do espelho de novo, virando a cabeça para os dois lados, mas é difícil avaliar como você fica num espelho com apenas a metade dele não parecendo uma teia de aranha rachada.

— Venha aqui e abra esse copo para mim. Estou com uma sede danada. Minha cabeça parece que vai rachar no meio com essa maldita dor.

Na quarta-feira, o sr. Burdock nos deu dois copos descartáveis novos, fechados numa embalagem de plástico, e a mamãe não quer estragar as unhas. As pontas dos dedos dela estão tão bonitas que mal dá para perceber que foram feitas com caneta piloto.

— E baixe o volume dessa maldita TV. Eu não entendo por que você só pensa em encher o meu saco o tempo inteiro. A TV ligada noite e dia, dia e noite. Com o volume lá em cima, parece um asilo.

— Ela não baixa. Eu já tentei. Está quebrada ou algo assim. Precisa tirar da tomada para desligar, e os botões de volume não funcionam.

A mamãe não tira os olhos de mim, e recuo um passo por precaução. Melhor sair do caminho quando ela está indo atrás de trabalho. Ou em qualquer ocasião.

— Como assim, está quebrada? *Quando* isso aconteceu? Vamos torcer para não nos cobrarem pelos danos, é só isso que vou lhe dizer.

Ela enfia os pés nos sapatos como a Cinderela com os sapatinhos de cristal, com a única diferença de que a Cinderela parecia colocar com facilidade, e a mamãe faz uma careta por estar com os pés machucados, por usar os mesmos sapatos todos os dias. Nós usamos a caneta piloto preta para preencher as partes que tinham desaparecido de tanto andar e eles parecem novos, graças a Deus.

— Eu não sei — digo. — Só começou a acontecer.

Ela vai mancando até a televisão e mexe o botão na frente do aparelho velho, então tateia atrás dele.

— Perfeito — diz, suspirando. Só não entendo o que uma TV quebrada tem de perfeito.

— Está vendo? Eu falei — digo.

— Você está bancando a espertinha comigo?

Consegui de novo. Ela não está mais com raiva da TV. É de mim que ela sente raiva, e eu me sentiria muito melhor se a porta do banheiro tivesse tranca. Na outra noite, ela abriu a porta à força e me pegou, apesar de eu estar com todo o meu peso contra a porta. Mas não foi culpa dela. O homem da loja de bebidas lhe deu uísque, mas não lhe deu emprego, então era culpa dele que ela estava se sentindo triste. Neste quarto não tem para onde fugir quando ela fica furiosa de noite.

— Você tem sorte que eu preciso ir — ela diz, alisando o vestido e colocando a bolsa no ombro. — Deixe a porta trancada. Não temos muita coisa, mas precisamos cuidar do que é nosso.

— Sim, senhora.

Ela me olha duro e sei que está tentando avaliar se estou brincando com ela, mas não estou, e em um segundo ela desiste e vai embora.

Eu digo tchau, mas acho que ela não me ouviu através da porta.

Preciso parar de dar motivos para ela se livrar de mim. Achei que ela tinha conseguido uma maneira de fazer isso antes de deixarmos Hendersonville, depois que eu atirei no Richard. Aquela foi por pouco.

Os dias logo depois da morte do Richard são um pouco confusos na minha cabeça, mas lembro da mamãe ir ver se podia me deixar com uma senhora que trabalha para a Carolina do Norte. Agora *esse* é outro grande mistério: como é que alguém trabalha para um *estado*? O estado é o chefe dela? Eles dizem que eu sou a maluca, mas *isso* é que é maluco. A senhora veio e falou comigo como se eu fosse bebê, perguntando se eu sabia o meu nome e qual era e, sem olhar no espelho, qual é a cor do meu cabelo (como se eu precisasse de um espelho para responder). Ela me fez todo tipo de perguntas idiotas e saiu para *ter uma palavrinha* com a mamãe, que estava na rua andando de um lado para o outro e fumando um cigarro atrás do outro. Finalmente a senhora entrou no seu carro reluzente e foi embora, e a mamãe entrou em casa parecendo que uma tempestade estava se formando atrás dos olhos dela. Ela não chegou a dizer isso, mas eu pude perceber que ela tinha esperança de que a senhora me levasse embora. Ela me disse que eu ia ficar com ela no fim das contas, mas que *as coisas iam mudar*. Ficou acertado que eu teria de visitar a senhora todos os dias em um consultório na cidade vizinha. Era um quarto pequeno com brinquedos e cadeirinhas e pinturas a dedo coladas nas paredes. A gente sentava de pernas cruzadas em um tapete duro que deixava marcas esburacadas nas minhas pernas durante horas depois de eu ter ido embora. Mas era legal por causa dos sanduíches de geleia com pasta de amendoim e das batatinhas. Eu ganhava tudo isso de graça, e a única coisa que eu tinha que fazer era responder às perguntas dela e observar aquela senhora anotar as coisas em um bloco que ela segurava contra o peito como se eu quisesse roubar. Ela me disse para vê-la como uma amiga e que eu podia contar para ela qualquer coisa mesmo, mas não conheço nenhuma criança que tenha uma adulta como melhor amiga. E também, com tudo que ela tinha conversado com a mamãe, você acharia que ela já sabia as respostas para perguntas como:

— Qual é o nome do seu pai?

— Você tem avó? Onde ela mora, você sabe?

— Você tem algum irmão ou irmã?

Essa última era onde morava o perigo. Como eu já disse, aqueles dias e semanas logo depois do Richard morrer foram bem confusos para mim. Eu fiz o maior esforço para me *concentrar*, como a senhora disse, mas meu cérebro parecia todo solto e gosmento. Eu lembro de me sentir cansada o tempo inteiro, mas, mesmo com tudo isso, eu sabia que ela estava tramando alguma coisa. Eu sabia que ela estava tentando fazer com que eu falasse da minha irmã. Ela queria que eu dissesse *Sim, senhora, eu tenho uma irmã*. Era isso que ela queria ouvir. Eu sabia disso. Além do mais, mesmo com oito anos eu sabia que, se falasse sobre a Emma, nunca mais veria a mamãe ou o sr. Wilson ou Hendersonville de novo. Eu sabia que algo de ruim ia acontecer se eu dissesse para a senhora que sim, mas eu não sabia o que fazer no começo. Porque o fato é que sim, eu acredito que tive uma irmã, mas algo aconteceu — ela desapareceu e não era para eu falar sobre ela nunca mais.

Quando a Emma era bebê, a mamãe falava sobre ela. Tanto ela quanto o papai. Não importa o que a mamãe disse quando eu tinha oito anos, não importa como a senhora do estado me observava de perto quando perguntou se eu tinha uma irmã, mesmo quando eu estava dizendo para ela *não, senhora*, na minha cabeça eu podia ouvir a mamãe e o papai falando sobre o bebê. *Ainda* posso ouvir os dois. O engraçado é que foi a senhora do estado que me lembrou disso quando perguntou se eu já tinha ouvido alguma vez *outra* pessoa dizer que eu tinha uma irmãzinha. *Ãhã!* A memória voltou aos meus ouvidos como se a gente estivesse falando uns com os outros com duas latinhas e um barbante, eu numa ponta, e a mamãe e o papai na outra. Quando ela era bebê, lembro de ter erguido a Emma de uma gaveta que eles usavam como berço e a carregado como se fosse uma boneca. A mamãe não ligava. Se a Emma ficava com fome ou precisava ser trocada, eu a trazia para a mamãe, que me dizia para dar uma volta e *sair do caminho dela*. Ela odiava pessoas no caminho dela, então eu deixava a bebê Emma com ela e ia dar uma volta. Mas a mamãe sabia que eu adorava a Emma, então, quando eu voltava para casa, ela já a tinha colocado no meu quarto no meio da cama, onde a Emma não tinha como cair. Isso foi quando a Emma não conseguia nem se virar, quando ela era muito pequena. Nada melhor do que entrar em um quarto onde tem uma bebê feliz em ver você. Eu adorava quando a Emma era pequenininha. Posso dizer que ela nunca existiu até ficar com o rosto azul, mas juro que me lembro dela. Quando ela cresceu, eu continuei a cuidar dela, porque, em determinado ponto, a mamãe parou de falar sobre ela ou fazer qualquer coisa por ela. A mamãe estava com a cabeça cheia de problemas na época, mesmo antes do papai morrer. Por isso que a mamãe estava triste o tempo inteiro, eu acho. Então a Emma e eu éramos tudo que tínhamos. A gente dava força uma para a outra.

Daí, anos mais tarde, depois do Richard morrer e a senhora do estado aparecer, o xerife, a mamãe e ela, todos eles me observavam com toda atenção quando diziam o nome Emma. Eles perguntavam se eu conhecia uma Emma, tipo, se eu sabia da existência dela. A mamãe disse *não, ela nunca existiu*. A senhora a mandou ficar quieta e me perguntou se eu achava que uma Emma tinha existido um dia. Elas pareceram satisfeitas quando balancei devagar a cabeça, mas, como eu estava encarando a mamãe quando respondi, a senhora do estado pediu para a mamãe *nos dar um tempo para bater um papo, apenas eu e a Caroline*. Quanto mais ela perguntava se eu tinha certeza que não existia uma pessoa chamada Emma e mais eu dizia *não, senhora*, mais feliz a senhora do estado ficava, então acho que você pode dizer que passei no teste. Daí algo superincrivelmente esquisito começou a acontecer. Eu comecei a esquecer como a Emma era. Quanto mais força eu fazia para lembrar, pior ficava. Eu sabia que o cabelo dela era loiro, quase branco, só porque o meu é o oposto, um castanho cor de rato escuro, igual aos meus olhos. Mas o rosto dela estava desaparecendo da minha memória. Então foi a voz da Emma que me deixou. Eu queria tanto ouvir a voz dela na minha cabeça, mas era como se alguém deixasse o botão do volume do rádio bem baixo, e você sabe que tem música tocando, mas não consegue saber qual é. Eu lembro de me sentir muito mal. Como se eu estivesse traindo minha irmã. Deixando a Emma morrer ou algo parecido.

Depois de mais algumas vezes assim, em que a senhora do estado perguntou se o nome Emma me fazia lembrar *alguma coisa* e com quem eu brincava quando era pequena, eles disseram que eu não precisava mais vê-la. A mamãe disse que ela estava *pertinho assim* de me colocar em um hospício para sempre, e naquela época eu não sabia o que era um hospício, então a mamãe desenhou um círculo no ar junto ao ouvido dela e me disse que é onde eles prendem as pessoas malucas. Ela disse que eles têm hospícios para crianças e que eu ia cair como uma luva ali. Eu não comi mais sanduíche de geleia com pasta de amendoim desde que parei de me encontrar com a senhora do estado, mas pelo menos não preciso ir para o hospício.

* * *

Eu conto até cem com *Mississippi* entre cada número, só para ter certeza que a mamãe está longe para valer, no outro lado da cidade para conseguir trabalho, mas eu não preciso — ela nunca muda de ideia. Quando ela sai, sai para valer. Está mais claro na rua do que pensei que estaria e tenho que piscar algumas vezes para acostumar meus olhos à luz do sol. Tomo cuidado para ficar o mais longe possível da estrada e procuro me tornar invisível, só para o caso de alguém do Loveless me ver sem querer. Estou com um buraco de fome no estômago. A mamãe só trouxe o uísque para casa na noite passada, mas tudo bem porque eu ainda tinha quatro ketchups que guardei caso ela esquecesse a comida de novo.

O ketchup é de graça num lugar aqui perto chamado Wendy's. Não pude acreditar em meus olhos quando fui lá pela primeira vez outro dia. Eles tinham centenas de saquinhos de ketchup mais milhões de guardanapos de papel, que vêm a calhar para usar como papel higiênico quando ele termina — a sra. Burdock não dá mais do que *a parte que nos cabe*. E no Wendy's tem comida aos montes para todo mundo. Tigelas de todo tipo de legumes e alface e essas coisas.

Qualquer dia da semana dá para encontrar pelo menos dez pacotes de ketchup nos meus bolsos, trinta se for um dia bom. Não que eu esteja roubando ou qualquer coisa parecida, mas tento ir depressa quando as pessoas bem-vestidas para o trabalho fazem fila para o almoço. Ou quando as mães aparecem para jantar cedo com seus carrinhos de bebê, segurando um pequeninho pela mão. Está sempre tão cheio que ninguém me nota pegando punhados de saquinhos de ketchup e, além disso, sou pequena porque ainda não tive o *estirão de crescimento*, que, se você me perguntar, me lembra algo que você atira com uma arminha de água. Algumas crianças têm todos os estirões de crescimento em um verão, então, quando elas voltam para a escola, é como se fossem estranhas. Candy Currington tinha peitos quando voltou para a quinta série. Todo mundo soube que ela menstruou naquele ano por causa de Mason Brawders — que foi batizado assim por causa de um pote de conservas. Quando estavam preenchendo a certidão de nascimento, a mãe dele viu o pai dele bebendo chá gelado em um pote de conservas Mason, e ele ficou Mason. Todo mundo o chamava de Cabeça de Pote. Enfim, Mason Brawders encontrou *provas* da *menstração* de Candy na bolsa que ela trazia abraçada junto do peito. Eu nunca soube se ela andava curvada daquele jeito por causa dos peitos ou das *provas* da menstruação. Não vou andar daquele jeito quando tiver peitos ou menstruar, que aliás espero que não aconteça nunca.

Hoje vou pegar mais pacotes ainda do que ontem. Estou tentando chegar a trinta e cinco ketchups em quatro minutos, o que aposto que é um recorde mundial, ou pelo menos finjo ser. O máximo que consegui até agora foram trinta e um. Eu preciso proteger os olhos da claridade com as mãos para ver através do vidro, e tenho a impressão que o momento é bom e movimentado, então talvez eu consiga um punhado de azeitonas dessa vez. Talvez até alguns daqueles cubinhos de pão crocantes. Mas o ketchup é que faz o papel ter um gosto melhor, como se fosse comida de verdade, então é uma *prioridade*. Como o meu pai costumava dizer quando chegava em casa depois de um tempo longe. Ele entrava porta adentro e, antes mesmo de abraçar a mamãe, me abraçava e dizia "dar um beijo na minha princesinha é a minha *prioridade*"

Os Burdock recebem toneladas de catálogos gratuitos pelo correio e o que eles fazem é deixar os que já leram no balcão da recepção. Assim, se você quiser qualquer coisa da Plus Size Woman, da Gander Mountain ou da Johnny T-Shirt, tudo o que precisa fazer é passar no balcão da recepção e levar o seu catálogo.

— Mas que diabos *você* quer com esse catálogo de caça e pesca? — diz o sr. Burdock quando pergunto se posso levar um.

— Eu gosto das fotos — é tudo que consigo dizer.

— Pode levar — ele diz, rindo de uma piada que talvez eu seja muito nova para entender.

É verdade, eu gosto das fotos. Mas não da maneira que ele acha. O que eu faço é o seguinte: eu levo o catálogo para o quarto e, quando a mamãe está derrubada de uísque, recorto as fotos com uma tesoura que peguei emprestada do sr. Burdock. Então eu mexo as fotos com o dedo num copo com água, até o papel quase rasgar. Daí eu como cada imagem. Uma a uma. Parece esquisito, eu acho, mas enche uma barriga vazia tão bem quanto qualquer coisa que eu já tenha tentado. Quando corto um número suficiente de fotos, quer dizer. Com o catálogo de caça e pesca, começo com os peixes. Finjo que cada foto é um peixe de verdade, preparado numa frigideira de ferro, como a mamãe costumava fritar os peixes-gato. Eu tiro as imagens da água com cuidado, amasso e corto em pedacinhos, como se estivesse cortando pedaços para um bebê. Assim posso enganar meu cérebro, pensando que é um prato de comida de verdade. O truque é mastigar bem devagar. Semana passada apertei o ketchup em cada mordida que pude e juro que o gosto era muito bom. Mas procuro não fazer isso todas as vezes, porque não quero chegar a ponto de *precisar* do ketchup para o papel ficar gostoso. Decidi que só vou colocar ketchup em ocasiões especiais. Tipo ir a um restaurante, como aposto que vou fazer um dia.

Tem um monte de catálogos dos Burdock que não têm fotos de coisas que eu gostaria de comer, então ultimamente tenho tido dificuldade em treinar meu cérebro para fingir que *não* estou comendo uma mulher de tamanho grande. Ou um trabalho de ponto cruz. Papel é papel, digo para mim mesma. Hoje vi que o único catálogo no balcão da frente é sobre algo chamado ExpressURWay, então é melhor conseguir ketchup extra, caso as fotos sejam horrorosas demais. E dessa vez lembrei de trazer o saco plástico que peguei do lixo para poder encher com azeitonas e cubinhos de pão torrado. Se ninguém estiver olhando.

9

Honor

— Cricket, vá pegar uma mesa, eu levo a bandeja quando a comida estiver pronta — eu digo.

O Wendy's está ridiculamente cheio hoje. Com todo esse tempo na fila, você acharia que todo mundo sabe o que pedir quando chega a vez, mas as pessoas ficam ali paradas decidindo no último minuto, como se fosse tudo uma grande surpresa.

— Aqui está — coloco a bandeja na frente da Cricket —, já volto. Quer que eu pegue alguma coisa para você do bufê de saladas? Posso colocar do lado.

— Não, obrigada — ela diz, colocando uma batata frita na boca.

Quando chego ao bufê, a maioria das pessoas que se serve de salada já terminou, então sou só eu e uma mulher ruiva de terninho que tenta pegar desajeitadamente uma alface americana em meio à salada mista. Estou esperando que ela siga em frente e é então que eu a vejo: do outro lado da proteção de vidro, tem uma garotinha com meio braço metido nos croûtons. Pegando punhados, pelo amor de Deus.

— Nossa. — Cutuco de leve a ruiva. — Desculpe, mas acho que a sua filha precisa de uma tigela.

Ela ergue o olhar através da proteção na direção da garota, que agora está pegando a maior quantidade possível de tomates-cereja e os enfiando em um saco plástico sujo de supermercado que traz preso ao braço.

— Ah, ela não é minha filha — a mulher diz, balançando a cabeça e dando de ombros enquanto se serve de sementes de girassol. — Eu a vi outro dia fazendo a mesma coisa. Acho que está sozinha. Nojento...

Bem, isso é simplesmente inaceitável. A garota não me viu observando-a porque está ocupada demais olhando sobre o ombro, então eu a surpreendo facilmente. Dou a volta e a pego em flagrante, segurando seu pulso sobre os croûtons.

— Com licença, mocinha, mas você já tem idade suficiente para saber que não deve pegar a comida com as mãos. Com quem você está? Cadê a sua mãe?

— Por favor, senhora — ela diz, tentando se livrar do meu aperto.

Quando ela me olha aflita, fico chocada. Estou diante de um fantasma. A semelhança é inquietante.

— Por favor, desculpa... Eu vou embora... Por favor — ela diz com um sotaque forte cuja origem não consigo localizar.

Eu tento me segurar. Cricket está ali ao lado, e eu preciso me conter. Talvez eu só esteja vendo coisas. Talvez eu esteja perdendo a razão. Eu olho de novo para a garota, com o cabelo cor de chocolate e os olhos castanho-escuros. Talvez eu esteja imaginando coisas.

— Venha comigo um instante — eu digo.

— Me desculpa — ela diz de novo. Ela desistiu de tentar livrar o braço e o deixa solto, sentindo-se derrotada. Quando saímos do caminho, ela começa a chorar.

Olho em volta, em busca de um adulto que pareça tê-la perdido, mas pelo visto ninguém a perdeu. Lá está Cricket, usando os olhos para me persuadir a voltar, para que possa começar a comer — temos uma regra clara sobre esperar que todos tenham sentado para começar as refeições. E, vá por mim, tentar ensinar bons modos para a garotada é um desafio hoje em dia. Em uma tentativa fútil para encontrar uma amiga para Cricket, minha mãe convidou a filha de um vizinho para jantar esses dias e, quando fui me sentar, metade da refeição daquela garota já tinha terminado.

— Querida, qual é o seu nome? — pergunto à garotinha cujo pulso eu ainda seguro.

Eu me agacho para ajudar a secar suas lágrimas e olhá-la nos olhos. Ela me deixa sem ar — a semelhança é assustadora. Fico sem palavras, e noto que ela está me observando cuidadosamente.

— Você está com alguém aqui? — consigo dizer com esforço.

A garotinha balança a cabeça e funga, mas o choro continua.

— Você está com algum problema, querida? Desculpe, eu não queria segurar você com tanta força. Ah, meu amor, está tudo bem. Você se perdeu da sua família? Não chore, vai ficar tudo bem. Você se perdeu?

Vamos, Honor, não perca o controle. Sério. Você precisa manter o controle. Você é uma mulher adulta, com uma filha esperando logo ali e uma crise encarando-a de frente. Deus não dá um fardo maior do que a gente pode suportar. Eu realmente não sei o que fazer, então começo a perguntar para qualquer pessoa que passe por mim.

— Oi, essa menina está com você? — pergunto a uma moça que luta para manter o bebê no carrinho. Ela balança a cabeça. — É melhor eu ligar para a polícia — eu digo. — Querida, vou fazer uma ligação rápida para descobrirmos o que está acontecendo e levar você de volta para o seu lugar.

O choro dela para tão abruptamente quanto começou, e seus olhos se arregalam quando eu me levanto para chamar um funcionário.

— Senhor? O senhor é o gerente? — pergunto a um homem que usa uma viseira e uma camiseta do Wendy's. Quando as palavras deixam minha boca, percebo que a garotinha parece traída e magoada, provavelmente pensando que a estou entregando por usar as mãos no bufê de saladas. Ela está congelada, aparentemente paralisada de medo.

— Não, mas eu posso chamá-lo — o homem diz.

Eu vejo que ela está me olhando com olhos velhos demais para uma criança, e algo esquisito acontece. Pode parecer maluco e talvez eu me arrependa de dizer isso, mas naquele momento nós reconhecemos uma à outra. Decido confiar na intuição da minha mãe dessa vez. Entregá-la para um funcionário do Wendy's não vai fazer nenhum bem para essa criança. Tudo bem, meu Deus. Entendi a mensagem. Daqui em diante é comigo.

— Na verdade, hum, não precisa, obrigada — digo para o funcionário. — Está tudo sob controle. Desculpe pelo incômodo.

Ele parece aliviado de não ter de gastar energia e volta a enfiar mais guardanapos no dispensador. Quanto a mim, volto meu olhar para baixo, para a garotinha suja vestindo roupas um número menor que o dela. Meu Deus, talvez eu esteja olhando para uma fugitiva. Não faz muito tempo, vi algo sobre crianças que fogem de casa na TV a cabo. Acho que foi na MSNBC.

— Por que você não vem e toma um lanche comigo e com a minha filha? — pergunto, sinalizando com a cabeça para onde estamos sentadas. — Ficaríamos felizes se você se juntasse a nós. Como você disse que era mesmo o seu nome, querida?

Lá vem a Cricket. Meu Deus, será que devo impedir que ela veja a garota? Isso vai deixá-la tão espantada. Talvez eu esteja exagerando, mas e se não estiver? A Cricket vai ficar tão... Tarde demais...

— Mamãe, estou *morrendo* de fome — a Cricket diz, parada com as mãos nos quadris. — Sério, posso começar... Você está levando, tipo, para *sempre*. A comida está ficando fria.

Então ela olha para a garota e fica boquiaberta. Suas mãos caem involuntariamente dos quadris e ficam largadas ao longo do corpo. Sua pele perde toda a cor, como uma Polaroid ao inverso.

— Ah, meu *Deus*, mãe.

— Esta é a... — eu digo, fazendo uma pausa, na esperança de que a garota preencha o vazio. — Esta é minha nova amiga... Querida, qual o seu nome?

E coloco o braço em torno da Cricket para apoiá-la.

— Então não sou só eu — digo para Cricket, e nós duas encaramos a garota. — Você também está vendo.

Cricket diz o que eu estivera pensando. Ela murmura, na realidade. Sem tirar os olhos da garota, ela diz:

— É a Caroline.

Não é que a gente não fale o nome dela — nós falamos. Eu fiz questão disso desde o início. No dia em que enterramos a Caroline, eu disse para o Eddie, para a Cricket e para a minha mãe que eu não queria ser uma daquelas famílias que andavam na ponta dos pés em torno do nome dela. Eu achava — ainda acho — que falar sobre uma pessoa a mantém viva. E eu quero que a Cricket sempre se lembre de quem foi a sua irmã mais velha. Para que o nome não seja um choque. Ainda assim, *nada* poderia ter nos preparado para o que aconteceu em seguida.

— Mas como vocês sabem o meu nome? — a garotinha pergunta.

Se estávamos chocadas antes, era algo que mal dava para perceber comparado com o nosso choque de agora.

— Espera aí, o quê? — Cricket reage primeiro, os olhos indo da garota para mim e de volta para a garota, como em um desenho animado. — Você está dizendo que o seu nome é *Caroline*? C-A-R-O-L-I-N-E?

— Mas podem me chamar de Carrie, se preferirem — diz a garota, anuindo para Cricket. — Um monte de gente me chama de Carrie.

— Querida, desculpe estarmos sendo tão indelicadas encarando você desse jeito — digo, tentando recuperar o controle. — É que você nos faz lembrar de uma pessoa... da...

— Você é igualzinha a minha irmã mais velha — Cricket diz. — Tipo, se vocês duas estivessem paradas uma do lado da outra, a gente mal ia notar a diferença. Só a altura. E você é mais nova.

— É mesmo? — A garota parece ligeiramente interessada, mas, é claro, como ela poderia compreender o impacto que está tendo sobre nós duas?

— Você é a *cara* dela — Cricket continua. — É como se alguém tivesse feito um clone dela ou algo assim. Não é, mãe? É sinistro, você não acha?

— Não posso dizer que não seja estranho — eu digo —, mas, coitadinha, parece que você já chegou ao limite com essas duas malucas te encarando, falando sobre alguém que você nem conhece. Venha comigo, vamos sentar um minuto, que tal? Eu preciso me recuperar.

Sem combinar nada, Cricket e eu abrimos caminho para deixar a pequena Caroline caminhar à nossa frente, acho que principalmente porque nós duas queremos trazê-la para perto. Ela está muito magra, com pernas e braços que lembram palitos, do tipo que você desenharia em uma figura. Nossa Caroline ficou magra assim por causa da quimioterapia. Então eles começaram a administrar prednisona e ela inchou de um jeito que mal a reconhecíamos.

— Caroline — eu digo —, precisamos dar uma engordada em você, querida.

Ela pode fugir a qualquer momento, isso é claro. Ainda atrás dela, Cricket e eu trocamos olhares, e tento gesticular para ela que devemos agir como se nada de mais estivesse acontecendo com aquela garotinha. Casualmente.

— Mãe. Sério. Posso começar ou não? Passou quase uma *hora* praticamente — diz Cricket, seguindo minha orientação silenciosa.

— Ah, com certeza não passou uma hora, Cricket, por favor. Nossa, esquecemos de nos apresentar. Carrie, o que você deve estar pensando de nós! Meu nome é sra. Ford. E essa é a Cricket, como você já sabe a essa altura. Cricket Chaplin Ford. Venha sentar com a gente, querida. Está tudo bem.

Sem tirar os olhos de Cricket, Caroline — Carrie — se ajeita em uma cadeira à nossa mesa.

— Ugh! A comida está praticamente congelada, parada aqui há tanto tempo — Cricket se queixa, dando uma mordida enorme em seu sanduíche de frango. Ela avalia Caroline enquanto mastiga. — Ei, Caroline, quer dizer, Carrie. Quer uma batata frita?

— Cricket! Meu Deus, não fale com a boca cheia — eu digo. Acho tentador usar o nome Caroline, tanto quanto Cricket, claramente. — Carrie, onde está a sua mãe, querida? Ela não está aqui, até aí eu sei.

As batatas fritas estão derramando para fora da bandeja de plástico, que Cricket empurra na direção de Carrie.

— Sério, coma algumas — diz Cricket. — Não vou comer todas.

— Não, senhora, ela não está aqui — diz Carrie, desviando com esforço os olhos de Cricket apenas para olhar maravilhada para as batatas fritas. Posso ver que ela está salivando.

— Quem sabe eu ligo para ela? Vá em frente e se sirva das batatas fritas, querida.

— Vocês têm certeza? — pergunta Carrie, olhando de mim para Cricket, então de volta para as batatas. Seu braço dispara quando confirmo com um aceno de cabeça para dizer *vá em frente*. Cricket percebe o meu olhar, parecendo tão preocupada quanto eu enquanto Carrie come. Está claro como o dia para mim que Carrie vai voltar para casa conosco enquanto tento descobrir o que fazer.

— Por que eu não ligo para sua mãe e aviso onde você está, para que ela saiba que você está bem? — eu digo.

— Ah, uau. O que aconteceu com o seu braço? — Cricket pergunta a Carrie, usando uma voz que eu raramente ouço. Ela está atuando, por Deus. Minha filha descobriu a maneira perfeita de lidar com essa emergência: atuar como se tudo fosse completamente normal, assim Carrie vai se sentir mais à vontade para se abrir. Menos examinada. Boa jogada. Pisco para Cricket. Boa garota.

— Cricket, você espera ter comida na boca para falar? Porque é isso o que parece — eu digo, limpando a garganta para ela saber que se trata de uma reprimenda fingida. — Carrie, desconsidere minha filha aqui, com seus *modos de lenhador*. Por favor, espere para falar até ter terminado de mastigar, senhorita. Pelo visto criei uma loba.

Então vejo as marcas no braço de Carrie a respeito das quais Cricket está perguntando.

— Ah, meu Deus. — Sem pensar, estendo a mão para sentir as marcas, mas ela se retrai e puxa a manga para tentar cobri-las, então retiro a mão. — O que aconteceu aqui, querida?

Do lado de baixo do antebraço, há uma série de cicatrizes, todas círculos perfeitos, mas que não seguem um desenho ou uma disposição em particular. E me ocorre um pensamento alarmante: elas são do tamanho e da forma exatos de queimaduras de cigarro.

— Nada — ela diz, ainda puxando a manga. Carrie fica de pé, apertando contra o peito o saco plástico de supermercado cheio de comida roubada. Eu a assustei. — Bom, é melhor eu ir agora. Muito obrigada pelas batatas fritas. Vocês foram muito gentis.

— Ah, querida, espere um minuto — eu me apresso em dizer. *Casual. Continue casual*, digo a mim mesma. — Por que você não fica com a gente mais um pouco? Eu posso te levar para casa. Posso te deixar onde você quiser. Que tal?

Posso dizer que ela está relutante em deixar Cricket e as batatas fritas, mas também percebo que está mais ansiosa do que eu havia percebido.

— Eu tenho certeza que a Cricket adoraria conversar um pouco mais com você, não é, querida?

A tosse falsa que soltei no fim da frase pode ter sido exagerada, mas não vou deixar essa criança escapar de jeito nenhum por entre meus dedos. É como se Deus tivesse mandado a Caroline de volta para nós em outra forma, e eu simplesmente não vou desperdiçar essa chance para passar um tempo com ela.

— É, não vá embora — Cricket diz para Carrie. Casual é fácil para ela. Ela dá de ombros para adicionar um extra, e Carrie cautelosamente senta de novo. — Então, quantos anos você tem?

— Nove — diz Carrie.

— Você tem *nove anos*?

Ela parece ter sete. Mas uma garota de sete anos não estaria completamente sozinha no Wendy's, então não poderia ser. Bem, uma garota de nove anos sozinha no Wendy's não é muito melhor. Isso está piorando a cada minuto que passa.

— Vocês moram aqui perto, Carrie? — pergunto.

— Hum, bom — ela diz —, mais ou menos. Quer dizer, chegamos faz pouco tempo. Aqui em Hartsville, quer dizer. Então nós estamos ficando ali na estrada, no...

— Desencana, não é um questionário — Cricket diz para ela. — Minha mãe gosta de fazer um monte de perguntas, então às vezes parece, *não é, mãe?*

— Bom, desculpa — digo, saboreando nossa pequena atuação, mesmo ficando cada vez mais preocupada. — Mas eu gostaria de saber realmente, muito obrigada. Carrie, de onde vocês são? Não consigo localizar o sotaque.

— Hendersonville. Nas montanhas. — Sua voz é suave e seu sotaque é carregado. — É um lugar bem pequeno. Eu nunca tinha visto um semáforo antes de vir para cá. Nunca teve um em Hendersonville. Nem em Toast. Foi onde eu nasci... Toast, na Carolina do Norte. Meu pai... Quer dizer, hum, nós tivemos que mudar para Hendersonville, mas depois tivemos que ir embora... e aqui estamos.

— Quem somos *nós*? — Cricket pergunta. Graças a Deus por ela.

— Hum, *nós*? Hum... — Carrie parece se debater para dar uma resposta. — *Nós* somos eu e a minha mãe. Só eu e ela. Só nós duas. Nenhuma irmã nem nada.

— Onde está a sua mãe agora? — pergunta Cricket.

— Hum, eu não sei. — Carrie parece cada vez mais desconfortável com as perguntas, mas responde a todas elas, porque é Cricket quem está perguntando. — Ela está fazendo uma entrevista de emprego em algum lugar que ela foi de ônibus. Gostei da sua camiseta.

Cricket e eu olhamos para a camiseta com gola V da Abercrombie. Não tem nada de especial nela, fora Cricket a estar usando. Pelo visto, Cricket poderia estar usando uma burca que a pequena Carrie a elogiaria.

— Obrigada — Cricket diz. — Eu vejo que você gosta de chinelos, como eu. Eu uso chinelos o verão inteiro, até ficarem tão finos que é quase como andar descalça.

— Ela não está brincando — eu digo. — Eles estão em um estado lastimável quando chega o outono... Acho que até os lixeiros gostariam de não precisar recolhê-los.

— Haha, muito engraçado — diz Cricket, enfiando o último pedaço do sanduíche na boca e sugando ruidosamente o resto da Coca-Cola.

— Ah, meu Deus — digo, olhando para o relógio —, precisamos ir. Escute, Carrie, eu notei que você não comeu o suficiente, então vamos pegar alguma coisa para você levar. Vou lhe dar uma carona. E então?

Talvez ela tenha algum retardo mental. Carrie espera um pouco demais antes de responder. Cricket deve ter percebido também, porque faz uma tentativa:

— Você gosta mais de hambúrguer ou de sanduíche de frango?

— Hum... qualquer um dos dois está ótimo, obrigada — ela diz, mal desviando a atenção de Cricket. — Eu posso pagar vocês mais tarde, mas não tenho nenhum dinheiro agora.

— Ah, não seja boba, é por minha conta — digo a ela. Pobrezinha.

Quando volto com o hambúrguer embrulhado para levar, as duas já são unha e carne, Cricket e Carrie. Cricket e Caroline. Meu Deus, me dê forças. Só de pensar nesses dois nomes juntos me dá um sobressalto.

— Meninas, por favor, que tal continuarmos essa conversa no carro? — *Casual. Continue casual.* — Eu tenho um milhão de coisas para fazer.

Elas não estão ouvindo uma palavra do que estou dizendo, o que não tem problema também.

— Vamos andando, meninas.

— Lá em casa? Nas montanhas? Lá a gente ficava de pé no chão de junho a setembro. — Carrie segue tagarelando com Cricket enquanto se aperta para passar pelo vão da porta, relutante em se separar dela mesmo que por um momento, na saída em fila única. — Quando o frio chega, nossos pés estão duros por causa dos calos, e ficam mais fortes do que qualquer sapato que você coloque. Além disso, é melhor estar de chinelo se você quiser se equilibrar em algo. Como uma cerca. Ou se quiser pular nas pedras do chão cheio de musgo do vale. É frio no vale, mesmo nos dias mais quentes.

— Eu gosto do jeito que você fala — diz Cricket. — As palavras soam melhores saindo de você do que de qualquer uma de nós. O que mais? Conte mais como é.

— As portas estão abertas, meninas, entrem — eu digo. — Pulem para dentro.

Carrie faz uma pausa e espia para dentro da minivan antes de pisar no estribo e entrar no banco de trás, como se estivesse procurando por sinais da ameaça de um estranho.

— Você está certa em ter cuidado, querida — digo a ela. — A sua mãe e o seu pai lhe ensinaram direitinho. Mas prometo a você que não tem problema vir com a gente.

— Senhora? — ela diz, se sentando. — Ah, não. É só que eu nunca vi um carro assim antes. Essas portas abrem desse jeito? Sozinhas mesmo? Como elas fazem isso?

— Ugh, como está bagunçado aí atrás. Cricket, jogue aquela caixa vazia no bagageiro, querida, por favor. É um botão que eu aperto aqui no meu chaveiro, Carrie, está vendo? Elas abrem e fecham, dependendo de qual botão eu aperto. Agora coloquem o cinto aí atrás. Cricket, ajude a Carrie com o cinto, por favor. Está tudo bem, Carrie, ela só está prendendo você com o cinto. Ótimo. Muito bem, meninas, vamos nessa!

Eu ligo o rádio alto o suficiente para que não pareça que eu esteja ouvindo a conversa delas, mas baixo o suficiente para que eu possa ouvir. Cricket pergunta a Carrie o que ela faz normalmente no verão, e eu reviro os olhos. Minha filha precisa parar de encontrar maneiras para reclamar das aulas no verão, não é possível isso.

— Não sei. Sempre tem alguma coisa para fazer nas montanhas no verão. A gente ia para todo lugar. Subia na cerca de troncos, como eu disse, a cerca que marcava onde as nossas terras terminavam e onde as do sr. Wilson começavam. Ele era o nosso vizinho, o sr. Wilson. A gente provavelmente passava mais tempo do lado dele, ainda mais com ele nos ensinando a atirar e tudo o mais. Ele tinha um cachorro de três patas chamado Brownie. Ele chegou até a fazer uma perna de pau para ele.

Disparar armas, correr descalço por aí, cercas de troncos — aquela região é a central dos caipiras, eu a conheço. Ninguém, mas ninguém *mesmo* tem mais do que um tostão furado por lá.

— Você tem *tanta sorte* — diz Cricket, interrompendo. — O verão aqui é um saco.

— Cricket Chaplin Ford, nós não usamos essa palavra. Você sabe muito bem disso. — Cruzo com o seu olhar pelo espelho retrovisor.

— O quê? Não é um *palavrão* mesmo, mas tudo bem. Minha mãe é, tipo, *obcecada* que eu não use palavras que lembrem nem de perto um palavrão. Mas enfim, é *muito* chato aqui no verão. O tempo parece que morre um pouco mais a cada tarde, e fica tão quente que é como se a cidade inteira estivesse prendendo a respiração até o fim do dia. É *sufocante*. Sério. Talvez eu morra de calor.

— Isso é um pouco dramático, você não acha? — digo. — Ah, meu Deus. Carrie, querida, talvez você queira comer um pouco mais devagar, quem sabe mastigar um pouco mais entre as mordidas... Ah, olhe só, você terminou. Acho que eu nunca vi alguém comer um hambúrguer tão rápido.

— Tem uma menina, sabe? — Cricket está contando para Carrie. — Acho que ela está na equipe de atletismo ou algo assim. Enfim, ela *quase morreu* de calor. Todo mundo sabe disso, mãe, o quê? É verdade! O técnico mandou ela fazer tipo vinte milhões de abdominais e ela começou a chorar e mesmo assim ele mandou ela fazer. Ela foi para o hospital e tudo o mais. Espere, como o cachorro perdeu a perna? Aquele cachorro de três pernas que você falou agora há pouco. Como é o nome dele mesmo? Blackie? Eu queria tanto um cachorro, mas...

— Eu também! — diz Carrie, bastante animada. — Eu queria um também! Eu falo para a mamãe que vou cuidar dele, mas ela diz que de jeito nenhum.

— A minha mãe também. Eu queria um daqueles cachorrinhos bem pequenininhos.

— É o tipo que eu quero também! Você pode carregar o dia inteiro que nem um bebê e colocar roupinhas de boneca bonitinhas nele.

— Isso! — Cricket diz. As duas estão quase estourando de empolgação. — Espere, você já viu aquele programa... como é mesmo o nome? *Sister Love* ou algo assim? Sabe de qual programa eu estou falando? Como ele chama...

— Nossa TV quebrou e ficamos sem, então... — Carrie deixa por isso mesmo. — Hum, senhora? Sra. Ford? Hum, como eu faço para abrir a janela?

— Não é *Sister Sister* — Cricket diz —, mas é tipo isso. Espere, *vocês não tinham TV?*

— Ah, eu sei. Está tão quente, não é? — eu digo. — O ar-condicionado vai resfriar você em dois segundos, prometo. Se abrirmos as janelas, não vai esfriar aqui. Tudo bem aí atrás?

— Hum, não estou me sentindo muito bem — diz Carrie, com a testa colada no vidro da janela.

— Mas que cara — eu digo, segurando um palavrão que sinto vontade de gritar para o motorista que buzina atrás de mim. — Tudo bem, querida, eu vou encostar, só segure mais um pouco — eu digo. É mais difícil do que pensei ir da pista mais à esquerda para o acostamento nesse trecho da estrada.

— Mãe, a Carrie não tinha TV! Eu ia me matar. Sério. Eu simplesmente ia me matar se não tivesse TV.

— Não dá para abrir a janela? — Carrie pergunta. Sua voz está fraca agora, sua pele, da cor de um lenço de papel.

— Espere, por que estamos parando? — Cricket finalmente toma pé da situação.

— Carrie, querida, está tudo bem, me deixe só... encostar o carro... um... pouco... mais... no... acostamento...

Tarde demais. Ela vomita no tapete do carro.

— Argh, *credo!* — diz Cricket, abanando com a mão o cheiro para longe. — Desculpa, Carrie, mas cheira muito mal. Mãe, abre as janelas! As janelas estão com a trava de segurança, não consigo abrir...

— Desculpa — Carrie diz, ainda dobrada ao meio, sua voz abafada. — Desculpa, desculpa... Desculpa, eu não queria vomitar no carro, eu tentei..

— Gente, o seu hambúrguer saiu quase inteiro! — Cricket diz com uma voz anasalada, porque está apertando o nariz para não sentir o cheiro, evidentemente horroroso.

— Tudo bem, tudo bem, calma, pessoal... As janelas estão destravadas agora.

— Desculpa, desculpa mesmo — diz Carrie. Cricket se estica sobre ela para abrir a janela.

— Carrie, querida, está tudo bem. É claro que você não queria vomitar. Acontece com todo mundo de vez em quando — eu digo. — Cricket, me passe aqueles guardanapos ou toalhas de papel ou o que quer que você encontre no bolso atrás do banco. Fiquem no carro, as duas. Eu vou dar a volta até o seu lado, Carrie.

Faço o melhor que posso, limpando o máximo que consigo do vômito. Apenas o suficiente para conseguirmos chegar em casa, onde vou poder limpar direito. De jeito nenhum vou largar essa criança em uma casa abandonada, sentindo-se doente dessa maneira. Talvez eu devesse ligar para o Eddie. Ou talvez para a polícia. Mas que bem isso realmente traria? E agora, se eu ligar, eles vão perguntar por que não liguei antes, então vai parecer que eu estava tentando raptar a menina. Com a minha história de vida, é exatamente isso o que eles vão pensar. Eu nem sei qual é a situação de verdade na casa dela — só sei o que ela me disse, e não foi grande coisa. Minha mãe vai saber o que fazer. Eu vou levá-la para casa, limpá-la, então minha mãe e eu vamos pensar para quem ligar. Mas, primeiro, vou passar na casa dela e dar uma conferida com atenção para ver qual é a situação de verdade.

— Muito bem, meninas. Podemos ir — eu digo, me posicionando atrás da direção.

Após alguns minutos com o ar-condicionado no máximo e as janelas abertas para arejar bem (desculpe, meio ambiente!), o cheiro não parece tão ruim, e as garotas estão tagarelando como se nada tivesse acontecido.

— Carrie, querida, onde você disse que vocês moram?

— Hum, no Hotel e Motel Loveless? — ela diz. Essa garotada tem mania de falar "entoando" o final, de maneira que até uma afirmação parece uma pergunta.

— Aquele lugar rosa subindo a estrada à direita? — pergunto a ela. Por favor, meu Deus do céu, que ela não esteja naquele lugar.

— Sim, senhora — ela diz.

Carrie volta outra vez a atenção para Cricket e para a tagarelice qualquer que ela tenha inventado agora.

— ... e eu mudo as coisas na minha cabeça — Carrie diz —, e depois de um tempo eu não consigo dizer a diferença entre o que aconteceu e o que eu apenas *gostaria* que tivesse acontecido.

— Gente, eu também! — diz Cricket. Ela baixa a voz e tenho de fazer um esforço para conseguir ouvir com "Amie", do Pure Prairie League, tocando no rádio. — Tipo quando tiraram meu sangue para a minha irmã. Não vai contar para ninguém que eu disse isso, mas imaginei as enfermeiras lá atrás dizendo coisas como "Eu nunca vi um sangue tão rico e forte... De quem é esse sangue?", e outra dizendo: "Ora, é da Cricket Ford", e a primeira de novo: "Isso não deveria me causar surpresa, aquela garota faz tudo perfeito. Que menina adorável", então a outra dizia: "Eu queria que a minha filha fosse parecida com ela. Ela ajuda a família dela", e a primeira falava: "Ela ajuda a cidade inteira, com um sangue tão forte e saudável". Sabe, coisas desse tipo — diz Cricket. — Espere, acho que a minha mãe está ouvindo. Mãe? Você consegue ouvir quando eu falo nessa altura?

É claro que fingi que não estava ouvindo. Quem não faria isso?

— Ah, *ufa* — diz Cricket. — Achei que ela estava ouvindo a nossa conversa... Espere, você sabe atirar? Tipo assim, com uma *arma*? Eu queria saber atirar. Meu pai é policial e tem uma arma com ele o tempo inteiro, e *mesmo assim* não me deixa aprender, é tão ridículo que nem me importo muito..

— Chegamos, meninas — eu digo, estacionando o carro na frente da recepção do Loveless alguns minutos mais tarde.

— Espera, mãe. A Carrie não pode ficar um pouco com a gente lá em casa? Quer dizer, se a mãe dela deixar? Por favor.

Eu achei que seria Carrie quem estaria implorando para ficar, mas Cricket parece estar quase chorando.

— Por favor, mãe?

Com movimentos carregados de tristeza por ter de se despedir, mas resignada com o fato de que vai precisar se separar de sua nova melhor amiga de infância, como Cricket diria, Carrie desce do carro.

— Muito obrigada pela carona, sra. Ford, e desculpa por ter vomitado — ela diz, olhando para o chão e mexendo o cascalho com os pés.

— Carrie, a gente vai se ver logo, com certeza. — É visível a angústia de Cricket em soltar o cinto de Carrie. Eu nunca a vi tão determinada em não deixar alguém partir, mas por outro lado nós nunca tínhamos passado pela situação de estar diante da imagem refletida de minha filha que morreu. —Você precisa ir visitar a gente e ver a casa da vovó, onde a gente está morando agora. É tão legal! Mãe, a Carrie não podia vir com a gente, tipo, *agora*? Por que a gente tem que deixar ela aqui?

— Tudo bem, calma — eu digo.

Eu gostaria de dizer para elas que não quero Carrie longe de mim tanto quanto Cricket, mas acho que isso pode deixar minha filha mais fora de si ainda, ao me ver tão espantada quanto ela diante desse achado espetacular.

— Carrie, querida, que tal tentarmos encontrar sua mãe para ver se você pode nos fazer uma visitinha? Eu posso ligar para o celular dela. Qual é o número do telefone dela?

O sorriso no rosto da criança é tão largo que ninguém jamais acreditaria que ela estava abatida minutos atrás.

— Ah, não, senhora, não precisa ligar — ela diz, colocando o corpinho entre mim e a recepção. — Como eu disse, a mamãe está procurando emprego. Ela vai levar um tempão para voltar. Eu posso ir com vocês, não tem problema. Quer dizer, ela ia falar que não tem problema. Ela está sempre me dizendo para sair e fazer amigos e tudo mais. Está tudo bem.

— Bem, deixe só eu dar uma palavrinha aqui na recepção e ver como vão as coisas — eu digo. — Por que você não espera no carro com a Cricket?

— Oba! Vem! — Cricket dá um tapa no assento vazio ao lado dela.

O cheiro de aromatizante de ambiente me atinge como um soco no estômago antes de eu atravessar a porta para a recepção. Quando alguém coloca tamanha quantidade de cheiro falso no ar, você não pode deixar de se perguntar o que estão tentando encobrir. Aprendi isso na série *Law & Order*. Detetives observam essas coisas quando estão procurando corpos. Eu sempre achei que daria uma boa detetive. Não que eu diria isso um dia para o Eddie, que vem tentando virar detetive desde que entrou para a polícia. Infelizmente para ele, Hartsville não é exatamente um caldeirão de atividades criminosas. Vagas para detetives são poucas e levam tempo para aparecer.

— Olá? — chamo com uma voz cantada. — Tem alguém aqui?

Ouço o farfalhar de um jornal, o resmungo de alguém relutando em sair do sofá, passos, e então a porta do quarto do gerente se abre. Estou diante de um homem esquisito, tão magro que você poderia quebrá-lo ao meio com um estalar de dedos. Ele é tão emaciado que as pálpebras não parecem capazes de cobrir o suficiente dos globos oculares, o que o deixa parecendo perplexo ou assustado.

— Olá, como vai? Eu sou... Sou uma amiga da Caroline... Ai, meu Deus, acho que não consigo lembrar o sobrenome dela. Carrie? Uma garotinha que veio de fora da cidade — eu digo. — Tenho certeza que o senhor sabe de quem estou falando. Ela tem cabelos e olhos escuros. Bem magrinha. Nove anos. Enfim, só parei para perguntar... bem, acho que estou aqui porque gostaria de saber da mãe dela.

— Eu sei de quem você está falando. Ela se chama Carrie Parker. Ela está bem? E a mãe dela? — Ele me olha com os olhos estreitados e mastiga um palito que sai do canto da boca. — Ela está metida em alguma confusão? Eu sabia. Assim que coloquei os olhos nela, vi que aquela mulher é problema. Como aquela canção do Travis Tritt, sabe qual é?

— A Carrie está bem — eu digo.

Ele parece aliviado, então começa a cantarolar e a balançar a cabeça para a música que lembrou.

— Você conhece a canção — ele diz.

— Não, não posso dizer que esteja familiarizada com ela — eu digo. — Mas por que você disse isso sobre a mãe dela?

Ele canta mais um pouco e olha para mim na esperança de ver reconhecimento, mas continuo balançando a cabeça. Finalmente ele dá de ombros e, com a língua, movimenta o palito para o outro canto da boca.

— Você reconheceria se tivesse ouvido — ele suspira.

— O que você estava falando mesmo? Sobre a Carrie e a mãe dela?

— Não sei dizer ao certo — ele diz. — Eu simplesmente sabia que ia ouvir alguma coisa ruim sobre elas em algum momento. Ela apareceu aqui não faz muito tempo, parecendo um boxeador de segunda derrotado. Toda machucada e com sangue seco pelo corpo. Eu disse a ela que não queria saber de confusão. Eu disse exatamente essas palavras, pra falar a verdade. *Não quero saber de confusão, senhora*. Do jeito que ela estava, eu simplesmente sabia que tinha um marido furioso atrás dela. Foi isso que aconteceu? O marido a pegou finalmente?

— Não, acho que não — eu digo. — Quer dizer, acho que ela está bem. Você a vê bastante? Sabe onde posso encontrá-la? A Carrie disse que ela está procurando emprego.

— Eu a vejo quase todos os dias — ele diz —, indo fazer só Deus sabe o quê. Não sou babá nem oficial de condicional, e não faço ideia para onde ela vai. Mas vou dizer uma coisa, ela tem um jeito esquisito, aquela lá. Todos os dias, quando vai pegar o ônibus, ela segura a bolsa bem firme, como se tivesse certeza que alguém vai roubar. Vive desconfiada de todo mundo. Acho que, se você se mete com gente ruim, acaba acreditando que eles sempre vão estar por perto. Esse é o jeito dela, sabe? Quer dizer, quando ela está sóbria. Não que ela fique sóbria muito tempo. Nossa, como bebe. Ela faz aquela garotinha dela correr maltrapilha do hotel para a loja de bebidas. E isso sem contar a garrafa que traz dentro de um saco de papel no fim do dia, dando uns tragos como se estivesse morrendo de sede no deserto. Enquanto isso a menina...

— A Carrie?

— É, esse é o nome dela — ele diz, refletindo por um momento e então balançando a cabeça. — Minha esposa pega no meu pé por causa dessa menina dia e noite.

— Por quê?

— Ah, vai saber — ele diz, afastando com a mão as palavras invisíveis da sua esposa. — Ela fica nervosa falando em processos e responsabilidade e por aí vai. Eu digo a ela: escute, se a garota se machucar se enfiando dentro de contêineres de lixo e se esgueirando sobre cercas para ir para a piscina vazia e tudo o mais, é a palavra delas contra a nossa, e não tem juiz na terra que vai acreditar na palavra dessas caipiras contra a de empresários decentes como a gente. Não tem por que se preocupar com o que não existe.

— Acho que não entendi — eu digo. — Ela se enfia dentro de *contêineres de lixo*?

— A senhora não entende porque decerto nunca passou fome — ele diz. — Eu já vi todo tipo de coisa por aqui, acredite em mim. Todo tipo de coisa. E o que aprendi é que as pessoas fazem quase qualquer coisa para comer. As Parker não são diferentes... Bom, fora que aquela garota é um doce. Ela é muito cuidadosa e educada. Além disso, é muito esperta para a idade. Ela encontra uns jeitos bem engraçados de encher a barriga, aquela ali. Eu era assim quando pequeno, se você quer saber a verdade. Por isso que eu digo para minha esposa deixar a menina em paz. Deixe ela se virar. Ela só está tentando não morrer de fome. E, cá entre nós, a mãe dela não está fazendo muito nesse aspecto.

Ele leva uma garrafa invisível até os lábios e dá uma piscadela quanto ao que não precisa ser dito.

— Quando a sra. Parker volta normalmente? — pergunto.

— Até onde sei, não tenho olhos nas costas — ele diz —, mas o melhor que posso lhe informar é que ela nunca volta antes de anoitecer. Não que eu tenha visto, pelo menos. A senhora faz um monte de perguntas... É policial? Não me importo, fique sabendo, mas a patroa vai ter um ataque se souber que a polícia andou perguntando sobre as duas por aí.

— Não sou policial — eu digo. — Agradeço sua atenção, sr...?

— Burdock — ele diz, se esforçando para dar um sorriso doloroso, mas que parecesse genuíno. — Hap Burdock.

— Obrigada pela atenção, sr. Burdock.

— É Hap — ele diz, inclinando a cabeça num aceno. — O prazer foi meu.

Está vendo? Aí está mais um exemplo de como eu me precipito em minhas conclusões e julgo severamente as pessoas. Não é culpa dele que ele não tenha carne sobre os ossos. Ele parece um homem decente. Preciso trabalhar nisso. O mundo certamente não precisa de mais uma pessoa chegando a conclusões precipitadas.

— O senhor é um homem bom, sr. Burdock. Quer dizer, Hap. Posso perceber isso — eu digo, pensando em torná-lo um aliado, quer ele goste ou não. Se ele se sentir responsável pela Carrie, cuidará dela. — Acho que não preciso dizer que estou preocupada com aquela menina, e pode ser que eu esteja enganada, mas o senhor parece preocupado também. Não, não se preocupe, o seu segredo está seguro comigo, haha! Vocês, homens, sempre tão cuidadosos em não deixar transparecer que são sensíveis por dentro. Mas quero que o senhor saiba que eu realmente agradeço que esteja cuidando dela. O senhor balança a cabeça como se não estivesse entendendo o que estou falando, mas nós dois sabemos que o senhor entende. Enfim, é melhor eu ir andando. Eu só gostaria de agradecer por cuidar da Carrie.

— Ei, alto lá! Vou repetir o que eu falei para elas — ele diz, erguendo a mão para que eu pare de falar. — Não sou babá. Não quero me envolver com nada disso. Só estou lhe dizendo o que eu sei, só isso. Ah, lembrei! A senhora parada aí na minha frente me deixou com a pulga atrás da orelha o tempo todo. Eu estava pensando, nossa, ela parece conhecida, mas não sei dizer de onde...

— Eu preciso mesmo ir — digo, recuando na direção da porta. — Prazer em conhecê-lo, Hap.

— Eu te vi nos jornais — ele diz, estalando um dedo de reconhecimento no ar. — É isso! A senhora estava por toda parte nos jornais um tempo atrás...

Eu o ignoro, como faço todas as outras vezes.

— Tchau, foi um prazer conversar com você!

Tomo o cuidado de usar os nós dos dedos para abrir a porta de vidro — ela está tão suja que não tem como dizer que tipos de germes estão grudados por toda a barra de metal. Se eu usar a palma das mãos, vou passar esses germes para o volante do carro. Ops! Lá vou eu de novo, julgando. Até onde sei, essa porta pode ser mais limpa que toda a minha minivan.

— Não sou babá! — ouço Hap gritar para mim. Sei que ele só está tentando manter sua reputação, então não dou atenção. Se ele não desse a mínima, não saberia das idas e vindas delas como sabe.

— Muito bem, meninas, vamos para casa — eu digo, fechando a porta do carro atrás de mim.

— Oba! — elas dizem em uníssono. Carrie está imitando tudo o que a Cricket diz e faz.

Antes de engatar a marcha do carro, eu me viro para Carrie.

— Tem certeza que quer vir com a gente, querida? Você está se sentindo um pouquinho melhor agora?

— Sim, senhora, muito obrigada — ela diz. Seus olhos estão muito arregalados, como se ir à nossa casa fosse a mesma coisa que ganhar na loteria.

— Bem, vamos lá, então. Você precisa prender o cinto de segurança de novo e então nós vamos.

— Qual é a de todo mundo dizendo para todo mundo o que elas *precisam* fazer? — ouço Cricket dizer para Carrie assim que começamos a andar. — Tipo, *o que você precisa fazer é pegar uma agulha para tirar aquela farpa...*

Carrie ri enquanto Cricket assume vozes diferentes:

— *O que você precisa fazer é pegar a segunda à esquerda* — ela diz, imitando o tom mais grave de um homem que ela consegue fazer. — *Vou lhe dizer o que você precisa fazer* — ela diz, agora numa voz bem aguda —, *você precisa estudar sobre a Revolução Francesa se acha que vai passar na prova da semana que vem.*

Mais risos de Carrie. Não consigo lembrar a última vez em que Cricket entreteve os outros desse jeito. Então Carrie entra no jogo:

— Ou, espera, espera, tenho uma! O *que você precisa é de um bom tapa. Isso vai acordar você!*

A única que ri agora é Carrie.

— Mas que diabos...

Vejo a faixa claramente quando dobro no acesso da casa.

— O que é aquela coisa na porta da casa da vovó, mãe? Por que tem uma faixa amarela?

Cricket salta para fora do carro, sobe correndo os degraus da casa e lê o que está escrito em voz alta antes que eu tire as chaves da ignição.

— Calma, Cricket, e espere a nossa convidada! Desculpe, Carrie, ela é apressada desse jeito o tempo inteiro. Ah, não se preocupe, vou limpar isso, querida, deixe aí. Vá com a Cricket.

— Ei, mãe? — Cricket me chama. — O que quer dizer *despejo*?

10

Carrie

Minha cabeça é um limpador de para-brisa indo de um lado para o outro no caminho de volta do Wendy's, ouvindo Cricket, que é a pessoa mais legal e o melhor ser humano de todo o planeta, e olhando para as mansões que passam por nós. Como eu queria que a Emma estivesse aqui para que ela me visse passando por bairros como esse. A mamãe não ia gostar muito, mas aposto que a cabeça dela estaria indo da esquerda para a direita, como a minha. Você não precisa gostar do que está vendo para querer ver. A maioria dos lugares tem arbustos cortados em quadrados, separando jardins que parecem tapetes verdes. Os acessos são limpos e de asfalto liso, com as caixas de correio arrumadas na lateral, o nome das famílias em letras juntinhas e o número da casa. Passamos por uma caixa de correio em forma de pato selvagem, outra tinha a imagem de dois cachorros pretos deitados e aninhados um no outro, e uma terceira mostrava um cavalo saltando uma cerca. Não consigo nem imaginar como as casas são por dentro, se eles se preocupam tanto com o carteiro.

A grama aqui é como a da Cidade das Esmeraldas, quando a Dorothy a vê sobre um campo de flores. No Loveless tem um anel seco de grama pontuda circulando a velha piscina vazia que fica atrás de uma cerca de arame enferrujado que bate na altura dos meus sovacos.

Quando não tem ninguém perto, eu pulo, e a grama morta se esmigalha toda debaixo dos meus pés. Eu tenho que usar chinelo para fazer isso, porque ela está tão seca que machuca quando estou descalça. Num primeiro momento, fiquei triste que a piscina não tinha água, mas passei a gostar de deitar no fundo dela. Eu puxo com a unha a tinta que está descascando, e paro só quando uma lasca corta debaixo dela. Lá tem folhas mortas, latas de Coca-Cola vazias que estão ali há tanto tempo que estão enferrujadas, e, enrolado num saco plástico velho de supermercado, encontrei o sutiã de uma senhora. Mas eu afastei grande parte disso para o lado para poder deitar de costas e fingir que estava num barco a vela, flutuando no mar azul das Bermudas. Só que ultimamente andei tendo pesadelos de estar lá embaixo, deitada no chão da piscina olhando para as nuvens quando alguém liga a água. Sonho que eles não me veem, e a piscina está enchendo rápido e eu grito para desligarem, mas eles não podem ouvir com o barulho da água saindo da torneira. Então eu me debato na água com todas as minhas forças para manter a cabeça na superfície, e aí eu acordo. Eu digo para mim mesma que não vou descer mais lá, mas, como sou idiota, esqueço dos pesadelos até ter passado a segunda perna sobre a cerca e ter pulado sobre a grama pontuda, daí é tarde demais, e, de qualquer maneira, acho que mais cedo ou mais tarde meu cérebro vai cansar de ter o mesmo sonho idiota de sempre.

É como se alguém tivesse feito uma lei contra gramas pontudas e queimadas no bairro da Cricket. Aqui eles têm canteiros ao longo das calçadas da frente. Eles têm garagens conectadas com as casas, e, bem ao lado de duas casas antes de onde a Cricket mora, vi uma porta de garagem abrir como mágica e um carro rolar para fora sem fazer nenhum barulho, depois seguir pelo acesso em direção a uma vida que deve ser completamente mágica também. Não consigo deixar de notar que, por mais bonitos que sejam esses jardins, nenhuma pessoa está na rua. Nem uma. Eles têm todo esse trabalho para deixar os jardins bacanas e suaves de pisar, plantando, cortando e limpando, e não vejo uma única pessoa aproveitando o que eles trabalharam tão duro para deixar bonito. Um lugar tem um morrinho que seria perfeito para escorregar.

Cricket solta o cinto de segurança antes de pararmos, e é assim que eu sei que chegamos à sua casa. E agora juro que é verdade, por Deus, o que vou dizer: eu nunca vi um lugar como a casa onde a Cricket mora. Não na vida real, pelo menos. Nos livros ilustrados existem lugares com cercas de madeira e varandas novas com cadeiras de balanço e samambaias e vasos pendurados de flores bonitas, mas eu nunca tinha visto uma casa dessas pessoalmente. Mas eu também nunca conheci pessoas como a Cricket e a sra. Ford, então faz sentido.

A sra. Ford diz "Mas que diabos...", e a Cricket corre para a porta da frente e a sra. Ford faz um estardalhaço, mas não entendo nada do que ela está dizendo, porque logo, logo vou entrar na maior casa em que já estive na vida. Os degraus da frente não chegam nem a ranger. Estão varridos e limpos. A varanda dá a volta na casa como um fosso em torno de um castelo. Tem uma placa de metal perto da porta que diz BEM-VINDOS, VAGABUNDOS, com uma cartola e uma bengala formando algumas das letras. A porta da frente é de madeira grossa e pesada. Quando ela fecha, você se sente seguro mesmo.

A primeira coisa que eu vejo são todas as bonecas. Talvez seja um museu de bonecas, é o que estou pensando. Bonecas, bonecas, bonecas. Deve ter milhares, alinhadas em fileiras perfeitas, em prateleiras perfeitas. E sobre o consolo da lareira. Para toda parte que você olha tem mais bonecas de todos os tamanhos. Eu nunca cheguei a ver uma *loja* com tantas bonecas em toda a minha vida, muito menos na casa de alguém. Não tem um aviso dizendo NÃO MEXA, como aquele nos tecidos na Zebulon's, mas do jeito que essas bonecas estão, você simplesmente *sabe* que não é para tocar nelas. E isso é uma casa, não é uma loja, pelo amor. Eu não me sinto bem pensando isso — elas são tão legais e tudo mais —, mas eu não me sinto muito numa casa nessa sala da frente. Tem paninhos bordados em todas as cadeiras, mesmo no sofá, como se elas estivessem preparadas para receber uma visita, mas a sala cheira como um sótão e os travesseiros não estão gastos, então eu acho que essa é uma sala que ninguém visita. E agora outra coisa incrível sobre essa sala: as bonecas são *bonecos*, todos vestidos do mesmo jeito, todos de terno preto da cabeça aos pés. Com um chapéu redondo — preto. E bengala. Alguns bonecos seguram a bengala para cima ou para baixo, outros viram a bengala para o lado, como para mostrar que estão felizes. Todos eles têm um bigodinho preto. E são de todos os tamanhos.

— O que é aqui? — pergunto em voz alta, sem saber quem está ali para me ouvir. Tem algo a respeito da maneira como os bonecos me olham fixamente que mantém meus olhos apontados para eles. Um, em particular. Ele é maior que o resto, aposto que quase ia bater no meu peito se eu parasse ao lado dele, e seus olhos de boneco piscam e me seguem se eu me mexer. Tento ir para a esquerda, eles me observam. Para a direita, a mesma coisa. Eu me aproximo na ponta dos pés e aceno a mão na frente do rosto dele, caso seja um truque.

— Esquisito, não é? — diz Cricket.

Dou um pulo ao ouvir a voz dela. Eu não a ouvi chegando por trás de mim.

— O que são esses bonecos? — sussurro, porque sinto que não devo falar sobre os bonecos na frente deles. — Que lugar é esse?

Cricket se aproxima e revira os olhos.

— É um pouco vergonhoso. Deve parecer estranho, quer dizer. Vem comigo, vamos subir. Quero te mostrar o meu quarto.

— Espere, o que são esses bonecos?

— É o meu tio-bisavô — ela diz, dando de ombros. — Ele foi um grande astro do cinema antes de ter som nos filmes. Quando os filmes eram em preto e branco. Ele se chamava Charlie Chaplin. Não tem problema se você nunca ouviu falar. Ele morreu faz muito tempo.

Ela diz o nome Charlie Chaplin com um sotaque adulto, como um mordomo num filme, faz um bigode debaixo do nariz e caminha balançando para os lados como um pinguim.

— Era assim que ele caminhava — ela diz, rindo. — Minha avó, tipo, ela é *obcecada* por ele. Todo mundo é. É muito louco. Antes da minha avó ficar com dificuldade de andar, ela costumava receber excursões que vinham ver todas essas coisas. A minha vó tinha muito mais coisas expostas do que tem agora, acredite em mim. Aposto até que ela está no *Guinness*. Ele era megafamoso. Na verdade, ele caminhava tipo assim — ela diz, abrindo os joelhos em um passo de pato —, e sempre se metia em situações esquisitas. Ah, sei lá. Minha vó vai te contar sobre ele, pode ter certeza. Ei, vamos subir! Mãe, a gente vai para o meu quarto!

Ela sobe a escada de dois em dois degraus e ouço a sra. Ford gritando para ela de outra sala para ir devagar. No pé da escada, tem uma cristaleira com taças de cristal brilhantes, pratos de prata e um monte de coisas caras com formatos que eu mal conheço, e tudo balança quando Cricket passa voando.

De cada lado da escada, tem fotos antigas do homem na vida real que serviu de modelo para os bonecos. *Charlie Chaplin* fazendo todo tipo de atividades, cercado por todo tipo de pessoas bacanas, sorrindo para a câmera. Tem até fotos de pessoas tirando fotos dele. Lá está ele, sem o chapéu, montado em um cavalo. Aqui está ele com senhoras ricas e homens bem-vestidos, parado na frente de carros antigos. Eu me pergunto como outras pessoas dizem o nome dele — e ouço só a Cricket com aquele sotaque fazendo o nome levar mais tempo para ser dito. *Chah-lie Chap-linnn*. No meio do caminho escada acima, tem um pôster do filme *O garoto* — eles devem ter usado essa imagem como modelo para todos os brinquedos. Quem é Charlie Chaplin? Nós nunca ouvimos falar dele de onde viemos. A mamãe certamente teria falado de um homem que tem pôsteres e fãs e bonecos feitos em sua homenagem.

— Carrie? Você está vindo? — Cricket me chama de um corredor escuro. Sigo o som até uma porta com plaquinhas feitas de palavras recortadas presas do lado de fora: MANTENHA DISTÂNCIA e BATA ANTES DE ENTRAR e CANTO DA CRICKET, pregadas ao lado de uma borboleta nas cores do arco-íris do tamanho de um pôster.

— Oi — digo, abrindo a porta com um empurrão para um quarto cheio de travesseiros e bichos de pelúcia, em número suficiente para todas as crianças da minha escola e mais alguns de sobra. Parece que entrei direto em um circo, com muitas coisas espalhadas por toda parte. Tenho que passar sobre uma pilha de livros para chegar no meio do quarto, que tem até um espaço para sentar perto da janela, quase como uma sacada. — Uau — eu digo.

— Isso aqui está uma zona — diz Cricket. — Minha mãe vai me matar se eu não arrumar o quarto hoje à noite. Ugh!

Estou tão ocupada admirando todas as roupas de cores vibrantes enfiadas no armário dela que não percebo que estou falando em voz alta o que estou pensando por dentro, até ouvir minha própria voz dizer:

— Vocês são *ricas*!

— Não, não somos — ela diz.

— São sim.

— Normalmente não sou tão bagunceira — diz Cricket. Ela chuta algumas roupas em uma pilha no canto, então se atira na cama e coloca as mãos atrás da cabeça, olhando fixamente para cima como se estivesse contando nuvens. — Ei, vem ver isso. Colei uns dias atrás.

Deito na cama macia, tomando cuidado para não deixar que meus pés sujos toquem os lençóis, que estão muito limpos e cheirosos. Tudo está limpo na casa. Eu me sinto mal, como se estivesse patinando na lama da minha vida e bagunçando com a delas.

— Gostei dessas estrelas que tem no seu teto — eu digo.

— Obrigada. Elas brilham no escuro. Meu pai me deu de Natal uma vez. Elas ficavam no meu quarto na minha outra casa, e sei que isso é ridículo e tudo mais, mas achei que não conseguiria dormir sem elas lá em cima, então tirei e colei aqui. Espera só.

Cricket apaga a lâmpada ao lado da cama e atravessa o quarto para fechar as cortinas. Então fica escuro, quase como se fosse noite.

— Olha para cima — ela sussurra.

É a coisa mais linda que já vi dentro de uma casa. O quarto inteiro parece que está na rua, como se a gente estivesse acampando e dormindo debaixo do céu aberto.

— É legal, não é? — ela diz.

— Parece uma terra mágica — eu digo. — É tão lindo. Eu nunca teria um único pesadelo se dormisse debaixo de estrelas que brilham no escuro como essas. Você tem muita sorte.

As luzes voltam e ela se movimenta pelo quarto, recolhendo mais roupas e jogando todas em um cesto, colocando as coisas em ordem.

— Adorei o seu quarto — eu digo. — É tão grande! Não consigo acreditar que você tem ele todinho para você. Ou... espere, a sua irmã provavelmente divide o quarto com você. Dã.

— Minha irmã, hum... ah, esquece. Esse era o quarto do meu tio quando ele era pequeno. Ele e a minha mãe cresceram nessa casa. Assim como meu avô e o pai dele antes dele. Um monte de Chaplin viveu aqui. Blá-blá-blá... Que chaticeee! Vamos colocar uma música. O que você quer ouvir? Aqui, deixa eu ver... Não consigo encontrar meu iPod... Espere, será que levei ele comigo hoje? Ah, não. Se eu perder meu iPod, vou morrer mil vezes seguidas, juro.

Eu a observo andando em zigue-zague pelo quarto, enfiando a mão na mochila, abrindo gavetas, remexendo o cesto que ela acabou de encher, parecendo um cachorro cavando um buraco na areia do jeito que ela joga as roupas de volta para fora, uma a uma, não faço ideia em busca do quê.

— Achei! Essa foi por pouco. Minha mãe ia me *matar* se eu detonasse mais um — ela diz, voltando como um raio para a mesa pintada de rosa. — Tudo bem, o que você quer ouvir? Tenho Gwen Stefani... Espere, que tal a Miley? Aposto que você gosta da Miley Cyrus, certo? Eu adorava quando era mais nova, por isso ainda tenho ela aqui. Não me leve a mal, ela é legal e tudo o mais, mas... Ahhh, aqui! Maroon 5! Por que você está me olhando desse jeito? Não vai me dizer que você não gosta deles. Nem pense em dizer isso. Todo mundo adora Maroon 5.

Eu não faço a menor ideia sobre quem ela está falando ou o que ela está segurando, olhando com tanta atenção. É mais ou menos do tamanho de um maço de cigarros, mas mais fino, e faz um clique toda vez que ela encosta nele. É de um rosa-claro, como quase tudo no quarto dela: os travesseiros, o cobertor, o tapete redondo na frente da cama e, como já falei, a mesa.

— O que é isso? — pergunto.

Cricket para de olhar para o aparelho e examina em volta para ver do que eu estou falando.

— Isso o quê? — ela pergunta.

— Isso — eu digo. — Essa coisa rosa que você está segurando.

Cricket olha para baixo para o aparelho e de volta para mim como se não compreendesse a minha pergunta, então algo brilha em seu rosto, como se ela tivesse levado apenas um minuto para perceber sobre o que eu estava falando.

— Gente, você não sabe o que é *isso*? — ela pergunta, segurando o aparelho no alto para ter certeza que está no caminho certo. — De verdade? Você está brincando, né?

Balanço a cabeça. Não, não estou brincando.

— É um *iPod*! — ela diz. Como se agora devesse fazer sentido.

— O que é um *ai-pode*?

— *Geeeente*. Tá, isso é um iPod. Tem música nele... Aqui, senta aqui na cama e eu te mostro. Eu nunca conheci ninguém que não soubesse o que é um iPod. O iTunes te deixa guardar qualquer música do universo. Aqui, na biblioteca...

Ela continua explicando de todos os jeitos que consegue, e eu concordo com a cabeça e digo:

— Ah, tá, entendi. — Mas na realidade não entendi nada. Então ela liga o aparelho numa caixa na mesa, aperta um botão e a música toma conta do quarto, saindo daquela coisinha que ela segurava apenas um segundo atrás!

— Então, diz aí de quem você gosta e aposto que eu tenho — ela grita sobre a música.

Eu me vejo desejando falar a língua dela e então percebo que Cricket está falando a minha língua, só que eu não entendo nada. Ela está me observando e posso sentir minhas bochechas ficando quentes. Eu vou estragar tudo. Quero chorar porque sei que daqui a pouco ela não vai mais gostar de mim e vou voltar para a situação que estava nas montanhas. Sem amigos. Não posso deixar isso acontecer de novo. Cricket nem me conhece ainda — ela pode achar até que eu era a garota mais legal da minha escola. Pense, Carrie. Pense, pense... Diga algo. Qualquer coisa, apenas diga algo. O que está acontecendo comigo? Meu Deus.

— Você está bem? — diz Cricket, baixando a música. Suas sobrancelhas viram para cima, preocupadas. — Parece que você não está se sentindo tão bem de novo. Aqui, vou te mostrar onde é o banheiro, caso você precise vomitar de novo ou sei lá. Vem comigo.

Nunca ninguém tinha segurado a minha mão como ela. E Cricket não acha que é esquisito ou algo parecido — ela pegou a minha mão, assim, como se fosse totalmente normal, e por alguma razão, provavelmente porque sou *meio retardada*, como a mamãe diz, quero chorar. Por me sentir feliz! As coisas são completamente de trás para frente e de cabeça para baixo nessa casa.

O banheiro fica bem do lado do quarto dela. Ele tem um papel de parede florido e centenas de potes de creme e poções de diferentes tamanhos cobrindo cada centímetro de espaço ao lado da pia. Esmaltes de todas as cores. E o assento da privada tem a tampa no mesmo tom de rosa do quarto dela. O assento da privada!

— Aí está — diz Cricket. — É só dar um grito se precisar de mim.

Ela fecha a porta. Tem um roupão rosa pendurado atrás da porta que só pode ser dela, porque ele cheira a um canteiro de rosas. Com certeza ela é a pessoa mais legal que eu já conheci em toda a minha vida. Ela é tão bonita e gentil e a mãe dela é ótima — melhor até do que a sra. Bickett, a mãe da minha antiga melhor amiga Orla Mae, que preparava biscoitos para a gente e às vezes me convidava para o jantar. E veja tudo o que ela tem. Eu toco em tudo, abro a tampa de alguns frascos e cheiro — a maioria tem cheiro bom, mas alguns são como a cachaça pura que o sr. Wilson tomava aos golinhos em Hendersonville. Ela tem toneladas de fotografias presas em todos os lados do espelho. Ela com uniforme de esporte. Ela com um monte de garotos. Ela com sua mãe e um homem que aposto que é o pai e uma outra garota — ah, meu Deus, essa deve ser a irmã dela, Caroline. A que elas dizem que parece muito comigo... E sabe de uma coisa? Parece mesmo. É como se fosse *eu* na foto com elas. Tento encontrar outras fotos de Caroline com Cricket. Tem uma das duas com vestidos combinando, na frente de uma árvore de Natal. Sigo com o dedo o desenho delas e fecho os olhos para sentir melhor o cheiro de pinheiro da árvore. Caroline parece ser alguns centímetros mais alta do que a Cricket, o que faz sentido por ela ser mais velha. Eu fico na ponta dos pés para ver se isso talvez nos torne mais parecidas ainda. Ela é magrinha, como eu. E está sorrindo em todas as fotos. Sorrisos de verdade, também. Não do tipo onde a boca virou para cima na forma de um sorriso, mas os olhos continuam frios. Que nem a foto que eu vi quando a mamãe casou com o Richard. Se você olhar bem de perto, pode ver que, apesar da metade de baixo do rosto da mamãe assumir a forma de um sorriso, a metade de cima está fria como uma pedra. Richard tem o braço em torno da mamãe e parece que ele acabou de ouvir uma piada engraçada. Mas a mamãe tem os olhos vazios. Olhos mortos.

Nada sobre a Cricket é vazio. Cricket é o oposto de vazio — nunca vi ninguém tão cheia de sorrisos e palavras.

— Tudo bem por aí? — ela chama pela porta. A voz dela me assusta de tal maneira que quase quebro o frasco de perfume que estou cheirando.

— Estou bem! Já estou saindo! — respondo.

Eu puxo a descarga para fazer parecer que usei e lavo as mãos, porque a sra. Bickett disse para sempre lavar as mãos depois de *se aliviar*. É assim que ela chamava fazer o número um: *se aliviar*. Nossa, até o sabonete da Cricket tem cheiro de rosa.

— Oi — eu digo, voltando para o quarto dela. Ela está na mesa, inclinada sobre algo.

— Oi. Tudo bem? — ela me pergunta.

Eu nunca vi uma pessoa esperar uma resposta para essa pergunta, passando a impressão de estar realmente preocupada com a sua saúde e tudo o mais.

— Sim — eu digo. — Desculpa. Ei, gostei das fotos da sua família. Aquela é a sua irmã e você? Na frente da árvore de Natal?

— O quê? Ah... a da gente usando camisolas combinando? É. Isso foi uns seis anos atrás. Antes dela ficar doente pela última vez.

— Aquilo são camisolas? Uau — exclamo. — Achei que fossem vestidos, de tão bonitos. Espere, a sua irmã... ela está doente?

— Como?

— Onde está a sua irmã? Pelo visto vocês não andam muito juntas — digo. Burra. Burra burra burra. Mas não consigo pensar em outra coisa para dizer para que ela continue falando sobre Caroline, a garota que parece comigo. Tem uma foto da família num quadro ao lado da cama de Cricket e eu a pego para ver mais de perto.

— Minha irmã morreu — Cricket diz. — Faz três anos hoje.

Não é à toa que elas ficaram me encarando como se eu fosse um fantasma.

— Ah — é tudo que consigo dizer. Outro comentário burro da minha parte.

— Ei, o que é aquilo?

— É o meu laptop, o que você acha? — Ela sorri e vira para ele, com os dedos batendo na máquina. — Não vai me dizer que você nunca viu um laptop na vida ou vou morrer de choque ou algo assim.

— Esse é o lugar mais legal que eu já visitei, a sua casa — eu digo. — De onde eu venho, isso aqui é melhor que a Casa Branca até. O *presidente* poderia morar aqui e nem ia saber a diferença. Você tem muita sorte de vocês serem ricas.

— A gente não é — ela diz. — Se a gente fosse rica, eu não estaria morando aqui com a minha avó.

— Olhe todos os bichos de pelúcia que você tem — eu digo, pegando um ursinho bonitinho que segura um coração onde está escrito: "Melhore logo".

— Ah, sim, bom, alguns deles são da minha irmã, da época em que ela ficou no hospital — ela diz, olhando de relance para eles por um instante e então voltando para o computador. — Hum, espere, deixa eu fechar essa janela — ela diz. — Pronto.

— Você teve muita sorte de ter essa irmã. Quer dizer, por tantos anos. Eu sonho em ter uma irmã — eu digo. Não é uma mentira completa, tendo em vista que eu *sonho* com a Emma o tempo inteiro. — Então, como ela...? Quer dizer, o que aconteceu com a sua irmã?

— A minha vó diz que é porque Deus não terminou de fazer a Caroline — Cricket responde, dando de ombros enquanto gira a cadeira para me ver de frente. — Ela teve um tipo raro de câncer. Uma forma de leucemia, que a vovó diz que aconteceu porque ela saiu antes de ele terminar os retoques finais nela. Então os médicos tiveram que entrar em ação e tentar terminar o trabalho dele. *Deus tirou a mão cedo demais*, ela diz. É muito engraçada a maneira que ela diz isso. Ela é ótima, a minha vó. Você vai conhecer ela daqui a pouco. Ela está lá embaixo. Essa casa é dela. Espera, dã, eu já te disse isso. Enfim, ela diz que a Caroline teve que voltar para o Criador e que um dia a gente vai se ver de novo. E aí você apareceu.

Eu tomo cuidado para passar pela mochila da Cricket, que está completamente aberta, os livros caindo para fora... Espere! Olha só isso!

— Você tem a *Encyclopaedia Britannica*? Eu *amo* a *Encyclopaedia Britannica*. Você acha que pode me emprestar um dia?

— O quê? Ah, de jeito nenhum. Eu adoro a enciclopédia também! É, tipo, a melhor coleção de livros que já lançaram *até hoje*. Meu pai apresentou a enciclopédia pra mim e para a Caroline quando a gente era pequena. Ele disse que a internet sabe algumas coisas, mas você não pode confiar nela, e a *Encyclopaedia Britannica* sabe tudo. Meu pai é tão bobo. Mas, tipo, de um jeito legal, sabe? Ele costumava ler a enciclopédia para a gente. Só coisas esquisitas. Então, quando a Caroline, hum, bom... eu decidi que ia continuar lendo. Memorizando todas as coisas que eu puder para poder contar para ela quando a gente se encontrar de novo. Mas essa é da biblioteca. Não é, tipo, *minha* ou algo assim. E é só o L, que eu *ia* devolver hoje para trocar pelo M, mas minha mãe disse que *não dava*, o que é ridículo, porque, tipo, a gente podia ter devolvido, não leva nem um segundo, mas tudo bem. Ei, vem aqui, tenho uma coisa para te mostrar.

Ela é um pião, girando em torno de si na cadeira, acenando para mim e voltando curvada para o seu *laptop*.

Eu levo o L comigo. Adoro as páginas finas. E o cheiro delas. Abro em "Lilás", que é uma das minhas flores favoritas. É um sinal que é para sermos melhores amigas para sempre, eu e a Cricket.

— Ei, não conte para a minha mãe o que acabei de dizer sobre a Caroline e os livros — ela diz. — Acho que ela esqueceu que hoje é o aniversário de morte da minha irmã, e não quero deixar minha mãe triste se ela lembrar. Tá, você precisa ver esse clipe novo. Eu queria que ele baixasse completamente antes de você ver. Espera, você não me disse que tipo de música gosta. Você disse que era Miley Cyrus?

E, sentando sobre as próprias pernas e citando nomes e mais nomes de cantores, ela continua:

— Bom, vamos fazer assim — diz mais devagar, como se a rapidez da conversa fosse o problema. — O que é que tem no seu iPod? Ah, quer dizer, hum, no seu aparelho de CD? Onde você ouve música? Espera, eu *preciso* te mostrar esse vídeo do YouTube... Você viu aquele do gatinho surpreso? Onde o cara levanta as mãos como se fosse um assalto e o gatinho faz a mesma coisa? O gatinho, tipo, *copia* ele.

Eu agradeço a Deus por ela estar tão ocupada mexendo naqueles botões, aquelas imagens aparecendo tão rápido, que ela não percebe que eu não faço a menor ideia do que ela está falando. Do outro lado da cama, que é tão alta quanto a da Princesa e a Ervilha, tem um segundo criado-mudo cheio de esmaltes em tons de rosa e roxo, um relógio com a cara do Snoopy dos gibis e um livro gasto. Mal consigo assimilar tudo.

E então eu vejo a cena, o que é engraçado, porque acho que meus olhos estão fechados quando ela surge. Acontece bem rápido, o mesmo que das outras vezes. Como um relâmpago. Ou quando um raio cai e você pode ver tudo por um instante antes de ficar escuro. Na minha cabeça, eu vejo um livro com páginas muito finas e a mão de uma mulher segurando um fósforo perto delas. Antes de ficar escuro, a cena rápida mostra a mão da mulher jogando o livro na lareira, onde ele cai sobre toras que já estão queimando, com a capa prestes a ser consumida pelas chamas. Eu aperto bem os olhos para ter certeza e, ãhã, sim senhor, lá está escrito, claro como o dia, na capa: *Bíblia*.

— Hellooo... Carrie? O que aconteceu? Você está se sentindo mal de novo?

— O quê? Ah, desculpa. O que você falou?

— Você está bem?

— Ah, sim — eu digo. Eu vou contar para ela o que acabei de ver ou o que vi antes. Diacho, eu *nem sei* o que acabei de ver. Por que uma senhora queimaria uma Bíblia? Deus, por favor, não me deixe enlouquecer tendo essas visões o tempo inteiro. Por favor?

— Pronto, finalmente carregou — diz Cricket, me puxando para o lado dela. — Chegue perto para ver melhor. Olha só.

Não consigo acreditar que ela esteja sendo tão legal comigo. Ela cheira a chiclete e limonada. Quando ela está pensando em algo, contrai o nariz para a direita e para a esquerda, e você precisa observar bem de perto para perceber. Mas e se ela estiver sendo bacana só porque foi assim que a mãe dela ensinou? E porque eu pareço com a irmã dela que morreu? Talvez ela queira andar comigo por isso, mas, quando ela vir que eu não sou tão bacana quanto a irmã era, ela vai cansar de mim. A Cricket só está sendo educada. Ah, Deus, não deixe que sejam apenas os bons modos a razão para ela estar sendo legal comigo.

Mas talvez não seja nada disso. Ela parece contente de verdade que eu vim com ela para cá. Talvez ela goste mesmo de mim — afinal de contas, ela não sabe nada de mim. Ela só vai saber o que eu contar. Então, de agora em diante, eu era a garota mais popular da escola, lá onde eu morava. Quem vai dizer que estou mentindo? Ela nunca vai descobrir a verdade. Olhe só para a Cricket. Ela joga o cabelo para trás como se fosse uma modelo, sem nem perceber que faz isso. Eu queria que o meu cabelo caísse atrás dos ombros como os dela. O meu é mais curto, mas vou deixar crescer como o da Cricket. Eu já ia de qualquer jeito. Vou acabar com o ninho de rato e vou pentear o cabelo um tempão antes de ir para a cama, para que ele fique sedoso como o dela. As pessoas podem começar a achar que somos irmãs. *Cricket Ford saiu e encontrou outra irmã*, vão dizer. Posso mostrar a ela algumas das coisas engraçadas que eu e a Emma costumávamos fazer. Emma. Eu não pensei nela quase o dia inteiro! Normalmente a essa altura eu teria revirado o nome dela na cabeça pelo menos umas cem vezes. Emma, se o seu fantasma está andando por aí, lendo meus pensamentos, não fique brava, tá bom? Prometo que nunca vou deixar de pensar em você. Vou mostrar para a Cricket como fazer aquela brincadeira de equilibrar na cerca de troncos que a gente adorava. Vou ensinar a Cricket como jogar bolinha de gude. Um dia talvez eu a leve para ver o nosso riacho lá em casa. Vou mostrar para ela a sua pedra favorita, mas não se preocupe, não vou deixar a Cricket sentar nela, porque ela é sua. Então, se você estiver lendo a minha mente agora ou se algum outro fantasma estiver dizendo para você o que estou pensando, lembre-se que eu te amo muito. A Cricket vem em segundo lugar, juro. Você ia adorar a Cricket, do mesmo jeito que eu. Ela está ocupada olhando fotos no laptop nesse instante.

— O que é isso? — pergunto.

Ela olha para cima e em volta para ver sobre o que estou falando.

— Isso o quê?

— Isso — eu digo, apontando para onde as mãos dela estão.

— Isso? É um MacBook — ela diz. — O seu é PC? Você *precisa* trocar para um Mac. É muito melhor.

— O que é um Mac?

Ela olha para mim e inclina a cabeça como Brownie, o cachorro, costumava fazer quando achava que tinha ouvido algo ao longe.

— Hã?

— O que é um Mac? Eu não sei o que é isso — eu digo, apontando novamente para o equipamento com fotos que ela está teclando com os dedos. Eu odeio quando meu rosto fica um pimentão quando estou envergonhada. É como se eu tivesse um segredo e ele aparecesse como um sinal de néon acima da minha cabeça.

— Espera, você não sabe o que é *isso*? Isso. Essa coisa toda. — Ela faz um círculo com a mão sobre ele. — *Você não sabe o que é um computador?*

Meu rosto está pegando fogo.

— Eu, hum, eu sei o que é um computador, caramba — digo, e a vermelhidão não passa nem um pouco, como se ela soubesse que estou mentindo e se negasse a ir embora até que eu conte a verdade. — Eu...

— Você não sabe o que é um computador — ela diz. Ela não diz isso para ser má. É mais como se estivesse pensando em voz alta. Como se estivesse no zoológico e a professora lhe contasse que macacos gostam de bananas e ela está repetindo isso para conseguir entender melhor. *Macacos gostam de bananas*, ela repetiria para si mesma, para ter certeza que pegou direito. — Então vocês não tinham computador nas montanhas?

Balanço a cabeça. Não faz sentido mentir agora que eu sei que ela vê a verdade.

— Talvez outras pessoas tivessem — digo a ela —, mas a gente não. E a Orla Mae também não. Ela é minha melhor amiga. E nem o sr. Wilson, que era o nosso vizinho.

Estou pronta para ouvir as gozações. Tapada. Burrilda (tipo burra). Em vez disso, ela dá de ombros e diz:

— Uau. Tá... Bom, isto é um computador, e a primeira coisa que você precisa saber é que computadores têm resposta para tudo que você possa vir a querer saber um dia. Você pode fazer *qualquer coisa* em um computador. Você pode ouvir música. Ver vídeos. Bater papo com suas amigas. Quer dizer, se elas tiverem computador. Qualquer coisa. Pense numa pergunta, eu coloco no Google e consigo a resposta. Primeiro quero te mostrar uma coisa: qual era o seu endereço antigo?

— Por que você quer saber o meu endereço antigo?

— Só diz — ela responde. — É muito difícil de explicar. Vou te mostrar. Você vai ver, é tão legal. Qual era?

Os dedos dela estão parados sobre os botões com as letras, esperando que eu diga a eles o que apertar.

— Turn River Road, 22 — digo. — Hendersonville, Carolina do Norte. Mas não lembro o código postal.

Ela coloca as palavras e diz:

— Não tem problema. Não precisa. Agora veja isso.

Na tela aparece uma imagem do planeta Terra. Cricket clica em algo e ele começa a se mexer — como se estivéssemos assistindo a um filme ou vendo televisão ali mesmo, na mesa dela! Ela mostra o planeta se aproximando — como se fôssemos pássaros voando para a Terra do espaço sideral... aproximando...

— Uau — exclamo, quase me sentindo enjoada de observar o voo. E mais perto...

— Mas que diabos? — não consigo deixar de praguejar. *Nunca* vi nada parecido. É como um filminho.

— Eu falei! — diz Cricket, e posso sentir que ela observa o meu rosto. — Calma. Fica melhor.

Mais perto ainda...

E então estamos indo para os Estados Unidos. Continuamos voando e eu me encolho de medo que a gente possa bater. Daí eu consigo distinguir árvores — árvores vivas de verdade, não imagens desenhadas delas — e montanhas...

— Isso parece com...

Agora estradas e prédios. Não tenho certeza, mas parece que...

— Chegamos! — diz Cricket enquanto o pássaro reduz a velocidade para pousar delicadamente. — Lar, doce lar! Turn River Road, 22. Hendersonville, Carolina do Norte.

Se meus olhos ficassem mais arregalados, saltariam para fora da cabeça.

— Eu disse que era legal — ela fala, com um largo sorriso. Eu sei como ela se sente. Eu sinto... eu me *sentia*, quer dizer... bem assim sempre que a Emma ficava empolgada com algo que eu mostrava para ela.

— Google Earth — ela diz, como se isso explicasse alguma coisa. — Baixei agora há pouco. Ele já existe faz um tempo, eu só não tinha me cadastrado ainda, e aí a gente mudou para a casa da vovó e tudo mais. Está vendo? Você pode colocar ali qualquer endereço, em qualquer lugar do mundo, e ele vai levar você até lá e colocar um pininho vermelho. Às vezes fica um pouco longe do endereço exato. Como agora. Aqui, vamos passando até você ver a sua casa. Só me diz quando você estiver vendo que eu vou mais devagar. Já está vendo?

— Não — eu digo. — Espere, volte um pouco. Ah, não. Achei que era ali. Espere! Ali! Parece a casa do sr. Wilson! É ela! Não acredito... é a casa do sr. Wilson ali mesmo! A cerca dele perdeu duas vigas do meio um tempo atrás e ele está sempre dizendo que vai consertar quando as vigas saírem do esconderijo, então eu tenho certeza que é a casa dele. Então, se essa é a casa do sr. Wilson, a nossa deve estar logo... ali... do outro lado daquele mato. Uai! Por que ela não está ali?

Então me lembro dos boatos que circulavam pela cidade antes de partirmos. Disseram que iam derrubar a casa. A mamãe disse na época que por ela tudo bem — *não existem boas lembranças nessa maldita casa* —, mas acho que eu não acreditava que eles realmente fossem em frente com a demolição. E agora? O que eu vou fazer? Não posso dizer para ela *ah, acabei de lembrar que eles disseram que iam derrubar a casa*, porque então ela ia perguntar o motivo e daí o que eu vou responder? *Porque meu padrasto foi assassinado ali e... ah, aliás, fui eu que o matei?* Meu Deus, juro, juro de pés juntos que, se o senhor me ajudar a encontrar uma resposta para dar para a Cricket, eu nunca mais peço mais nada para o senhor.

— Você não veio realmente de lá, não é? — Cricket pergunta calmamente, com uma voz séria e madura. — Está tudo bem. Pode me contar o que está acontecendo. Eu sou muito boa em guardar segredos. Você está metida em alguma confusão, você e a sua mãe?

O sr. White da farmácia, lá na minha primeira cidade, Toast, costumava dizer que *a verdade pode doer, mas dói muito menos que a mentira*.

— Nós não estamos metidas em nenhuma confusão, a mamãe e eu — eu começo. — E sim, nós somos de Hendersonville, mas acho... bom, não tenho certeza, mas eles podem ter derrubado a nossa casa depois que a gente foi embora. É por isso que ela não está ali.

— Gente, isso é exatamente o tipo de coisa que os computadores são perfeitos para investigar — ela diz, soando quase feliz de ter um mistério para solucionar. — Podemos conferir os registros da cidade e ver se a casa foi condenada ou derrubada, ou sei lá. Vamos ver. Prefeitura de Hendersonville. Tudo bem, aqui está a página inicial. Agora vamos para a barra de cima. "Certidões." Vamos começar por aqui.

— Você pode fazer isso?

— Vamos ver, tem as certidões de nascimento, de óbito, de zoneamento... — Ela está falando consigo mesma e comigo ao mesmo tempo. Percebo também que ela consegue ler muito mais rápido do que eu. Ela pode fazer tudo muito mais rápido do que eu. As palavras surgem do nada na tela e então desaparecem. Fotos também. Tudo acontece antes que eu consiga até pensar, e em seguida vão embora.

— Isso é tão legal — eu digo.

É verdade. Eu nunca me diverti desse jeito que estou me divertindo agora.

— Você devia aparecer por aqui *sempre* — a Cricket diz. — Espere, em qual escola você vai se matricular, hein? Você não devia ir para a minha escola. Eu odeio a minha escola. Elas são muito *más*. De mau humor o tempo inteiro. Você está, o quê, no quarto ano? Quinto? Eu odiava o quinto ano na minha escola. Tem uma garota, a Gummy Brainard, que sempre cruzava os dedos atrás das costas quando você dizia que ia contar um segredo e pedia que ela *jurasse que ia guardar*, mas você não percebia e então ela roubava qualquer segredo que você tivesse contado para ela e espalhava para todo mundo. Só para você ter uma ideia do tipo de pessoa que ela é. Só estou dizendo. Ah, antes que eu esqueça, deixa eu mostrar para você aquele vídeo do gato no YouTube que eu estava falando.

Ela está apertando o computador de novo. É *uma maravilha*, como a minha professora costumava dizer quando Maisey Wells dobrava o polegar completamente para mostrar que tinha articulações com uma flexibilidade fora do comum.

— Você pode encontrar respostas para tudo nessa coisa? — eu pergunto para ela.

— Qualquer coisa no mundo — ela diz.

Mesmo que eu não consiga pensar no que um computador teria sobre ela, ouço a mim mesma perguntando:

— Você consegue procurar a minha mãe?

Cricket olha para mim e diz:

— Posso descobrir *qualquer* coisa sobre *qualquer* pessoa que você quiser.

A voz da sra. Ford nos alcança, vinda de algum lugar lá embaixo:

— Meninas! Desçam aqui um segundo, por favor.

— Quando eu voltar, vou procurar o nome dela no Google, tá?

— Meninas? — a sra. Ford grita de novo.

— Deixa eu ver o que ela quer — suspira Cricket. — Já volto.

Quando a Cricket sai do quarto, leva todo o ar com ela. Olho à minha volta e por um instante penso que gostaria de apertar uma tecla ou duas no computador, mas não tenho coragem porque isso seria uma *receita para o desastre*. Antes de deixarmos a nossa casa, antes de vendermos quase tudo que tínhamos, antes mesmo de a mamãe tirar os pontos, ela disse que se eu contasse para as pessoas que os dois maridos dela tinham morrido, isso seria uma *receita para o desastre*, mas, se você quer saber, desastre de verdade seria se o Richard não tivesse morrido.

Tem algumas coisas que são confusas na minha cabeça e algumas que são claras como o cristal. Embora eu tente com todas as forças que elas se confundam, os minutos antes de o Richard morrer são claros e distintos quando entram em meus pensamentos.

Era uma terça-feira. Eu tinha jantado na casa de Orla Mae aquela noite e escapulido para casa com biscoitos extras que enfiei nos bolsos para a Emma, porque a mamãe estava tendo um de seus acessos do tipo "não vou sair do quarto" de novo, e o Richard andava sumindo direto, então a comida era escassa. Quando abri a porta de casa, a primeira coisa que percebi foi a bagunça — uma cadeira derrubada de lado, vidros quebrados fazendo barulho quando eu pisava em cima, a lâmpada caída no chão sem o abajur, com uma luz esquisita que me fez pensar que eu tinha entrado no lugar errado. Ainda consigo lembrar da minha própria voz chamando a mamãe e a Emma, mas estava muito silencioso e senti um frio na barriga de preocupação. Quando atravessei a sala de estar, ouvi um gemido, e ali, amontoada contra a parede, com o papel de parede florido caindo que as pessoas antes da gente tinham deixado para trás e que o Richard nunca chegou a cobrir, como disse que faria no dia em que mudamos, ali estava minha mãe, com o sangue correndo da cabeça como uma xícara de café derramada. Um dos braços estava dobrado, como se tivesse sido tirado do lugar. O vestido de casa puxado para cima, quase deixando aparecer as roupas de baixo.

Eu me agachei e sussurrei "Mamãe?", enquanto tentava evitar que minhas lágrimas caíssem direto em sua boca ensanguentada, me perguntando se eu poderia tocar nela.

Ela mexeu um pouco a cabeça, de maneira que o olho que não estava fechado, de tão inchado, pôde me ver. Os lábios... Lembro de ver seus lábios se movimentando sobre os dentes como se não fossem seus lábios.

— Vai — ela disse, num tom mais baixo que um sussurro — embora. — E inspirou mais uma vez, mas sem chegar a encher o peito. Parecia que doía para ela respirar. — Agora — ela sussurrou, fechando o olho de novo.

Balancei a cabeça.

— Mamãe, onde está a Emma? — perguntei, me engasgando no nome.

— Depressa — foi tudo que ela disse.

Então eu soube por quê.

A voz do Richard me alcançou primeiro, e, apesar de ele estar arrastando as palavras, eu conseguia entender. Não que elas fizessem muito sentido para mim. Ele não tinha me ouvido entrar em casa.

— Tentando sustentar a minha *família*, do jeito que dá — ele gritou voltando para a sala, através da porta tipo vai e vem que a separava da cozinha. Eu congelei, ainda agachada sobre a mamãe, sabendo que era tarde demais para me esconder dele. — É isso que eu tô tentando fazer.

Ele parou no vão da porta, bebeu um pouco mais de cerveja, e, antes que eu pudesse me explicar, dei um salto como um boneco de mola e saí correndo. Passei por ele e fui na direção da cozinha para sair para a rua rápido, com a intenção de descobrir o que eu queria saber. Agora que penso a respeito, fui quase tão corajosa quanto a Emma sempre foi, tentando fugir daquele jeito.

— Mas que diabos... ? — Richard tentou me agarrar quando passei voando por ele, mas, graças a Deus, ele estava com uma cerveja na mão e não conseguiu me segurar direito quando pegou minha camiseta. Não precisei nem morder tão forte para me soltar. — Sua *bostinha* — ele disse quando me livrei dele e me virei para encará-lo.

— Onde está a Emma? — perguntei. Gosto de pensar que fiz a pergunta como um caubói faria, exigente e assustador, mas na realidade eu estava implorando.

Eu ainda consigo ver os cantos da boca dele se curvarem para cima de cada lado da garrafa de onde estava sugando a cerveja. Ele engoliu com vontade, mas não me respondeu. Então atravessou a sala destruída até a sua velha cadeira de balanço, que era o único móvel que tinha sobrado de pé e se recostou, cruzando as pernas como um homem, com um calcanhar descansando sobre o outro joelho.

— Por favor? Onde ela está, hein?

— Não me venha com esse "hein" — ele disse, apontando com o indicador para mim.

— Me diga onde está a Emma — eu disse. Onde encontrei coragem para falar com o Richard assim é uma coisa que eu ainda não sei.

Lembro de correr escada acima, gritando pela minha irmã, enquanto o Richard ria, sentado em sua cadeira estúpida lá embaixo, gritando para mim que não tinha necessidade de procurar por ela. Lembro de como ele parecia satisfeito quando voltei de mãos vazias, como se ele tivesse comprovado o que tinha dito.

— Eu avisei — disse Richard. — Ela não está aqui.

Emma era tão *real* para mim naquela época. De todas as coisas que eu lembro, o som do meu sangue correndo pelo meu corpo, pulsando nos tímpanos, é o que mais continua comigo. Eu saí correndo pela porta de tela dos fundos, pela noite escura.

A próxima coisa que sei é que eu estava correndo pela mata, abrindo caminho em meio às árvores menores e às moitas rasteiras, sobre os montes de musgo, saltando como um veado sobre raízes e galhos de pinheiros até a casa do sr. Wilson, do outro lado do matagal. Meu coração sai pela boca só de pensar como eu corria rápido aquela noite, rezando para Deus o tempo inteiro para a mamãe viver até que eu conseguisse ajuda, prometendo que eu seria boa se ele simplesmente a deixasse viver mais alguns minutos.

Por favor, meu Deus, me deixa chegar até a casa do sr. Wilson. Por favor, me deixa conseguir ajuda para a mamãe antes que ele acabe com ela, rezei.

Tropecei nas pedras que eu tinha esquecido que existiam, me arranhei em todo tipo de galho e caí duas vezes, mas não senti nada. Quando a casa do sr. Wilson surgiu na minha frente, eu gritei por ele.

Mas o sr. Wilson não estava em casa.

Não tinha mais ninguém que morasse por perto, então eu precisava voltar para ver como a mamãe estava. E para encontrar a Emma. Quase vomitei de medo de tão preocupada que eu estava com a Em, mas então vi o armário de armas do sr. Wilson e esqueci todo o resto. Eu sabia o que tinha que fazer.

Não acredito que encontrei o revólver no escuro com apenas uma réstia de luz do luar para me orientar, mas consegui. Àquela altura, o sr. Wilson tinha me ensinado a atirar em alvos como latas ou garrafas, a fazer a postura certa contra a potência do disparo e a ficar firme para acertar um alvo em movimento. Ele me mostrou como desmontar e limpar todo o revólver com cuidado, para que ele durasse a vida inteira. Eu já conhecia de cor cada centímetro daquele revólver quando o peguei naquela noite. No escuro, abri o tambor e usei os dedos, sentindo primeiro um, então dois, três, quatro, cinco buracos abertos e, finalmente, encontrando a bala carregada no sexto buraco, o que evitou que precisasse sair atrás de munição. Lembro que fiquei muito feliz com isso. De não precisar encontrar as balas certas, além de todo o resto.

Eu não tinha tempo para desperdiçar, então resolvi arriscar e, em vez de tomar o atalho pela mata e me arriscar a cair com uma arma carregada, corri o mais rápido que pude pelo acostamento da estrada asfaltada. Pensei em me atirar no chão e ficar bem deitada se um carro passasse por acaso, mas acabei com a estrada só para mim e então voltei para casa mais rápido do que eu teria voltado se tivesse ido pela mata fechada. Antes de entrar em casa, espiei pela janela da frente — o Richard não estava mais na cadeira. Respirei fundo. No pé da escada da varanda, segurei a arma com as duas mãos, apontando para o chão, como eu sabia fazer, e firmei os cotovelos. Lembro de contar os degraus, sabendo que não podia olhar para baixo, eu tinha que manter os olhos onde meu alvo poderia estar. Segurei com o pé a porta de tela aberta e, uma vez dentro, deixei que ela fechasse devagar atrás de mim enquanto eu passava. Meus olhos varreram o ambiente através do vidro quebrado e da porcelana, até onde a mamãe ainda estava deitada. Sua cabeça se virou para mim, e assim que tive certeza que ela ainda estava viva, eu me tornei outra pessoa, alguém que você poderia ver num filme.

Eu o ouvi abrindo outra cerveja, a tampa de metal retinindo no balcão da cozinha, o *aaaah* que ele fez após tomar o primeiro gole, então o som da garrafa sendo colocada na mesa. Foi quando abri as portas vai e vem com um chute e apontei o revólver direto para ele.

Ainda posso ver o rosto dele absorvendo o que o revólver estava lhe dizendo. Seu choque se transformando em surpresa, depois em dor, antes de se dobrar e cair devagar sobre o chão da cozinha.

11

Honor

A casa está completamente silenciosa. Essa deveria ter sido a minha primeira pista. Não que eu precisasse de uma, com um aviso de despejo na porta da frente. Você sabe que algo não está muito bem quando encontra um *desses*. Normalmente, quando chegamos à porta, eu chamo *ei*, e minha mãe grita de volta *estou no escritório!* ou *estou na cozinha!*, mas hoje, nada. Eu a encontro imóvel à mesa da cozinha.

— Mãe? O que é aquilo na porta da frente? Nós não vamos para a rua, vamos? Haha.

Minha mãe tem o hábito de ficar brincando com o que tiver mais à mão quando está chateada, e nesse instante as distrações são o saleiro e o pimenteiro da Lucy e do Ricky, de *I Love Lucy*, que ela deixa de cada lado do porta-guardanapo, no meio da mesa da cozinha.

— Aliás, isso foi uma piada — eu digo, me servindo de um pouco de chá gelado da jarra na geladeira e depois me sentando na cadeira de frente para ela. — Quer um pouco de chá, mãe? Agora é sério, qual é a razão daquele aviso?

Lucy e Ricky vestidos de Charlie Chaplin. Saleiro e pimenteiro. Os formatos se encaixam: o braço de Ricky, dobrado, parece tocar o tamborzinho que fica onde deveria estar o busto de Lucy. Na base de cada um está escrito "BABALOO", com letras que são pequenos mariachis. Ela os faz deslizar para lá e para cá, então os junta de novo. Como um garotinho brincando com soldadinhos de chumbo. Parece que ela não escuta, mas sua audição está boa — ela está fugindo do assunto, o que significa duas coisas.

Um: essa história é mais complicada do que parece.

Dois: é pior do que eu acho.

— Mãe? Por que você não está dizendo nada? — pergunto a ela. Eu adoraria sacudi-la desse torpor, mas é claro que não faço isso.

Bom Deus, agora ela está chorando — *chorando*. Isso é Ruim com R maiúsculo.

— Mãe, qualquer que seja o problema, nós podemos resolver — digo. Eu fico de pé e corro para massagear as suas costas, entre as omoplatas, como ela gosta.

— Se você ficar brava comigo, não sei o que vou fazer — ela diz, em meio aos soluços.

— Eu não vou ficar brava com você, mãe. Mas você precisa me explicar o que está acontecendo para que eu possa ajudar. O que está acontecendo?

Ela pega um guardanapo e assoa o nariz. As bochechas pressionam as pálpebras inferiores, então, quando ela chora, seus olhos praticamente fecham com o inchaço.

— Você pode me dizer o que está acontecendo? — pergunto a ela novamente. Enquanto espero pela resposta, examino o aviso de despejo. — Não vou ficar brava, mas você sabe o que é isso aqui na minha mão? É um aviso de despejo, mãe. Minha nossa! Diz aqui que a casa está sendo executada. Retomada. Hã? Eles usam os dois termos. Aqui diz: "O banco tomará posse", blá-blá-blá, um monte de palavras rebuscadas. É muito esquisito, porque não tem hipoteca. Você é a proprietária da casa. Não entendo. Deve ser algum erro, certo?

— Honestamente, não achei que chegaríamos a esse ponto — ela diz, fungando e fazendo uma bola do guardanapo usado. — *Você* sabe como eu adoro essa casa, o quanto ela significa para mim... para todos nós. Nunca achei que a situação fosse chegar a esse ponto. Afinal, as pessoas nos olham com respeito na cidade. Nós somos a família *Chaplin*.

A única coisa que posso fazer é esperar. Para que o momento inevitável chegue finalmente.

— Só... só conte o que aconteceu — eu digo.

Então, de uma hora para outra, as lágrimas cessam. Tão rápido quanto começaram.

— Não — ela diz, ajeitando-se e tentando colocar os ombros para trás. — Não, pensando bem, não quero falar sobre isso. Vou ligar para Bud Milner de manhã, pedir para que ele dê uma olhada no que podemos fazer legalmente, mas não vamos conseguir nada de bom falando sobre isso agora. — Ela baixa a voz e vira a cabeça para o teto. — Especialmente com a Cricket por perto.

— Ah, meu Deus do céu — digo.

Ela está evitando meu olhar. Ela não tira os olhos do guardanapo amassado que ainda tem na mão. Espere um segundo. Agora ela está brincando de novo com o maldito saleiro e o pimenteiro Ela evita cuidadosamente o meu olhar. Eu sei o que isso significa...

— Por favor, me diga que não é o que eu estou pensando — peço.

— Ei, espere aí um segundo — ela diz, parando de brincar com Lucy e Ricky como se tivesse sete anos de idade para levantar a cabeça caso eu estivesse blefando. — Antes que você chegue a conclusões apressadas, espere um minuto.

— Ah, meu Deus, é *mesmo* o que estou pensando.

— Shhhh! Chega. Honor, não vá começar a se culpar por tudo — ela sussurra. — Não é o que você está pensando.

Lucy fantasiada de Charlie vira, e o sal derrama do chapéu-coco.

— Então você está me dizendo que não é o Hunter — baixo a voz para perguntar a ela.

— Shhhhh. Pare com isso — ela sibila.

Meu irmão mais novo, Hunter, é a ovelha negra da família e aproveita cada minuto de sua condição. Ele mora em Nevada, rouba Camaros, gasta todo o seu dinheiro em máquinas de jogos em Las Vegas, liga e diz que está quebrado, mas, de alguma forma, sempre consegue dinheiro suficiente para manter o vício em cocaína que ele jura não ter. Hunter é o tipo de cara que provavelmente cultiva uma série de doenças sexualmente transmissíveis. O tipo de cara que paga uma rodada de cerveja com o dinheiro do outro e fica com o troco. Isso faz todo o sentido. Minha mãe é cega, surda e muda quando o assunto é o Hunter. Eu não me espantaria se ela mandasse para ele o resto do dinheiro que meu pai deixou para ela quando morreu, mais seus fundos da previdência social — tudo que ele precisaria fazer seria dizer que está metido numa confusão, e ela faria qualquer coisa para ajudar.

— Tudo bem, mas só me diz uma coisa. — Eu arrasto a cadeira até o lado dela na mesa da cozinha e sussurro: — É o Hunter? Mãe, você fez uma *hipoteca* para dar dinheiro para o Hunter?

Ela limpa o sal da mesa com a mão e pega Lucy, virando-a de um lado para o outro.

E agora eu sei. Foi realmente meu irmão que praticamente faliu a mamãe, mandando-nos todos para a rua. Respiro fundo, uma inspiração *calmante*, e lembro a mim mesma que com jeito vou ser mais eficiente.

— Bem, você já ligou para ele? Você contou para o meu querido irmão sobre esse aviso de despejo?

Ela fica com um olhar distante e diz:

— Não, não contei para o Hunter e não penso em contar.

— Por quê?

— Ele já tem problemas o suficiente para se preocupar — ela diz —, e não quero que ele se preocupe comigo. Não quero que você conte para ele, está me ouvindo? Não conte para o Hunter. O pobre garoto está batalhando mais do que eu. Nós devíamos estar preocupadas é com ele agora.

Eu sei agora o que a Oprah quer dizer com um *momento ahá*, porque acredito estar tendo um agora. Subitamente tudo faz sentido. Eu abaixo a cabeça nas mãos e respiro fundo de novo. Abro a boca e, um pouco antes de as palavras saírem, uma voz fininha dentro de mim diz *Deixe estar. Não se envolva. Deixe pra lá.* É claro que não vou deixar pra lá — bem que eu gostaria, mas é da minha família que estamos falando, então deixar pra lá não é uma opção.

— Mãe? Quanto você tem mandado para o Hunter? Olhe para mim.

— Ele é meu filho e não preciso da sua opinião a respeito da educação dele — ela diz.

— Mãe, apenas me conte para eu saber com o que estou lidando aqui. Quanto você mandou para ele?

— Eu não sei e não é da sua conta. Pare de se meter.

— Então ele voltou a cheirar cocaína — digo, tentando controlar a raiva. — Você está pagando o vício dele, mãe, sabia? Está mesmo. Isso ou o maldito... desculpe, o *danado* problema de jogo dele.

— Tem gente atrás dele, Honor! Pessoas assustadoras! Com *armas*! Eu teria feito o mesmo por você, senhorita. Você sabe disso.

— Ãhã — eu digo. — Com certeza tem gente atrás dele. *Porque ele é viciado em jogo, mãe.* Ele provavelmente deve dinheiro para uma dúzia de pessoas. E o Hunter sabe que pode te manipular para conseguir de você o que ele precisar.

— Ele não me manipula e não quero ouvir você falando assim do seu irmão. Se eu quiser mandar dinheiro para o meu filho, eu vou mandar, simples assim.

— Tudo bem, tudo bem — digo. Após todo esse tempo, sei quais batalhas lutar, e, se existem batalhas perdidas, essa é uma delas. — Tudo bem. Mas chega de ajudar o Hunter, está bem? Você precisa de cada centavo que chegar em suas mãos e mais um pouco. Estava pensando agora mesmo sobre essa parte da equação, *mais um pouco*.

Ir riscando uma lista invisível de maneiras de ganhar dinheiro rápido não ajuda muito. Tirando ganhar o *American Idol* ou virar uma prostituta, tenho exatamente zero chance. Por outro lado, garotas de programa ganham um monte de dinheiro. As de luxo, quer dizer. Aposto que essas acompanhantes ganham uma grana. Bem, nem em um milhão de anos eu viraria uma acompanhante, mas é impressionante. Um plano B. Um plano do Apocalipse.

Minha vida talvez seja uma confusão só, mas pelo menos não suguei completamente minha mãe quando Eddie e eu enfrentamos a *nossa* crise financeira alguns anos atrás. *Nós* lidamos com ela como adultos, diferentemente de *algumas* pessoas. Sim, foi um golpe terrível ter de vender a casa, mas o que mais nós iríamos fazer para sair da montanha sufocante de contas médicas que não haviam sido pagas mesmo depois da morte de Caroline? E sim, foi deprimente perceber que cada centavo conseguido com a venda foi para pagar a nossa dívida, mas na vida você precisa fazer sacrifícios, não que o Hunter faça alguma ideia do que seja *isso*. A Cricket e eu primeiro nos mudamos para um apartamento apertado e barato de dois quartos recém-construído. Era tão novo que as mudas das árvores continuavam nos sacos de terra preta, sem ter sido plantadas, e já começavam a murchar no dia em que chegamos lá. Foi um contrato curto de aluguel, porque o construtor era um velho amigo de colégio do Ed. Ele nos deu um desconto para "amigos e família", e assim foi até que pudéssemos pensar em nosso próximo passo. Vou dizer isto sobre o Ed: ele não queria nem ouvir falar de aproveitar a oferta para si mesmo Em vez disso, acampou no distrito policial por um tempo e finalmente terminou alugando um apartamento meia-boca de um quarto em um prédio cor de fuligem não muito longe da parte "triste" da cidade onde ele fazia a ronda. Assim que acabou o nosso contrato de aluguel, a Cricket e eu nos mudamos para a casa da minha mãe, o que, novamente, não teria sido minha primeira escolha na vida, mas posso me olhar no espelho à noite sabendo que cuidei de minhas responsabilidades sem colocar minha mãe no asilo de indigentes. O Hunter? O único espelho para o qual *ele* está olhando tem linhas de pó branco em cima. Então, mais uma vez, *eu* tenho de ser a filha responsável. Tenho de cuidar dos negócios.

— Onde está aquele caderno de folhas amarelas que eu tinha deixado perto do telefone? Ah, aqui está. — Limpo um espaço na mesa para fazer as contas. — Tudo bem, vamos ver como estamos. Não sobrou praticamente nada na minha conta bancária. Tenho um pouco mais de três mil dólares, mas isso tem que cobrir o seguro-saúde desse mês, a comida e as roupas. A Cricket não para de crescer. Onde está a calculadora?

— Honor... — ela tenta me interromper.

— Meu seguro-desemprego acabou e agora eles dizem que eu sou *capaz*, então deveria ser fácil para mim arrumar um emprego. Como se eu não estivesse procurando emprego esse tempo todo! Como se eles não tivessem recebido o memorando dizendo que o país está passando por uma crise econômica. Você acredita? Já contei isso, não foi? A mulher disse que *provavelmente vai ser fácil* eu conseguir um emprego. De trás daquela janela à prova de balas. Sem nem olhar para frente. Ela ficou ali, mexendo numa pilha de papéis, sem dar a menor atenção para o meu problema, com seu ventilador de mesa idiota mandando vento de um lado para o outro, como se ela tivesse mil coisas mais importantes para fazer do que conversar comigo. Inacreditável.

— Querida, espere só um momento — minha mãe diz.

— Só vou dizer uma coisa: o vidro naquela janela é à prova de balas por razões que eu entendo agora.

— Shhhh... Agora fique quieta e me ouça um minuto. Você está falando como a sua filha com essa avalanche de palavras palavras palavras. Eu vou dar um jeito, Honor. Vou mesmo. Não se preocupe.

— Ah, entendi — eu digo —, você *quer* ser jogada no olho da rua. Não tinha percebido.

Tudo bem, eu me arrependo de ter dito isso, mas, antes que eu possa me desculpar, minha mãe tenta levantar de um salto, só que esqueceu que (a) ela é grande demais para qualquer tipo de salto, e (b) ela está sentada à mesa da cozinha, de maneira que seus joelhos batem na mesa e a Grande Cadeira é arrastada para longe e ela dá um grito e se segura na ponta da mesa... *bem* na hora. Então ela se endireita, puxa a cadeira mais para perto e se senta de novo (humilhada, mas sem querer demonstrar), recuperando o fôlego, antes de me encarar.

— Se você continuar falando desse jeito condescendente comigo, como se eu fosse um *bebê*, juro por Charlie Chaplin no céu que vou embora daqui agora mesmo — ela sibila e aponta o dedo para mim.

— Tudo bem, tudo bem — eu digo, entregando os pontos. — Desculpa. Eu não queria magoar você, é só que não consigo entender tudo isso.

— Bem, você não *precisa* entender tudo isso, porque não lhe diz respeito — ela diz. — Eu sou a chefe dessa família, e eu disse que cuidaria de tudo e vou cuidar. Ponto-final.

— Mas você *não* cuidou! Desculpa, não estou sendo chata, só estou dizendo. Me deixe falar com o Eddie. Talvez ele possa pensar numa maneira de nos ajudar a ganhar mais tempo aqui.

— Deixe o Edsil fora disso, por favor — ela diz, correndo em defesa dele diante do meu suspiro agitado, que ela pensa que estou dando por causa do Eddie.

— Eu não ia falar nada de mal dele! Mas já que estamos falando do assunto, mãe, por que você sempre fica do lado dele? É isso que eu gostaria de saber. Você está sempre defendendo o Eddie.

— Shhhhh! Fale baixo — ela diz.

— Está bem — eu digo, mal sussurrando —, mas você poderia me dizer, por favor, por que sempre fica do lado dele? Eu sou sua filha. Você devia ficar do *meu* lado.

— Ah, por favor, feche essa matraca e venha me ajudar a sair dessa cadeira — ela diz. — Estou cansada dessa bobagem toda.

— Uau — eu digo, posicionando-me atrás dela enquanto ela se levanta com dificuldade e vai se arrastando até o balcão ao lado da pia.

Eu apostaria um milhão de dólares que *feche essa matraca* não seria algo que minha mãe diria, mesmo que a vida dela dependesse disso. As surpresas não param hoje.

— Pode ficar surpresa o quanto quiser, mas você realmente precisa *fechar a matraca*. Você está demarcando territórios que são desnecessários e absolutamente bobos — ela diz. — Pronto, falei. Eu mantive a boca fechada esse tempo todo, mas não aguento mais, Honor. Aquele homem é o pai da sua filha. Ele ama a menina tanto quanto você...

— Eu sei, eu sei! — eu digo, levantando a mão para que ela se cale. — Já disse que não falei mal dele. Só perguntei por que você está sempre protegendo o Eddie, só isso.

— Você fala de "assumir lados" e estou cansada disso — ela diz. — Você tem algum problema com a maneira como ele lidou com a morte da Caroline? Isso é uma questão *sua*, não dele. Homens não vivem o luto do mesmo jeito que as mulheres e isso é um fato. Então você vai ter que superar isso e seguir em frente, está me ouvindo? Vamos mudar de assunto. Me conte sobre aquela garota, a nova amiga da Cricket. Qual o sobrenome dela? Você conhece a família?

O problema é que eu sei que ela está certa. Pensando racionalmente, eu sei que ela está certa: homens e mulheres *vivem* o luto de formas diferentes. Mas não era ela quem chorava diante do silêncio sepulcral do Eddie no dia em que ele anunciou que ia encerrar antes do tempo sua licença por luto na família e voltar para o trabalho. *Ela* não se viu a ponto de implorar — *implorar* que seu marido se abrisse, que fosse com ela ao grupo de apoio, que mostrasse algum tipo, *qualquer* tipo de emoção. Ela não ficou deitada na cama, ao lado do marido no escuro, procurando pela mão dele para segurar debaixo dos lençóis apenas para ser rejeitada, com o resto do corpo dele, cada vez mais distante no canto da cama. Sim, homens e mulheres vivem o luto de maneiras diferentes. Mas não porque querem. A distância entre nós dois se tornou um abismo quando começaram a chegar as segundas notificações das contas médicas. Quando as terceiras e últimas notificações chegaram, não passávamos de meros objetos andando debaixo do mesmo teto. A dor indescritível de perder a Caroline e o desligamento emocional de Ed poderiam ter sido superados se a tensão financeira não tivesse nos desgastado tanto. Desmoronamos por completo. Mas ultimamente... Ultimamente tenho pensado muito no Eddie. Muito.

— Oláaá — minha mãe acena uma mão na frente do meu rosto.
— O quê?

Tento me livrar de uma lembrança do Eddie rindo, correndo com a Caroline para cima e para baixo no corredor do hospital, numa cadeira de rodas, a sombra deles passando voando e ignorando minha tentativa acanhada de fazer com que parassem de brincar. *Mais rápido, pai, mais rápido*, Caroline guinchava de alegria.

— A amiga da Cricket, lá em cima. A garota com quem sua filha está brincando agora. De onde ela é? Quem é a família dela?

— Ah, meu Deus, é verdade — eu digo, lembrando do *outro* problema que temos nas mãos hoje. Quando vai *terminar* esse maldito dia? — Você precisa me ajudar a pensar o que fazer com essa garota — eu digo. — Acho que temos um grande problema para resolver.

— O quê? Qual é a história? — ela pergunta.

— Você vai ver — respondo.

Vou até a base da escada da cozinha e grito para as meninas. E, de uma hora para a outra, só de ouvir minha voz chamando a palavra *meninas* de novo, parece que todos os problemas — o despejo que paira sobre nós, minha bagunça matrimonial, a solidão da Cricket — desapareçam, quando peço para elas descerem. Meu Deus, como eu sinto falta da Caroline.

Mais uma vez, pai! Mais rápido!

Sinto tanta falta dela que meu coração dói.

— Cricket? Meninas? Desçam aqui! — grito de novo, só pela sensação boa que isso dá.

Ouço a correria pelo corredor lá em cima e Cricket aparece na cozinha sem fôlego e com uma empolgação que eu não via em seu rosto há muito tempo.

— Mãe! Vó! Escutem essa: *ela nunca tinha visto um computador na vida. Nem um iPod.* É sério. Ela nem sabia o que era!

— *Eu* não sabia o que um iPod fazia até você me mostrar — diz a minha mãe, sorrindo para Cricket e depois para mim. — Vamos, dê um beijinho na sua vó, querida. Como foram as aulas de verão hoje?

— Oi, vó. — Cricket vai voando dar um beijo no rosto da sua avó. — Não, não. Não é que ela não sabia o que um iPod *fazia*, ela não sabia o que *era*! Ela é, tipo, de outro *planeta* ou algo assim.

— Onde ela está agora, querida? — pergunto.

— No meu quarto. Ah, e ela *amou* as estrelas no teto. Ela nunca tinha visto estrelas *desse tipo* também! Foi tão lindo, ela disse que parecia uma *terra mágica* quando mostrei que elas brilhavam no escuro. Eu queria que ela dormisse aqui, mãe, será que a Carrie pode dormir aqui, por favor, por favor? Tá, vou subir de novo.

— Espere um segundo, Cricket. Como ela está se sentindo? Ela está bem? Ela disse alguma coisa sobre a família dela?

— Ela estava doente? — pergunta minha mãe.

— Vó, foi tão nojento. Ela botou tudo pra fora no carro. Mas ela está bem agora.

— Isso me faz lembrar que preciso terminar de limpar o carro. Pobrezinha... Ela ficou enjoada no carro a caminho daqui. Acho que foi de comer rápido demais. Cricket, querida, vá buscar a Carrie e traga ela aqui para apresentar para a sua avó. Vocês subiram tão rápido para o quarto que nem deu para apresentar as duas.

— Ah, e, vó, ela não sabia quem foi Charlie Chaplin — Cricket diz, abrindo uma caixa de suco. — Então eu disse a ela que você ia explicar tudo. A gente ainda tem aquelas balas de goma? Vou voltar lá para cima.

Ela sobe a escada de dois em dois degraus. Não tem como desacelerar essa garota de jeito nenhum, e pela primeira vez fico feliz por isso.

Eu me certifico de que ouvi os passos de Cricket no andar de cima antes de começar a sussurrar para minha mãe.

— É a coisa mais esquisita que já vi — digo. — O universo opera de maneiras misteriosas. E, antes que você diga que estou me deixando levar por bobagens do além ou o que quer que seja, conheça a garota e você vai ver do que estou falando.

— Eu não faço a menor ideia do que você está querendo dizer — diz minha mãe. — Ainda estamos falando da amiga da Cricket?

— Shhh — eu digo. — Tudo vai fazer sentido quando ela descer. Apenas mantenha a mente aberta, está bem?

— Como vou manter a mente aberta se não faço a menor ideia do que você está falando?

— Você vai entender já, já. Apenas prometa que vai manter a mente aberta e me ajudar com isso — eu digo.

— Querida, eu te ajudo com qualquer coisa, você sabe disso. Não posso acreditar que você está dizendo uma coisa dessas. Nossa.

— Nós temos algo para comer com tortillas? — pergunto, abrindo os armários.

Cricket volta correndo para a cozinha, e Carrie vem logo atrás, como se estivesse numa coleira.

— Tem queijo na gaveta da geladeira — minha mãe me orienta, quando elas entram na cozinha.

— Ei — diz Cricket. — Carrie, esta é a minha vó.

— Ah, que bom. — Fico aliviada ao ver uma versão melhor da Carrie. — Parece que você está recuperando a cor. Carrie, venha até aqui e conheça a avó da Cricket, sra. Chaplin.

— Ah, meu Deus do céu — ouço a voz embargada de minha mãe quando vê a pequena Carrie. — Olhe só para você. Se eu não tivesse noção das coisas, diria que alguém lá em cima está fazendo uma brincadeira sem graça com a gente.

— Senhora? — diz Carrie, parecendo confusa.

— O que foi que eu disse? — eu me viro para minha mãe. — Dá para acreditar?

— O seu nome é Carrie? — minha mãe pergunta. — De *Caroline*?

— Sim, senhora.

— Muito prazer, Caroline — ela estende o braço para cumprimentar a mãozinha frágil de Carrie. — Honor, eu não acredito que vocês tenham se conhecido logo *hoje*.

Eu confiro o relógio. O número minúsculo no mostrador da data é 6. Droga, agora está parado em 11h43. Eu realmente preciso de um relógio novo. Não sei por que cismo em usar esse.

— O que você quer dizer? — pergunto a ela. Sacudo o pulso como uma boba, como se a data certa fosse aparecer num passe de mágica. — Meu relógio diz que é dia 6.

— Você quer dizer que não sabe que dia é hoje? — minha mãe me pergunta, parecendo não acreditar.

Olho de relance para Cricket, que está em silêncio e comportada de um jeito que nunca a vi na vida.

— Ora, é dia 8 de agosto, querida — minha mãe diz, com os olhos arregalados e um tom de voz sombrio.

Se um gigante enorme entrasse e jogasse um cobertor muito pesado sobre a minha mãe, a Cricket e eu, haveria praticamente o mesmo silêncio vazio que nos asfixia neste momento.

— O que aconteceu em 8 de agosto? — Carrie praticamente sussurra a pergunta.

Fico paralisada, incapaz de falar enquanto sinto uma dor violenta e familiar tão profunda que parece ser na medula.

— Oito de agosto é o dia que a minha irmã morreu — diz Cricket em voz baixa, observando-me cuidadosamente.

Como pude acreditar num relógio que sei que está quebrado? Que tipo de mãe não sabe que é o aniversário de morte da filha?

— Hoje faz três anos que ela nos deixou, que Deus a abençoe — minha mãe diz, embora sua voz soe distante agora.

Procuro respirar e não sei como vou da geladeira até uma cadeira na mesa da cozinha, porque não consigo sentir minhas pernas se mexendo.

— Achei que hoje fosse dia 6 — sussurro para ninguém. — O dia inteiro achei que hoje fosse dia 6. Meu relógio diz que é dia 6.

— Eu sei, querida — minha mãe responde, estendendo o braço sobre a mesa para acariciar carinhosamente a minha mão, que de certa maneira parece pertencer a outra pessoa. Eu olho para ela. Talvez seja a mão de uma mãe que sabe a data correta. Uma mãe que sabe que é o terceiro aniversário da morte de sua primeira filha.

Perto da pia, uma Carrie preocupada aperta as mãos e, com uma voz suplicante, diz:

— Vocês podem me chamar de outra coisa. Eu nunca gostei muito do meu nome mesmo. Não vou usar ele de novo, juro. Nós podemos me chamar de outro nome e então vocês não vão ficar tristes e eu posso vir aqui de novo. Eu sou muito boa em lembrar nomes, então não vou esquecer esse nome novo, eu juro. Por favor.

A cadeira da minha mãe arranha o chão quando ela a empurra da mesa.

— Cricket, você pode ajudar sua velha avó a levantar da cadeira, por favor? — ela diz, pensando que não estou em condições de fazê-lo.

Mais rápido, pai! Me empurra mais rápido!

Esse é exatamente o tipo de calamidade que tentei evitar. Ser surpreendida pela tristeza é como levar um soco no estômago. Tira todo o ar de você, e, por um breve momento, você acha que pode simplesmente morrer de dor. Apesar de todo meu preparo para um desastre, de certa maneira não dei atenção para o fato de que ainda estamos nos recuperando de um desastre do pior tipo.

Olho para frente e vejo minha mãe envolvendo a pequena Carrie num abraço.

— Ah, querida, você é a coisa mais fofa do mundo — ela murmura enquanto acaricia o cabelo despenteado de Carrie. — Você tem um nome especial e nós estamos sendo muito rudes falando de toda essa coincidência na sua frente, desse jeito. Venha, sente do nosso lado e coma alguma coisa. Cricket, pegue os salgadinhos do armário, por favor, querida. Conte um pouco sobre você, meu bem. De onde é a sua família?

Não posso desabar. Pelo menos não agora. Tenho de ficar firme pela Cricket. E pela Carrie. Ah, Jesus, Carrie.

Tento forçar um sorriso, mas, pela cara de preocupação da Cricket, percebo que não estou enganando ninguém. Eddie. Vou ligar para o Eddie. Só de pensar nele agora me dá vontade de chorar.

— Preciso levar a Carrie de volta — eu digo. — Tenho certeza que a mãe dela está morrendo de preocupação.

— Ah, não está não — Carrie diz. — Ela não está morrendo de preocupação.

— Bem, talvez você possa ficar um pouco mais então — eu digo.

— Você ia contar onde você mora, querida — minha mãe diz para Carrie.

Elas falam por não sei quanto tempo, e fico grata por isso. Embora eu esteja contente de verdade vendo a Cricket lidar melhor com a situação, parte de mim está um pouco chocada que ela consiga colocar de lado tão facilmente seu luto a respeito da irmã, pressionando-me como ela está agora, para que eu a leve com a nova amiguinha a algum lugar amanhã mesmo (o centro comercial? a biblioteca?). Finjo que estou considerando a questão a fim de ganhar um pouco mais de tempo para pensar.

Mais rápido, mais rápido, pai!

Cricket teria adorado as corridas de cadeira de rodas que Ed sempre fazia com Caroline naqueles últimos dias, mas limitamos suas visitas ao hospital porque achávamos que seria traumatizante demais. Concordamos que ela era nova demais para ficar com pacientes moribundos de câncer o tempo inteiro, mesmo que sua irmã fosse um deles. Nós queríamos *proteger a sua infância*, como ela era. Como adivinharíamos que ela sentiria muito mais sendo mantida a distância? Não sabíamos como Cricket era capaz de sorrir para não nos deixar preocupados. Nunca chegamos a dizer isso, mas acho que nós dois pensávamos que recuperaríamos o tempo perdido com ela depois... quando... Ah, meu Deus, simplesmente achamos que recuperaríamos tudo em relação a Cricket um dia. Como poderíamos saber que ela estava sofrendo em silêncio na mesma intensidade que sua irmã, se não mais?

Sua professora foi a primeira a perceber isso. Cricket se fechou em si mesma e não participava mais nas aulas, o que sempre fizera até sua irmã ficar doente. Ed e eu nos sentamos num silêncio paralisante naquelas cadeiras pequenas demais, os joelhos de Ed praticamente tocando o queixo, encarando a srta. Jensen enquanto ela apontava as mudanças que havia observado em nossa filha. Eu concordei quando ela fez uma referência ao hábito obsessivo de Cricket de roer as unhas ("e tem a questão das unhas, mas tenho certeza que vocês já estão trabalhando nisso com ela..."), e quase perdi a cabeça quando cheguei em casa e notei — pela primeira vez — os tocos de unha da Cricket completamente roídos, o sangue seco onde ela havia arrancado as cutículas com os dentes, tirando a pele de alguns dedos.

A verdade é que nenhum de nós dois havia notado nada de errado com a Cricket. Estávamos tão concentrados em Caroline, nas quimioterapias e no transplante de medula óssea para ver qualquer coisa além disso. A srta. Jensen perguntou a respeito do sono da Cricket, observando que ela parecia exausta na escola muitas vezes, e, de fato, quando perguntamos a nossa filha sobre o assunto, ela não se segurou e caiu no choro, dizendo que vinha tendo pesadelos e não dormia a noite inteira fazia meses. Nós éramos seus pais. Como deixamos de perceber tudo isso?

Olhando para minha garotinha mostrando a Carrie uma lanterna e tagarelando, vejo que a diferença nela é impressionante. Ela é uma gema rara, essa minha filha. Eu só gostaria que alguém mais, além de sua família, percebesse isso. E é só então que me dou conta.

Carrie percebe.

12

Carrie

Para toda parte que eu olho tem algo interessante para ver. Eles têm tantas *coisas* que é difícil contar, mesmo se alguém oferecesse pagar um centavo para cada item que você tomasse nota. São tantas coisas que se a sra. Chaplin tivesse de se mudar daqui para um pontinho no mapa nas montanhas — Hendersonville talvez —, ela levaria semanas só para empacotar tudo. Nem me pergunte quanto dinheiro ela ganharia se decidisse vender tudo numa venda de garagem para tentar a vida em outro lugar. Estou dizendo: tem um milhão de coisas debaixo desse telhado.

A sra. Chaplin diz à Cricket e à sra. Ford que ela está me *tomando emprestada* por um minuto. Ela para atrás e com as mãos nos meus ombros me guia como um carrinho de supermercado pela sala da frente com todos os bonecos.

— Levei mais de três décadas para juntar tudo isso — diz a sra. Chaplin, parada no meio da sala. — Nós temos a melhor coleção do Charlie Chaplin nos Estados Unidos.

Eu me preocupo que ela ache que a estou encarando por causa da sua aparência. Por ela ser tão gorda e tudo o mais. Ela provavelmente pesa uns quinhentos quilos. Eu fui em uma feira do condado uma vez e tinha uma tenda onde você podia adivinhar o peso de uma pessoa sentada ali e, se você acertasse, ganhava uma jarra enorme de balas de goma, e eu adivinhei errado, mas Tommy Bucksmith chegou perto, então ele ganhou a jarra e não dividiu uma única bala de goma com ninguém. Nem uma pessoa. Essa foi a pessoa mais gorda que vi na vida — o homem na tenda de adivinhar o peso na feira do condado. Até hoje. Então eu tento fazer ela pensar que não estou pensando sobre ela ser gorda, perguntando coisas que nem pensei direito antes.

— De onde veio aquele? — aponto para um boneco ao acaso, que não é diferente de um milhão de outros enfileirados lado a lado, e me certifico que estou olhando nos olhos dela, porque é isso que pessoas educadas fazem.

Ela parece tão contente como se eu tivesse dito que ela era a vencedora do concurso de Miss América. O que, sem querer ser má ou algo assim, não é provável que aconteça nos próximos anos.

— Bem, alguém tem um bom olho — ela diz, enfatizando o *guém* da palavra *alguém*. — Essa estatueta em particular faz parte de uma edição limitada lançada pela madame Alexander pelo que seria o aniversário de cem anos do tio Charlie.

A pele na parte de baixo do braço dela se estica em forma de asa quando ela o estende para pegar o boneco da estante. Ela toma o mesmo cuidado com ele que a mamãe tomava com aquela jarra de vidro que tivemos que deixar para trás em Hendersonville.

— Olhe para isso — diz a sra. Chaplin, virando-o e segurando a base próxima para que eu desse uma olhada. — Está vendo os números aqui? Leia em voz alta para mim, por favor, querida. Meus olhos já não são mais os mesmos.

— Tem um número dezessete — eu digo, apertando os olhos para discernir as marquinhas feitas na madeira —, depois uma linha e depois o número duzentos e doze.

Ela concorda com a cabeça como se soubesse a resposta e diz:

— Isso significa que foram produzidos duzentos e doze bonecos no total, e, desses duzentos e doze, esse boneco em particular é o número dezessete.

Pelo jeito que ela olha para mim, sei que devo dizer algo sobre esse fato, mas não sei — isso é bom? Ou ela está um pouco decepcionada porque não ganhou o boneco número um? Por mim, eu preferiria o número um.

Decido por um "uau" e isso parece cair bem com ela.

— Agora dê uma olhada nesse e diga o que você acha — ela diz, se arrastando pela sala até uma cristaleira que eu não tinha reparado antes e apontando para um prato de porcelana com a borda dourada e o rosto de Charles Chaplin pintado no meio, de chapéu e tudo. Tento imaginar o choque que seria para a pessoa comendo, digamos, uma almôndega do prato que lhe passaram, raspando até o fim e percebendo que o tempo inteiro ela estava comendo em cima da cabeça de um homem de chapéu.

— Uau — digo de novo, porque sou idiota demais para pensar em algo diferente. Mais uma vez, ela parece satisfeita com apenas essa palavra, então *por que mexer em time que está ganhando*, era o que o meu pai costumava dizer quando a mamãe lhe perguntava por que ele não ganhou a promoção que tinha dito que ia ganhar.

— Uau, isso mesmo — diz a sra. Chaplin.

Ela tira um colar de ouro bonito de debaixo da blusa e, pendurado nele, tem uma chave bem pequenininha que ela encaixa na fechadura, na parte da frente da cristaleira.

— Talvez você ache difícil de acreditar, srta. Carrie, mas está vendo essa linha de ouro aqui? A linha em torno da borda? É ouro dezoito quilates.

— É mesmo? É ouro de verdade?

— Sim, senhora — ela diz. — E toda a parte preta no cabelo e no chapéu dele? É uma camada de ébano de verdade. Você sabe o que é ébano?

— Não, senhora — respondo, enquanto tento manter as mãos junto ao corpo. Tenho tanta vontade de passar o dedo na borda coberta de ouro. Para ver como o ouro de verdade parece.

— Ébano é uma madeira rara — ela diz, erguendo o prato do suporte acima das xícaras e dos pires e o colocando na parte da frente da cristaleira. — Pense como deve ter sido difícil para a pessoa que fez esse prato juntar as partes. A porcelana, a madeira, o ouro. É difícil de imaginar. Você pode segurar, se quiser.

É claro que eu quero saber como esse prato pareceria em minhas mãos, mas... e se algo acontecer e eu o deixar cair? Eu jamais me perdoaria e, pior do que isso, ela jamais me perdoaria também. Então eu balanço a cabeça e digo:

— Tenho medo de quebrar, senhora. Sou muito desajeitada. A mamãe sempre diz isso também. Ele não devia estar num museu ou algo assim?

— Não seja boba, aqui está ele — ela diz simplesmente e o coloca em minhas mãos como se fosse um baralho de cartas. — Eu confio em você.

Agora, não consigo me lembrar de alguém ter dito essas três palavras para mim um dia. Nunca.

Eu confio em você.

— Ele é mais pesado do que parece, não é? — ela diz e sorri, sabendo de certa maneira que esse é exatamente o pensamento que se forma em meu cérebro naquele mesmo instante.

— Sim, senhora. E tem duas temperaturas também — observo. — A parte da porcelana branca é fria, mas o preto é mais morno. Por que isso acontece?

— Bem, você teria de perguntar a um físico para ter uma resposta para isso, mas tem a ver com as diferentes texturas. Os sólidos diferentes e isso e aquilo. Bom, eu sei que minha neta está esperando por você, mas me deixe mostrar uma última coisa antes de você ir brincar — diz a sra. Chaplin. — Você deve estar completamente entediada a essa altura.

— Não, senhora — eu digo. — Não estou nem um pouco entediada.

É verdade. Se você tivesse me perguntado uma hora atrás se eu me interessaria em ver um monte de bonecos e pratos todos cobertos com o rosto e o chapéu de um homem, eu teria dito *não, obrigada*.

Mas não é tão ruim quanto você possa pensar, aprender sobre todas essas coisas de museu.

Eu não conto para ela que eu e a Cricket não íamos brincar — isso é coisa para criancinhas. Ela está sendo tão bacana, me chamando de *querida*, falando comigo como se eu fosse uma adulta como ela.

A sra. Chaplin faz um sinal para que eu me aproxime para dar uma olhada em uma pequena estátua de ferro de — você adivinhou — Charles Chaplin, apoiado na bengala no que parece ser uma cidadezinha. Ele está de frente para um prédio que parece público, tipo o dos correios.

— *Essa* atração é um sucesso — ela diz, gesticulando com a mão para revelar algo que não parece muito com um sucesso, mas o que eu sei sobre isso? — Nós costumávamos ter visitantes aqui, e essa estátua é a que as crianças mais gostavam. Observe.

A sra. Chaplin coloca um centavo em uma fenda na base da bengala de Chaplin, pressiona uma alavanca como uma bomba para um poço de água e de repente a estátua se mexe. Chaplin se inclina para frente numa mesura, e, quando ele faz isso, a bengala empurra o centavo e ele escorrega por um canteiro até o prédio, e as portas se abrem magicamente para deixá-lo entrar. Um cachorrinho de ferro corre ao lado do centavo como se o estivesse perseguindo, e eu não ficaria surpresa se ele começasse a latir.

— É um banco! — diz a sra. Chaplin, observando meu rosto se surpreender. Eu nunca tinha visto nada parecido. — Está vendo? Espere, as portas do banco são um pouco lentas para fechar. Diacho, faz anos que digo que vou passar lubrificante nelas.

Quando elas se fecham, tudo fica parado de novo e, se você entrasse agora mesmo naquela sala, pensaria que era apenas uma estátua chata. Você jamais pensaria que ela acordou para a vida como fez alguns segundos atrás. Não sou mais uma criancinha, mas, se fosse, eu pediria para ela fazer de novo. Essa foi demais.

O telefone toca e a sra. Ford grita de outra sala:

— Eu atendo!

Eu começo a agradecer à sra. Chaplin por me mostrar a casa, mas ela levanta a mão e me pede para ficar quieta, inclinando a cabeça na direção da voz da sra. Ford. Ela flutua — se é que uma pessoa incrivelmente gorda pode flutuar — até o vão da porta e se vira com o dedo na frente da boca para me avisar que preciso ficar calada também.

Da outra sala, nós duas podemos ouvir a parte da sra. Ford da conversa:

— Eu sei, eu sei...

Silêncio.

— Eu me sinto da mesma maneira, Ed...

Silêncio. Então ela diz algo numa voz tão baixa que duvido que alguém conseguisse ouvir, mesmo que tivesse uma audição superincrível. Mais silêncio.

— Bem, acho que seria bom...

A sra. Chaplin leva uma mão em concha ao ouvido e sussurra:

— Por que você não corre para o quarto da Cricket para fazer companhia para ela um pouco, hã? — E, apesar de ela não pedir, eu sigo na ponta dos pés pela sala de estar, passando pela entrada por onde chegamos primeiro e então escada acima. Eu sei como é quando você está tentando ouvir alguém: você tem que tomar cuidado para que nada à sua volta faça barulho.

A porta do quarto da Cricket está aberta. Ela está na mesa, digitando naquele seu computador. Quando eu digo "oi" da porta, ela se vira e sorri para mim, tipo *finalmente as coisas estão ótimas. Agora que você está aqui.* Isso é o que o sorriso dela me diz.

— Desculpa que você ficou presa com a minha vó — ela diz. — Eu ia dar mais cinco minutos e ia te salvar, não se preocupe.

— Está tudo bem — eu digo. — Ela é tão legal. A sua mãe também.

— É, elas são legais, eu acho — ela diz, girando na cadeira. — Elas estão sempre se preocupando comigo, tipo, você sabe... por causa da minha irmã. E, hã... eu acho que elas se preocupam que eu vire uma solitária que atira nas pessoas porque meus amigos, tipo, me largaram quando a Caroline morreu, porque eles não sabiam o que fazer e... ah, esquece. Eu pareço uma perdedora falando, e ninguém quer andar com uma perdedora, então deixa pra lá. Ei, a gente não ia ver algo no Google? Quando minha mãe chamou a gente lá embaixo?

Sem esperar por uma resposta, ela se vira de volta para o computador.

— Hum — ela diz —, achei que a gente tinha começado algo, mas não está no histórico.

Não sei do que ela está falando, mas sei que ela disse que poderíamos encontrar qualquer coisa sobre qualquer pessoa, então eu a lembro disso.

— Você disse que talvez a gente pudesse encontrar a minha mãe, não é?

Ela se anima e posiciona os dedos sobre o teclado.

— Tá bom, soletre o nome da sua mãe pra mim — ela diz, e eu soletro. — Por que vocês mudaram para cá, falando nisso? — Cricket se vira de lado na mesa para que eu possa ouvir melhor da cama, onde estou folheando a *Encyclopaedia Britannica*

E é assim que começa.

Eu não planejei mentir. Nem quero mentir. Mas, como acontece às vezes, minha boca começa a se mexer sem conferir com meu cérebro primeiro. E então, antes que eu perceba, a mentira é contada e não tem nada que eu possa fazer para mudar a situação. Retirar o que eu disse seria o fim da minha amizade com a Cricket. Ela provavelmente tem centenas de amigos e não acredito que todos eles a largaram como ela disse. Ela me dispensaria como um peixe que acabou de ser pescado e é pequeno demais para levar.

Ela nem está me dando tanta atenção assim, escrevendo no computador daquele jeito. Eu poderia dizer qualquer coisa. Existem cento e uma coisas que eu poderia fazer que teriam muito mais sentido, mas, em vez disso, eu minto. Não posso dizer nem que eu pensei muito sobre as palavras antes de sair falando.

— Meu pai finalmente conseguiu que minha mãe aceitasse casar com ele de novo — eu digo —, e ele está aqui, então viemos para ficar com ele.

Acho que isso vai acabar com o problema, assim espero de verdade. Acho que isso vai responder à pergunta dela e vamos falar sobre outro assunto. O que eu não contava era que ela virasse a cabeça para mim com seus olhos enormes e mais azuis do que nunca e dissesse:

— Isso é tão romântico! É tipo um filme! Comece do começo. Me conta tudo, não deixe nada de fora.

E é assim que ela continua, a minha mentira, quero dizer.

Cricket cruza as pernas na cadeira, no estilo dos índios, e se ajeita de um lado para o outro como você faz quando quer ficar confortável por um longo período.

— Quanto tempo eles ficaram separados? — ela pergunta.

Ela continua me estimulando a não parar de falar, então é o que eu faço.

No início eu me senti mal mentindo para ela daquele jeito. Meu estômago ficou como quando o Richard me socava na barriga, todo revirado e amarrado, sem espaço para o ar entrar. Eu sei que não devia contar mentiras, mas também sei que não posso contar para ela a verdade, porque ela ia contar para a mãe dela, e a mãe dela jamais ia deixar que ela fosse amiga de uma assassina.

— Eu era pequena quando eles se separaram, mas lembro como eles eram quando estavam juntos — começo devagar, a mente correndo para tentar criar os detalhes. Eu sei que ela quer isso. Sorte minha que tenho algumas coisas da vida real para usar. Isso realmente ajuda quando você está contando histórias. — O meu pai costumava dançar com a minha mãe pela sala ouvindo música do rádio, e ela tentava fazer ele parar, mas não tinha como parar o meu pai quando ele começava a dançar. Ele é um dançarino muito bom.

— Sério? — diz Cricket, sorvendo minhas palavras, sorrindo e concordando com a cabeça, como se pudesse ver exatamente o que estou dizendo.

— Minha mãe sempre se arrumava bem bonita para ele. Então, quando eles giravam pela sala, o vestido dela se abria como o vestido de uma bailarina. Ele dizia *mimosa*... É assim que ele me chama. Eu sei que é idiota, mas ele me chama de *mimosa*...

— Não é idiota — Cricket se apressa em dizer —, é bonitinho! Continua. O que ele dizia? *Mimosa...*

— Ele dizia "Mimosa, a sua mãe é a coisa mais linda que eu já vi na vida", e minha mãe pedia para ele parar de girar e para eu baixar o volume do rádio, mas meu pai piscava um olho para mim querendo dizer para deixar como estava, e eu ficava olhando ele dançar acompanhando a música, uma mão na cintura dela, a outra segurando uma das mãos dela alto o suficiente para ela girar por baixo e para longe dele e então de volta para perto. Ele tem uma risada... Ele ria e gritava bem alto sobre a música coisas como "Eu amo essa mulher!", e minha mãe ficava toda brava e dizia para ele calar a boca, mas ele continuava. "Libby-Lou, eu te amo", ele falava às vezes. O nome da minha mãe é Libby, mas ele gosta de dar apelidos, então ele dizia "Libby-Lou". A minha mãe ficava louca de raiva quando ele usava aquele nome, e era normalmente quando eu sabia que a dança tinha terminado. Ela se livrava dele à força, alisava o vestido e arrumava o cabelo se estivesse despenteado e dizia para ele começar a agir conforme a idade dele. Mas mesmo assim ela amava o meu pai.

— Por que eles se separaram? — pergunta Cricket.

— Por que eles se separaram? — repito a pergunta em voz alta. *Por que eles se separaram? Por que eles se separaram?*

— Hum, não sei.

Mais uma vez, minha mente corre para inventar algo que faça sentido, mas, no fim das contas, *não sei* serve como resposta para Cricket.

— Não esquenta, meus pais também se separaram e eu não faço ideia do motivo. Até onde todo mundo sabe, eles ainda se amam, mas é como se eles fossem os únicos a não perceber isso. Tipo, eles vão voltar um dia. Não sei quando, mas eles têm que voltar. Enfim, continua — ela diz.

Continua. Continua. Ah, meu Deus...

— Hum, bom, não sei — tento de novo, achando que ela pode cobrir a parte do meio da história. Em seguida dou de ombros e continuo casualmente: — Aí a gente mudou pra cá.

— Espere! — ela diz. — Como eles voltaram? O que aconteceu?

— O meu pai sumiu por um tempo — eu digo, mexendo no polegar como eu faço quando estou pensando muito em algo. — Acho que para trabalhar. É, ele saía direto para trabalhar. Mas ele sempre trazia flores e presentes para a minha mãe quando voltava para a cidade. Quando eles estavam separados, quer dizer. Mesmo quando eles estavam separados, ele trazia um monte de coisas para ela. E para mim também. Ele está sempre me dando coisas.

— Isso é *tão* romântico — diz Cricket de novo.

Eu não sei o que acontece, mas, de certa maneira, começa a ficar fácil. Quanto mais eu falo sobre o meu pai tentando ganhar a minha mãe de volta, mais posso ver a cena. É como se eu estivesse vendo um filme. Imagino o meu pai e a minha mãe se cumprimentando com um beijo quando ele chega em casa da rua — mesmo que na vida real, quando ele estava vivo, a minha mãe sempre virasse a cabeça e o beijo dele acertasse o rosto dela em vez da boca. Quanto mais eu revelo cenas dos meus pais de cinema, menos nervosa fico. Meu pai e minha mãe se arrumando para sair, só os dois. Minha mãe de cinema amarrando um lenço no cabelo para evitar se descabelar no carro conversível que o meu pai de cinema dirige. Minha mãe sorrindo e dando para ele provar um pouco do jantar dela, porque a comida estava *tão boa que derrete na boca*. Meus pais de cinema rindo para mim, me vendo brincar com o filhotinho de cachorro que eles me deram no Natal.

Nada disso aconteceu na vida real, mas podia ter acontecido. Se as coisas fossem diferentes, aposto que seria possível.

Então, quando chega ao ponto em que me sinto bem em continuar com a história, Cricket decide que já ouviu o suficiente e começa a brincar com uma porta-joias que toca música.

— Ela tocava uma musiquinha meiga quando você abria a caixinha — ela diz e segura o porta-joias aberto para que eu possa ver. — E a bailarina girava e girava. Tão fofo. Meu pai me deu essa caixinha quando eu era pequena.

— Ei, Cricket é o seu nome de verdade? — pergunto a ela.

— Nem, é um apelido que ganhei quando eu era pequena — ela diz revirando os olhos. — O meu pai diz que eu falo tanto que pareço um grilo cricrilando, daí eles começaram a me chamar de Cricket e pegou.

— E qual é o seu nome de verdade? — pergunto a ela.

— Meu nome de verdade é Hannah — ela diz. — Em homenagem à minha tia-bisavó, Hannah Chaplin, mãe do Charlie.

Estou brincando com uma lanterninha da Cricket. Parece uma régua fina, mas, quando você aperta no meio, um facho de luz aparece na ponta.

— Isso é tão legal — exclamo, ligando e desligando a luz.

— Pode ficar com ela — diz Cricket. — Eu já tenho uma igual e essa foi de graça, então...

— Ah, não, eu não posso ficar com ela — digo. *Ela está falando sério?*

— É sua — ela diz, dando de ombros e voltando para o computador.

— *Muito* obrigada! — respondo. — Esse é o melhor presente que já ganhei na *vida*.

Ela ri, mas é verdade.

Pena que não tenho algo para dar em troca para a Cricket, mas pelo visto ela já tem tudo que alguém pode precisar e até mais.

Mas aposto que ela não tem uma Bíblia.

— Aqui está — diz Cricket, apertando alguns botões. — Podemos começar por aqui. Uau, que bonita!

Ela desliza a cadeira para abrir espaço para mim ao lado dela na mesa. E ali, sorrindo para mim na tela do computador, está uma foto da minha mãe quando era moça.

13

Carrie

Estou parada do lado de fora da recepção do Loveless e observo quando elas se afastam até eu não conseguir mais ver as luzes traseiras do carro. Depois de ficar no ar-condicionado, é bom se aquecer parada ali no sol. Eu esfrego a parte gelada do meu ombro direito, onde o ar frio do carro bateu durante todo o caminho até aqui.

— Oi, sr. Burdock. Oi, Birdie. — Vou até a porta e faço carinho em Birdie, o gato, que está deitado na mesa da recepção, bem em cima do livro que o sr. Burdock anota quando as pessoas chegam e saem.

— Lá vem a Miss A-mé-ri-ca — ele canta para mim, não sei por quê. Ele sempre começa a cantar uma música quando me vê. Então bagunça meu cabelo mais ainda do que já está.

Eu queria que pelo menos uma vez ele pegasse a chave do escaninho, passasse para mim e me deixasse seguir caminho, mas isso nunca acontece. Na maioria das vezes não me importo, mas hoje eu preciso estar no quarto para fazer parecer que estive lá o tempo inteiro. A última coisa que preciso é que a mamãe chegue para pegar a chave e me pegue voltando escondida quando eu nunca deveria ter saído daqui.

— O senhor pode me dar a chave, por favor? — pergunto educadamente e tudo o mais, mas ele está sorrindo do jeito que sorri quando está se preparando para uma longa conversa. Orla Mae chamava conversas longas de *festivais de blá-blá-blá*.

— Por que você não começa me contando como é que você se tornou a melhor amiga daquela senhora rica? — ele pergunta. — Estou realmente curioso para saber. Você sabe quem eles são, certo? Os Chaplin?

— Hum, eu sei que elas são muito legais, mas nós não somos melhores amigas, enfim eu conheci elas agora há pouco e preciso mesmo subir para o quarto, então...

— Você acha que a sua mãe ia gostar de saber que a garotinha dela andou saindo de carro com estranhos? Quer saber minha opinião? Bem, pessoalmente não é algo que *eu* goste. De maneira alguma. E nem me fale da sra. Burdock. Você precisa tomar cuidado e não entrar simplesmente no carro de qualquer um que lhe ofereça carona. O mundo é um lugar assustador às vezes. Agora, você deu sorte que os Chaplin são boas pessoas, mas você não sabia disso quando entrou no carro. Você precisa ser mais cuidadosa, menina.

— Por favor, não conte para a minha mãe! Quer dizer, eu só conheci elas, e acho que provavelmente nunca mais vou ver elas de novo, e se a minha mãe descobrir nunca mais vou ver a luz do dia, então por favor não conte para ela, sr. Burdock.

Às vezes não tem problema em exagerar um pouco a verdade, se isso ajuda você a manter a paz ou se você não quer prejudicar ninguém. Foi isso que o sr. Wilson disse para mim. Eu sei que vou ver a Cricket e a família dela amanhã de novo, mas o sr. Burdock acha que elas me odiaram e não querem nunca mais me ver na vida. Eu sabia que podia contar qualquer segredo para a Emma e ela o guardaria, e sei que posso fazer isso com a Cricket também. Mas até onde o sr. Burdock sabe, a Cricket não quer mais saber de mim.

— Hum, o senhor pode me passar a chave do quarto? — pergunto de novo.

— Não esqueça o que eu disse, garota. Ah, e você não precisa de chave — ele diz, indicando com a cabeça na direção do segundo andar. — Sua mãe já chegou.

Eu grito "tchau" e "obrigada, senhor" sobre o ombro, mas a porta se fecha sobre as palavras. Subo a escada o mais rápido que posso, de dois em dois degraus até os últimos quatro, quando fico sem fôlego.

Por favor, meu Deus, se o senhor puder ouvir o meu pensamento, por favor, faça com que a mamãe esteja apagada. Por favor, senhor.

Eu abro a porta bem devagar e com cuidado, caso Deus tenha ouvido a minha prece e a colocado para dormir antes de eu chegar aqui.

— Ora, ora, ora — mamãe diz, na sua voz de uísque que embaralha uma palavra na outra. — Veja só quem decidiu nos agraciar com sua presença. Feche a porta rápido antes que todos os mosquitos da Carolina do Norte comecem a fazer ninhos aqui.

— Você não disse que tinha uma filha — diz um homem sentado ao lado da mamãe no canto da cama. — Olha só. Não é que você é cheia de surpresas?

O som do riso da mamãe com ele é tão estranho que mal reconheço que é ela. E há o fato que tem *outra pessoa* ali — o que faz o quarto parecer minúsculo.

O homem me encara tanto que finjo estar procurando algo no chão para não precisar olhar para ele. Mas sinto as bochechas queimando e, por alguma razão, isso faz com que eu me sinta nua. O rosto dele é caloso e vermelho, mas não como um bronzeado do sol, mais como uma espinha espremida. Ele tem uma barriga que, se ele fosse mulher, as pessoas perguntariam para quando é o bebê. Os braços têm tantas tatuagens que é difícil saber como a sua pele realmente é. Elas terminam numa linha reta perfeita nos punhos, o que faz parecer que ele está usando mangas compridas. Eu olho para frente tempo suficiente para ver seu sorriso aberto sem um dente do lado.

— Ela é tímida, essa sua filha — ele diz para a mamãe, passando para ela a garrafa em que ele acabou de dar um gole. Mamãe segue me encarando mesmo quando a cabeça dela vira a garrafa para trás. Ela dá um gole grande, como um homem. Por que eles têm de falar de mim como se eu não estivesse parada bem na frente deles, eu não sei.

— Tímida não é nem metade da história — a mamãe diz, e ele age como se isso fosse a coisa mais engraçada que já ouviu na vida.

Então a mamãe olha para mim com seus olhos falsos e diz:

— Vem falar oi, depois vá pegar alguma coisa da máquina automática, está bem? Para de enrolar e vem aqui. Caroline, este é o senhor...

O rosto da mamãe vira para o dele, então os dois começam a rir de novo. *Qual é a maldita graça?*, eu quero dizer.

Olhando para mim, o homem diz:

— McNight. Hollis McNight. Mas pode me chamar de Rock. Todo mundo me chama de Rock.

Eu olho para a mamãe para ver se isso é outra piada, mas ela me lança aquele olhar de uísque de novo que eu sei que significa que estou metida numa grande confusão ou ficando invisível, porque na verdade ela está olhando atrás de mim ou acima da minha cabeça. Ela olha de volta para ele e quase não consigo acreditar no que vejo — ela toca o braço dele. A mamãe odeia tocar toda e qualquer coisa. Ela corre o dedo do ombro dele até quase o cotovelo. Bem devagar.

— Aposto que sei como você conseguiu esse apelido — a mamãe diz para ele, agindo de um jeito esquisito. Se eu estivesse só ouvindo e não estivesse vendo como eles estão sentados, um ao lado do outro, eu acharia, pelo jeito que ela está falando com ele, que ela estava no colo dele. Como ela pode saber como ele ganhou esse apelido estúpido, hein? É de se perguntar. Ela está sendo tão falsa e exibida. Pena que não posso falar para ele que ele é um idiota se acha que ela está sendo verdadeira agora.

— Não posso falar — o homem diz para a mamãe, inclinando a cabeça na minha direção em vez de terminar o resto da frase: *com ela no quarto.*

Eu quero dizer *Não sou uma criancinha, sr. Rock, ou qualquer que seja o seu nome idiota. Para você ver como não sabe de nada. As pessoas dizem um monte de coisas à minha volta e eu me viro bem.*

— Mas eu posso *mostrar* para você — ele diz para a mamãe. Ele vira a cabeça para trás para beber as últimas gotas da garrafa, então assopra nela fazendo o ruído de uma trompa que me faz dar um pulo. Eles riem de mim, apesar da piada ser o sr. Rock Horripilante, porque eu conheço o riso falso da mamãe quando ouço. Não que o ouça direto, mas mesmo assim. Ela está fingindo achar graça. Ele está sentado na beira da cama, provavelmente a deixando toda fedorenta, e as pulgas dele provavelmente estão rastejando para as cobertas e os lençóis nesse exato instante. Eu olho para ele e na minha cabeça estou gritando *sai da minha cama, sr. Rock Horripilante idiota*, mas ele é tão burro que só sorri e diz:

— Acho que estou conquistando uma amiguinha.

A mamãe me olha, então desvia o olhar e diz:

— Não conte com isso. Essa garota é mais maluca que uma vaca de três patas.

— Você sabe tocar trombone, garota? Qual é o seu nome... *Caroline?* — ele me pergunta. Eu odeio ele dizendo meu nome. — Está tudo bem, eu não mordo. Eu só perguntei: *você sabe tocar trombone?*

Ele fala devagar, como se eu fosse surda.

— Não, senhor — eu digo. Odeio quando minha voz fica fina quando respondo.

— Olhe só ela, Nellie nervosinha — ele diz. — Vou mostrar para você como é.

Enquanto ele dá uma risadinha e estende a garrafa de uísque vazia para mim, a mamãe vai até a carteira dela e tira uma nota de um dólar. Ela não diz para eu não fazer isso, então eu tenho que ir até ele. Ela ia me matar se eu não fosse educada. *Não somos animais*, ela ia dizer.

— Você só precisa... — diz o sr. Rock Horripilante — Vai, pegue a garrafa. Está vazia, não se preocupe. Agora segure ela perto do queixo e estique o lábio superior para fora assim — ele faz uma cara de macaco — e assopre dentro dela. Isso mesmo! Você conseguiu! Agora você pode dizer que é uma trombonista! Haha, olhe só para você, limpando a boca como se fosse pegar câncer dos germes. Nossa, você é uma garotinha e tanto, não é?

Eu devolvo a garrafa grudenta para ele e me afasto. Odeio a maneira como ele abre um largo sorriso para mim. E a maneira como ele diz *garotinha e tanto* não me agrada nem um pouco.

— Aqui — diz a mamãe, enfiando a nota de um dólar na minha mão. Ela está de costas para ele. Seus olhos estão frios de novo e não há sinal da sua risada quando ela baixa a voz para que só eu possa ouvir e diz: — Agora vá e nos deixe em paz.

— Pra onde? — pergunto a ela.

— A gente devia mandar ela buscar cerveja — diz o sr. Rock Horripilante.

— É, seria uma boa — a mamãe responde na sua voz falsa. Eu percebo que ela não está com vontade de fazer nada do que ele está dizendo, mas ela tem de concordar para não parecer uma *má anfitriã. Se você não fizer os seus hóspedes se sentirem em casa, você está sendo uma má anfitriã*, ela disse para mim e para Emma. *Não somos animais, estão me entendendo?*, ela disse.

— Ei, garota, vá dar uma voltinha — diz o sr. Rock Horripilante, levantando para tirar a carteira do bolso de trás. Ele usa uma corrente prateada que serpenteia do cinto até o bolso da frente, onde alguma coisa na ponta dela tilinta de dentro das calças. Ele tira uma nota de vinte do maço de dinheiro e a estende para mim.

Eu olho para a mamãe, que está encarando a nota como um cachorro vira-lata olha para os restos de comida numa mesa.

— Você é surda por acaso? Quer que eu fale na língua de sinais? — Ele ri e olha para a mamãe, que está dando seu sorriso falso, então ele continua fazendo piada, tentando fazer a mamãe rir uma risada que ele não sabe que não é real. — Olhe só para ela, não para de olhar para a nota, como se nunca tivesse visto um Andrew Jackson na vida. Tudo bem, olha só, isso aqui é o que a gente chama de dinheiro. G-R-A-N-A. Pegue a nota. Boa garota, isso mesmo, coloque no bolso. Isso. Agora vá naquela loja de bebidas na esquina e pegue uma garrafa de Jim Beam. Diga para o Lenny, o cara atrás do balcão, diga para o Lenny que é para o Rock, e ele vai vender o uísque para você. Vai. Cai fora.

Eu olho para a mamãe, mas não consigo saber com certeza o que ela está pensando atrás da máscara que ela tem congelada no rosto. Ela só concorda com a cabeça na minha direção, mantendo um largo sorriso para ele ver.

— Ela é calada, essa aí — o sr. Rock Horripilante diz para a mamãe enquanto se ajeita de volta na cama. Dessa vez ele coloca o braço em torno da mamãe, agindo como se fosse a cama *dele*, no quarto que *ele* pagou, com o dinheiro que ele ganhou vendendo tudo o que *ele* teve um dia na vida.

— Criança é bom de longe, né? — ele diz para a mamãe, enrolando uma mecha do cabelo dela em torno do dedo.

Eles estão rindo de novo quando fecho a porta atrás de mim. É verão, então a noite ainda não pegou o lugar do dia completamente. Está escuro a ponto de não dar para ler, mas ainda claro a ponto de poder saber o que tem num prato à sua frente. Estou com tanta água na boca a caminho da máquina de doces que você acharia que sou um cachorro ou algo assim. Meus dedos tremem de verdade. Estou tão empolgada que vou comer um doce que quase aperto o botão errado e termino com o doce errado, mas, *ufa*, o doce certo cai na abertura no fim das contas. Como meu chocolate bem devagar, puxando pedacinhos com os dedos e fingindo que sou uma mamãe pássaro largando minhocas no bico dos filhotinhos. Na minha cabeça, conto até trinta e mastigo bem devagar para fazer o doce durar mais. Encostada no parapeito da sacada na frente da máquina de doces, observo o sinal de trânsito ficar vermelho, amarelo, verde — ele fica verde mais tempo, vermelho em segundo lugar e amarelo só um segundo ou dois.

É difícil não comer a barra inteira de chocolate, mas na metade eu me obrigo a parar para poder comer um pouco amanhã.

— Mas que raios você acha que está fazendo, cuidando do seu bico doce sem nenhuma preocupação na vida? — a mamãe pergunta, enfiando a cabeça para fora do quarto, sussurrando na direção da sacada e apontando para o ponto bem na frente dela. — Vem já aqui.

— Desculpa, mamãe — digo correndo para ela. Graças a Deus, engoli a mordida antes que ela me visse mastigando bem devagar.

— Quero ver você pedir desculpa quando eu tiver terminado meu assunto com você. Agora corre até a loja e pega aquela garrafa como o homem disse para você fazer.

— Ele é assustador, mamãe — sussurro, minha boca se mexendo antes que meu cérebro dissesse para ela ficar calada. — Tenho um pressentimento ruim sobre ele.

Sorte minha que tem um parapeito ao longo da sacada ou eu teria caído no estacionamento lá embaixo quando ela me acertou. Em vez disso, só bati a cabeça nele, mas não doeu muito. Antes que eu possa ficar de pé de novo, a mamãe aparece em cima de mim.

— Você tem *um pressentimento ruim* sobre ele? — ela sibila para mim. O sangue escorre quente de onde bati a cabeça, mas eu me seguro firme enquanto a mamãe me xinga baixinho. As luzes da sacada bruxuleiam e tudo fica laranja, e laranja é uma cor assustadora no rosto de uma mãe irada. — Se você der um pio a respeito dele, vou arrancar o seu braço do ombro e matar você de porrada com ele. Está me ouvindo? Aquele homem ali pode ser meu passaporte para bem longe daqui. Se você estragar essa para mim, juro por Deus que vou te pegar e te mandar pro inferno, onde você vai apodrecer pelo resto dessa sua vidinha patética. Depois de tudo o que eu passei por sua causa... Parada aí, de nariz empinado. Dizendo que tem *um pressentimento ruim* sobre ele? É melhor você se mandar de uma vez e buscar aquele uísque. E traga o recibo e cada centavo de troco, está me ouvindo? Levanta e *vai logo* — a mamãe diz, antes de desaparecer atrás da porta, que ela bate com força.

Não posso perder tempo esfregando a cabeça, mas preciso parar um pouco, porque vejo estrelas quando levanto, e sei que, se não tomar cuidado, posso desmaiar. Eu sou *propensa a crises de desmaio*. Mamãe escreveu isso no prontuário médico que os pais tiveram que preencher na minha última escola. *Caroline não tem coordenação, se machuca fácil e é propensa a crises de desmaio*, ela escreveu. Ela usou o dicionário.

Eu estou por um fio com a mamãe, sei disso. Tenho que me cuidar e fazer tudo certinho daqui para frente. Vou fazer aquele *esforço a mais*. Juro que vou ser tão boa que a mamãe nem vai reparar em mim. Talvez eu pegue algum gelo com o Jim Beam. Ela adora gelo. Tilintando o gelo pelo copo, mexendo de lá para cá. Mamãe costumava dizer que *sem gelo o mundo seria um inferno*. Essa foi a melhor ideia que tive em muito tempo, pegar gelo para a mamãe. Isso é fazer um *esforço a mais*, com certeza. Espere, a máquina de gelo ainda está quebrada — tem um aviso de Fora de Serviço na parte da frente. Droga.

O homem atrás do balcão na loja de bebidas concorda, como se soubesse que eu ia estar parada ali na frente dele, dizendo que o Rock tinha me mandado buscar uma garrafa de Jim Beam. Quando pergunto para ele onde está o gelo, ele inclina a cabeça na direção do freezer nos fundos da loja e volta a fazer palavras cruzadas. Eu pego o gelo enquanto ele coloca a garrafa em um saco, então me passa a nota e o troco sem dizer uma palavra. Nossa, esse gelo é mais pesado do que eu achei que seria. Não parecia tão pesado sempre que o Richard chegava em casa com um saco ou dois nos ombros. Acho que, se eu colocar a garrafa em cima do gelo e carregar com as duas mãos, como se estivesse embalando um bebê, eu consigo. O problema é que meus braços já estão congelando e nem passei pela porta ainda. Afinal, é gelo. Eu empurro a porta e volto para o mundo, o sino da loja tilintando atrás de mim, e decido que vou contar quantos passos vou levar para chegar no quarto — isso vai impedir que eu pense nos meus braços congelando. Vinte passos até a calçada. Quando chego em trinta passos, tenho que parar.

Perco a conta em algum lugar antes de chegar na recepção do Loveless. O sr. Burdock não está aqui, mas Birdie está encolhido atrás da janela, debaixo da planta no vaso.

— Ei, Birdie, chaninho, chaninho, chaninho — digo pelo vidro, batendo para chamar sua atenção, enquanto descanso os braços uma última vez. Birdie olha para mim, mia, então enfia a cabeça de novo no corpo encolhido. Pena que não sou uma gata para dormir noite e dia. — Você é um bom gatinho, Birdie. Não é? Sim, você é. Um bom gatinho.

Pego o saco de gelo de volta, com a garrafa deitada direitinho em cima dele, e sigo para a escada. O sr. Burdock colocou um tapete de grama artificial em todos os degraus. Subo até o primeiro andar e estou a três degraus do segundo.

— Precisa de uma mão com isso? — a voz do sr. Burdock surge do nada atrás de mim.

Eu não planejava deixar cair o gelo — juro que não. Mas está escuro e o sr. Burdock me assustou pra valer. E então, antes que eu me dê conta, o Jim Beam está quebrando lá embaixo no cimento.

Ele assovia pelos dentes, eu deixo cair o gelo e digo "ela vai me matar" sem parar enquanto desço correndo para ver se o que acho que aconteceu realmente aconteceu. Talvez tenha sido só um pesadelo. Talvez minha mente tenha me enganado de novo, como o xerife disse lá em Hendersonville.

Ela vai me matar.

Assim que vejo a garrafa de vidro quebrada e a mancha de líquido escorrendo, sei que me meti na maior confusão desde que o Richard morreu. Posso ouvir o sr. Burdock vindo na minha direção.

— Ei, espere um pouco — ele diz —, deixe eu ver o que aconteceu. Espere até eu chegar aí.

Entre ele e a mamãe, estou morta. Simples assim. Preciso correr. Não tenho escolha. De jeito nenhum vou subir até o quarto com menos dinheiro e sem o Jim Beam. E, para começar, o sr. Burdock não queria uma criança por aqui. Aposto que ele estava esperando que acontecesse uma coisa assim para me chutar para a rua. Meu coração está batendo como um cavalo na corrida de Kentucky.

Ela vai me matar.

Posso ouvir o sr. Burdock gritando para mim algo sobre como ele sentia muito e só queria ajudar, mas já estou longe e quase pulando a cerca. Ralo o joelho quando desço até o chão da piscina, mas mal posso sentir, com o coração batendo desse jeito. A mamãe nunca ia pensar em me procurar aqui, então estou segura por enquanto. Coração, pode parar de bater tão rápido e alto. Eu posso ser uma idiota, mas não sou tão idiota a ponto de deitar no meio da piscina como sempre. Eu me encolho como o Birdie bem lá no fundo, onde eu chutei a maior parte do lixo numa pilha, quando comecei a deitar aqui pela primeira vez. Que bom que o lixo ainda está aqui, porque eu uso parte dele para me cobrir. Na sombra, ninguém vai me achar e posso ganhar tempo para pensar num plano sobre o que fazer em seguida.

O sr. Burdock está falando sozinho do quartinho da faxineira, onde está pegando uma vassoura, eu acho. Eu me sinto mal — eu devia estar lá fazendo isso. Ele sempre foi legal comigo. Puxo mais alguns punhados de lixo para cima de mim, então fico completamente invisível no escuro. O lixo não está tão fedorento, o que é uma boa notícia também. Deitada desse jeito, minha cabeça decide que chegou a hora de começar a latejar de dor onde ela bateu no parapeito. *Tum. Tum.*

Eu ouço a mamãe gritando por mim. Prendo a respiração. Ela não está gritando para valer, porque está num motel, e não na nossa casa, então posso dizer que não ouvi. Isto é, se ela me pegar. Agora sua voz está se misturando com a do sr. Burdock. Mal... consigo... entender... as palavras...

— Peço desculpas pela minha filha, sr. Burdock — a mamãe está dizendo. — Prometo que ela vai pagar por isso. Espere até eu pegar essa menina. Pode acreditar em mim. Caroline? Caroline! É melhor você vir para casa agora!

Tum. Tum. Puxa, minha cabeça dói um pouco mais do que eu achei que fosse doer.

No silêncio depois da mamãe me chamar, o som da vassoura empurrando o vidro tilintando numa pilha é trazido pelo vento. Normalmente eu tenho bons ouvidos, mas hoje eles não estão funcionando tão bem, talvez por causa da pancada que levei da mamãe. Eles ainda estão conversando, o sr. Burdock e a mamãe.

— Como eu disse, não foi culpa dela — o sr. Burdock está dizendo para a mamãe. — Eu me ofereci para ajudar. Ela estava tendo dificuldades na escada, e você pode dizer o que quiser de mim, mas não que não sou um cavalheiro. Não vou ficar parado, assistindo uma garota carregar uma coisa que eu posso tirar das mãos dela com facilidade. Hap Burdock é um cavalheiro, de cabo a rabo.

Eles conversam coisas que não consigo entender, então a mamãe diz:

— É melhor eu voltar para o meu quarto. Peço desculpas de novo pelo incômodo. Caroline? Hora de voltar para casa — mamãe me chama na sua voz de uísque, que ela está fazendo para o sr. Burdock. Pelos estalos dos sapatos dela, parece que ela está subindo a escada de volta para o quarto.

— Vou ficar de olho nela e mandá-la para casa, não se preocupe — o sr. Burdock diz atrás da mamãe. — E vou mandar uma garrafa de Jim Beam para o quarto agora mesmo. O que é certo, é certo, afinal de contas. Eu quebrei, eu pago.

Ele varre os cacos de vidro para a pá de lixo. O sr. Burdock murmura alguma coisa que não consigo entender. Uma porta bate com força. Suas botas o levam de volta para casa. Outra porta se fecha. Agora está tudo quieto, a não ser pelo ruído dos carros que passam em alta velocidade na estrada. Os faróis brilham sobre a piscina, iluminando a lateral do prédio, e penso que ficaríamos a noite inteira acordadas se nosso quarto ficasse do outro lado, porque mais carros seguem na direção da cidade do que saem dela, e esses faróis são bem claros.

Eu devo ter apagado, porque a próxima coisa que ouço é a porta de um carro batendo. Um motor ronca alto duas vezes, então três. Aposto que é o sr. Rock Horripilante em uma picape grandona, como um caubói num filme do Velho Oeste. Ele arranca cantando os pneus que nem o Richard costumava fazer quando era dia de pagamento. Se eu voltar na hora certa, a mamãe vai estar apagada quando eu chegar. O problema é que a porta vai estar trancada. Droga. É melhor ir em frente e encarar de uma vez agora, ou vou dormir na rua de hoje em diante.

Não estou me sentindo tão tonta assim de pé, ainda bem. A lua deixou tudo no tom roxo-escuro de um machucado.

— Mamãe? Sou eu, mamãe, abre para mim — digo junto à porta. É difícil fazer silêncio à noite, quando você precisa que alguém te ouça através da porta. — Mamãe? Por favor, mamãe. Desculpa.

Quando ouço alguma coisa se movendo no quarto, aperto bem minhas partes femininas para não acontecer um acidente, como normalmente acontece quando estou tão assustada. Faço o maior esforço para segurar, mas é tarde demais — quando ouço o barulho da tranca de metal virando, destrancando a porta, sinto o molhado quente descendo pelas pernas.

— Desculpa, mamãe, desculpa — digo, antes mesmo de colocar os olhos nela.

A porta abre para o quarto, mas, como está um breu lá dentro, não consigo ver onde exatamente a mamãe está. Ela consegue se mexer rápido quando quer. Dito e feito, não vejo o braço dela até ele grudar em um punhado do meu cabelo. Então ela me arrasta pelo quarto como se eu fosse um saco de batatas.

— Eu estou... *afundando*... e você... você... é o *tijolo*... no meu... bolso — a mamãe diz entre socos. O pé dela continua o resto do discurso, até eu ficar completamente sem fôlego e ela colocar toda a raiva dela para fora. Eu cobri a cabeça com os braços dessa vez, mas agora penso que devia ter protegido as costelas em vez disso. Eu tusso se respiro fundo. Não é tão ruim se respiro curto como um cachorro.

Sou esperta o suficiente para saber que devo ficar onde estou quando ela termina comigo. Até a mamãe ir para a cama, é melhor eu ficar onde estou, no chão. Ela não gosta de me ver depois que me bate. Ela não gosta nem de *respirar o mesmo ar* que eu. Ela se sente mal, é por isso. Se eu pudesse, eu diria que vou ser tão boa de agora em diante que ela não vai nem acreditar nos próprios olhos. Não sou um tijolo no bolso dela, ela vai ver só. Vai ser como mágica. Vou pedir para a Cricket me ajudar a carregar as coisas para elas não caírem. E talvez elas possam me emprestar o dinheiro para pagar o sr. Rock pelo Jim Beam para que a mamãe não fique *devendo favores*, o que ela odeia mais do que picles. Eu vou cuidar tão bem dela que ela não vai precisar do sr. Rock Horripilante ou de qualquer outro, só de mim. E, se ela precisar de mim, certamente não vai me abandonar na Carolina do Norte. Ou no hospício.

Na luz da manhã, percebo que tive sorte: a mamãe acertou na maior parte o meu corpo e não a minha cabeça, então não deixou muitas marcas para cobrir. Eu levanto da cama sem fazer barulho, mas, pelo jeito que a mamãe está dormindo, não acho que um despertador a fizesse se mexer. Vou na ponta dos pés até o estojo de maquiagem dela e passo um pouco de Base para uma Pele Viçosa na testa, *por via das dúvidas*. Desde que eu não tussa, estou bem. Só preciso andar devagar por causa do joelho. Devo ter batido em algum lugar. O segredo de sair sem ser percebida de um quarto de hotel onde sua mãe está dormindo é virar a maçaneta *antes* de puxar. Então, assim que estiver do lado de fora da porta, você precisa lembrar de virar a maçaneta antes de fechar a porta ou é melhor esquecer tudo, para começo de conversa. Está um dia claro e ensolarado hoje. O tipo de ensolarado que faz o dia parecer limpo. Descer a escada é difícil, mas, quando chego na rua na frente do Loveless, me sinto cem vezes melhor. Encontrei o resto do chocolate no bolso, mas nem estou com tanta fome. Eu o faço durar o resto do tempo que espero pela sra. Ford, sentada na sombra da árvore na entrada do Loveless.

Ah, que bom! Elas chegaram. Olho sobre o ombro para ter certeza de que o sr. Burdock não vai me ver entrando no carro e, dito e feito, o caminho está livre. Só de ver as duas acenando para mim da janela, já sei que hoje vai ser um dia ótimo. Tudo com a Cricket e elas é o máximo.

— Oi, sra. Ford! Oi, Cricket! — eu digo, procurando o cinto de segurança para que elas vejam que aprendo rápido. Vou fazer com que elas me queiram por perto toda hora.

14

Honor

Mas o que é isso?

— Oi, Carrie, como vai, querida? — pergunto, tentando não olhá-la fixamente enquanto ela se ajeita no banco de trás, ao lado da Cricket. — Você precisa de ajuda com o cinto de segurança? Cricket, ajude a Carrie, por favor.

— Não, não, já consegui, obrigada — Carrie responde, dispensando ajuda.

Acho que, além de deixar crianças usarem maquiagem carregada, eles se recusam a praticar medidas básicas de segurança veicular em Hendersonville, porque essa garota não sabe colocar o cinto de segurança nem que sua vida dependa disso. *Ha* — literalmente. Essa foi boa, Honor.

— Ora, como você está *arrumada* — digo, escolhendo a palavra cuidadosamente —, com o rosto todo maquiado. A sua mãe ajudou você, querida?

— Ugh, não me leve a mal, mas eu nunca uso maquiagem — Cricket diz, como eu sabia que faria. — Todo mundo usa maquiagem, menos eu. Eu sou, tipo, a *única* garota que eu conheço que não usa.

— Tudo bem, Cricket, acho que já ouvimos o suficiente a sua opinião sobre o assunto. Algumas de nós gostamos de passar maquiagem de vez em quando. E tenho certeza que a mãe de Carrie tem parâmetros que espera que a filha mantenha, não estou certa, Carrie?

— Senhora?

— A sua mãe tem regras sobre quando você pode usar maquiagem e quanto?

Eu não sei de que outra forma dizer: a garota parece uma palhaça com um quilo de base no rosto. O que a mãe dela estava pensando, deixando a filha sair na rua desse jeito?

— Ah, minha mãe não se importa — diz Carrie.

— *Sério?* — Cricket pergunta.

— Quer dizer, ela se *importa*. Ela se importa com tudo que eu faço, é claro — diz Carrie.

— É claro que sim — eu digo. — Escute, querida, eu tenho que ajudar a avó da Cricket com algumas coisas importantes, então vocês vão precisar se virar sozinhas lá em casa, está bem?

— Tudo bem — diz Carrie, dando de ombros enquanto Cricket resmunga. —Minha mãe? Ela não se importa se eu passo um pouco de maquiagem de vez em quando. Mas, tipo, minhas amigas? Ela se importa um monte com essas coisas. Como qualquer mãe normal. Ela está sempre me perguntando sobre as coisas que me mandam, sobre as pessoas que me ligam e tal. *Quem era no telefone?*, ela me pergunta a toda hora. Mas é chato, porque ela não consegue lembrar do nome das minhas amigas direito. Eu tenho tantas, é por isso.

— Você tem tanta sorte — diz Cricket. E sinto meu coração se partir.

— Eu não sei. Minha mãe só quer que eu seja feliz — diz Carrie.

— Como todas as mães querem que os filhos sejam felizes. Ela está sempre dizendo isso. *Eu só quero que você seja feliz, Caroline.* É um saco como ela repete isso.

— Nós *queremos* que vocês sejam felizes! Você está absolutamente certa. Está ouvindo, Cricket? Está ouvindo a sua amiga? Lembre-se disso da próxima vez que disser que estou tentando arruinar a sua vida.

Não preciso conferir no espelho retrovisor, eu posso *sentir* Cricket revirando os olhos.

— Isso não é nem um pingo verdade — diz Cricket, inclinando-se para contar a Carrie sobre Layla Latrooce.

— Lá vamos nós de novo — eu digo. — Quando vamos parar de tocar no assunto da pobre Layla Latrooce?

— O quê? Meu Deus! Estou contando outra coisa para ela — diz Cricket, fingindo um rosto inocente. — Pare de *espionar*.

De canto, vejo Carrie sussurrando para Cricket:

— Não acredito que você pode falar com a sua mãe desse jeito. Se *eu* fizesse isso? Uau, ela me arrancava a pele!

Layla Latrooce estava na turma da Cricket ano passado. Uma pré-adolescente com corpo de mulher por quem todos os garotos babavam e lambiam o chão que ela pisava. O que não é culpa dela, é claro, mas uma garota assim precisa ser cuidada de perto, algo que os pais dela nunca pareciam fazer. Ao contrário, a mãe de Layla claramente assinava embaixo da filosofia *aproveite os seus atributos*, usando os tops mais curtos que ela podia encontrar. Não demorou muito para ouvirmos falar que Layla Latrooce estava batendo papo em algum chat por vídeo e acabou ficando com um garoto de dezessete anos. Como eu disse para o Ed quando Cricket a trouxe para nossa casa pela primeira vez depois da escola, os pais dela com certeza esperavam pouco da filha quando a batizaram com um nome como Layla Latrooce. Soa como o nome de uma dançarina de striptease. A garota vai ser realmente boa em tirar a roupa, só isso que eu digo. Por que não ir em frente e instalar uma barra de pole dance na sala de estar de uma vez? Ah, certamente rimos de Layla Latrooce, Eddie e eu. Diga o que quiser de Ed Ford, mas o homem tem um grande senso de humor. É verdade. Certamente melhor que o dos pais dele, que chamaram o filho de Edsil, mas sempre pareciam surpresos quando as pessoas riam ao saber o nome completo do Ed. Layla se desinteressou por Cricket bem rápido, mas, infelizmente para mim e para o Ed, já tínhamos proibido nossa filha de ir à casa dos Latrooce, então nós é que ficamos como vilões aos olhos dela. Não importa que Layla ignorasse Cricket completamente e sem o menor pudor . Não. Para a Cricket, Eddie e eu éramos os *piores pais do mundo*.

— Ei, mãe, para onde o Ferrin Albee mudou? — pergunta Cricket, do banco de trás.

— Ah, meu Deus, Ferrin Albee — eu digo. — Pobre Ferrin Albee.

— Ferrin Albee tinha as partes de menino e de menina — Cricket diz para Carrie. — Ninguém sabia dizer exatamente se ele era um garoto, como dizia ser, ou se *ele* na verdade era *ela*.

— Tão triste — eu digo. Posso ver os olhos de Carrie arregalados como dois pires, absorvendo todas as histórias. — Não sei para onde eles foram, os Albee. Acho que foram para o norte. Nova York, provavelmente. Tomara que aquela criança esteja bem.

Se quer saber a minha opinião, aí está outro exemplo de pais atrapalhando a vida dos filhos na escolha do nome. *Ferrin?* Por favor. Quando seu filho claramente tem algumas questões de gênero a ser resolvidas? *Ferrin?* Eles não poderiam ter facilitado um pouco as coisas e escolhido, sei lá, Charlotte? Ou Catherine. Ou James. Michael. Bom, o que se há de fazer.

— Então, o Ferrin era um garoto ou uma garota, mãe? — pergunta Cricket.

Nessas horas é bom ter uma filha com transtorno de déficit de atenção. Tudo que preciso fazer para evitar responder a uma pergunta difícil, que, convenhamos, só levará a mais perguntas difíceis, é esperar uns quatro segundos e Cricket já passou para outro assunto.

— Ei, Carrie, você consegue fazer isso? — ela pergunta, torcendo a boca para uma posição horrorosa que poucos conseguem imitar. O lábio superior vira para a esquerda enquanto o inferior vai para a direção oposta.

Senhoras e senhores, minha filha, a Trocadora de Assuntos. As meninas passam então para uma competição interminável que é ao mesmo tempo divertida e uma chateação. No espelho retrovisor, observo Carrie tentar copiar a careta de Cricket sem muito sucesso.

— Não, mas você consegue fazer isso? — pergunta Carrie, tocando o nariz com a ponta da língua.

— Uau! Isso é incrível — digo, sorrindo para as duas.

— Espera, você consegue fazer isso? — pergunta Cricket. — Espera, espera, não. Espera, não me faça rir. Tudo bem, agora.

— Cricket, não dobre as pálpebras desse jeito — digo para ela, mas é tarde demais.

— Nossa, que coisa horrível — diz Carrie, evidentemente encantada. — Pena que não consigo fazer.

— Ah, espera, eu tenho uma boa. Aqui, aperta a minha mão por trinta segundos — diz Cricket. — Mãe, você pode marcar o tempo para a gente? Valendo... agora!

— Meninas, vocês estão com fome?

— Mãe! Marca o tempo! Trinta segundos!

— Estou quase passando pelo supermercado — eu digo. — Falem agora ou calem-se para sempre.

— Mãe!

— Cricket. Eu já vou marcar o tempo. Só digam: vocês estão com fome agora ou aguentam até chegarmos em casa? Carrie, querida, você está com fome?

— Sim, senhora. Quer dizer, não, senhora — diz a voz fina.

Dá para perceber que ela está conferindo com sua nova melhor amiga para ver se deve estar com fome ou não.

— Esperem no carro, só vou pegar umas coisas rapidinho. Já volto. Vou deixar o carro ligado para que o ar-condicionado fique funcionando. Cricket, você está me ouvindo?

— Mãe, estou paralisando a mão da Carrie. Olha! Espera, Carrie. Não mexa os dedos até eu mandar. Continua apertando a minha mão. Continua. Isso...

— Hannah Chaplin Ford, você está me ouvindo?

— Quando eu contar até três, tente mexer os dedos, tá? Ainda não. Ainda... não... — Cricket orienta Carrie.

— Cricket! Estou saindo do carro agora. Espere aqui com a Carrie, está bem?

— Um... dois... *três!* Tudo bem, agora tenta mexer.

Eu solto o cinto de segurança e, quando me viro, vejo Cricket vibrando com sua vitória. Carrie mantém o punho fechado, mentalmente querendo fazer com que os próprios dedos se mexam e, evidentemente, horrorizada por não conseguir.

— Não consigo mexer os dedos! Socorro! Não consigo mexer! — ela diz, começando a chorar.

Eu não fazia ideia de que isso a levaria ao choro. Que sorte que ainda não tinha saído. Ainda bem que tenho um pacote novo de lenços no porta-luvas para emergências.

— Ah, querida, shhh, está tudo bem. — Tento alcançar Carrie para consolá-la do banco da frente, mas o descanso de cabeça está no caminho, então toco sua perna. — Cricket, o que foi que eu disse sobre esses truques estúpidos com o corpo? Está vendo o que aconteceu?

— Carrie, olha, é só um truque, está vendo? — Cricket pega delicadamente a mão de Carrie e a abre bem. — Está vendo? — diz ela, parecendo preocupada e, se não estou enganada, um pouco como uma irmã. — Está tudo bem. Desculpa. Está tudo bem.

— Cricket, não faça mais essas brincadeiras bobas — eu digo. — Quantas vezes eu disse para você para ir mais devagar e não encher as pessoas? Aqui, pegue mais um lenço, querida.

— Eu não estava querendo encher ela, mãe, nossa! Carrie, eu estava enchendo você? Não era a minha intenção.

— Não seja boba, é claro que ela não vai dizer sim para essa pergunta — eu digo. Nós falamos ao mesmo tempo, Cricket e eu, e percebo que isso pode ser demais para ser assimilado. Especialmente para uma garotinha perdida. — Vamos apenas... vamos apenas ficar quietas aqui por um minuto, está bem? Querida, deixa eu limpar o seu rosto um pouco.

Carrie se encolhe num primeiro momento, mas estou determinada. A base sai a cada passada do lenço, revelando um hematoma feio acima do olho direito. Eu e Cricket ficamos boquiabertas.

— Ah, meu Deus, o que *aconteceu*? — pergunto a Carrie.

Agora eu sei por que ela está usando tanta maquiagem.

— Me conte, querida — eu digo, tentando evitar que minha voz traia minha fúria. — O que aconteceu?

Faço carinho no joelho de Carrie até que suas lágrimas terminam em soluços.

— Carrie, eu odeio aquele truque bobo também — digo, esperando que ela me conte sobre o hematoma. Uma coisa de cada vez. — A Cricket fez isso com a minha mão um tempão atrás. Lembro como eu fiquei assustada. Sinto muito, querida. Está doendo? A sua mão? Você está bem, querida?

Carrie olha espantada para a mão recuperada, abrindo e fechando, como se tivesse acabado de sair de um coma, então concorda com a cabeça.

— Você precisa me contar sobre esse hematoma... Ah, você é um doce...

Enquanto estou falando, Caroline pega a mão que até alguns segundos estava imobilizada e a coloca sobre a minha, que ainda está no joelho dela. Por um instante tudo para, e olhamos para nossas mãos como se não fizessem parte do nosso corpo. Quando Cricket se inclina e coloca a mão sobre a nossa, Carrie, com os olhos cheios de assombro, encontra sua voz.

— Vocês são as pessoas mais gentis que eu já conheci na vida — ela sussurra. — Na minha vida inteira.

Bem, isso quase parte o meu coração.

— Ah, querida, desse jeito você vai fazer o meu rímel borrar — eu digo. — Não é difícil ser gentil com você... Você é tão fofa. Não é, Cricket?

E então minha filha me surpreende de novo.

— Então, o que aconteceu na sua testa? — Cricket pergunta firmemente.

Carrie leva a mão ao hematoma para cobrir a marca e conta que estava jogando beisebol com um garoto que mora perto delas no Loveless e, como ela não joga bem, acabou levando uma bolada. Por sorte que não a acertou no olho.

— Foi o que a minha mãe disse quando veio correndo — diz Carrie. — Quando eu caí. Ela ficou muito preocupada. Ela quase *chorou* de preocupação.

— É claro que ela ficou preocupada — eu digo.

A história parece plausível. Depois de tudo que passamos com nossa Caroline e os Dresser, aprendi a não me precipitar em minhas conclusões.

Eileen e Whit Dresser se mudaram para o nosso bairro, vindos de Omaha, logo depois da Caroline receber o diagnóstico. Na realidade, num primeiro momento, eu me senti mal por não ter tempo de ir até a casa deles e dar as boas-vindas com biscoitos ou uma garrafa de vinho, como se deve fazer, mas na época mal dávamos conta dos telefonemas que tínhamos de retornar e de todas as outras coisas que são colocadas de lado quando você tem uma filha doente entrando e saindo do hospital. Ed e eu passávamos os dias como uma equipe de revezamento, tomando o lugar um do outro para que Caroline sempre ficasse com um de nós. Acho que nem cheguei a vê-los durante os primeiros meses em Whiterall Drive. Quando eu não estava no hospital ou no consultório médico, estava colocando as coisas em dia em casa ou procurando segundas opiniões, pesquisando opções de tratamento, lavando e guardando louça ou assumindo o lugar da minha mãe, que vinha cuidar da pobre da Cricket, a qual eu mal via. Os Dresser talvez fossem nossa última preocupação.

Até o dia em que recebemos uma visita do Serviço de Proteção à Infância. Era uma terça-feira. Lembro porque as noites de terça-feira eram as únicas em que o Eddie não precisava usar o pager da polícia que haviam lhe passado. Aquela noite em particular foi uma das raras em que estávamos nós quatro sob o mesmo teto. Caroline estava num período entre tratamentos. Eddie estava no segundo andar lendo para Cricket e eu gritei que atenderia a porta. Na época não era raro que os vizinhos passassem por nossa casa com comida ou um bicho de pelúcia, então não pensei que fosse nada de mais pela hora. Nós éramos uma comunidade próxima ali, na Whiterall Drive, um beco sem saída com uma ilha ajardinada no meio do círculo. No outono, um grupo de jardineiros do bairro plantou crisântemos em torno dos canteiros; em maio, não-me-toques. Graças a um ávido botânico uma geração de vizinhos atrás, em todas as primaveras, dezenas de bulbos abriam duas variedades diferentes de narcisos, com flores amarelas crescendo através do solo descongelado. Nós conhecíamos dez entre os dez vizinhos, nove dos quais eram pais jovens de crianças pequenas que andavam de velotrol e triciclo livremente na rua e corriam em meio aos regadores no verão. A décima casa pertencia ao sr. e à sra. Hamilton, um casal de idosos que havia criado os três filhos naquela casa com revestimento azul-claro e que gostava de ver os nossos filhos correndo soltos de suas cadeiras de vime na varanda da frente. A maioria das outras casas havia sido reformada, refletindo uma aparência nova e bem-sucedida. A entrada das casas era *pavimentada*. As portas da frente tinham *pórticos*. Tijolos caiados e madeira substituíam os revestimentos antigos. Era quase como se as nossas casas andassem em fila indiana atrás de nossas carreiras para escalar os degraus da sociedade. Nós fazíamos festa com a vizinhança duas vezes por ano, normalmente coincidindo com um feriado nacional, como o Dia da Independência, quando as churrasqueiras eram empurradas para o meio da rua e todo mundo cooperava colocando a comida numa mesa de piquenique com a decoração que conviesse à ocasião. Sim, os Webster eram relaxados com suas luzes de Natal (um ano elas piscaram na minha cara até a Páscoa. A Páscoa!) e, sim, de tempos em tempos Jim Barnestable esquecia de juntar os dejetos de seu cachorro, mas de forma geral era um lugar idílico para criar nossas filhas. Quando o sr. Hamilton faleceu, os filhos adultos do casal voltaram para levar a mãe para um asilo, e, embora fosse a coisa certa a fazer — ela apresentava sinais de estar com Alzheimer —, foi algo deprimente de ver. Os Dresser compraram a casa dos Hamilton pelo preço pedido e começaram a reformá-la imediatamente.

Mesmo quando vi que era uma estranha parada ali na nossa porta da frente naquela terça-feira fatídica — *mesmo assim*, lembro que achei que talvez eles estivessem deixando algo para um dos nossos amigos. Engraçado como a mente funciona. Quando você não fez nada errado, quando você tem um amplo círculo de amigos e a família apoiando você, a última coisa que você espera é uma completa estranha acusá-la de algo tão detestável que chega a ser quase cômico. *Agora*, é claro, minhas suspeitas são facilmente despertadas, mas na época...

— Sra. Edsil Ford? — a mulher me perguntou, conferindo os papéis que trazia consigo. Se ela viu graça no nome do meu marido, como todo mundo via, conseguiu esconder muito bem.

— Sim? — respondi.

Lembro subitamente de me dar conta do fato de que eu havia esquecido de passar batom de novo depois do jantar. Uma mulher refinada do sul nunca anda sem batom.

— Meu nome é Marcia Clipper, SPI — ela disse, me passando seu cartão de visitas.

Como eu não era familiarizada com a sigla, não consegui discernir logo de cara o significado das letras, e ainda estava pensando a respeito quando Ed chegou por trás de mim no vão da porta.

— Posso ajudar? — ele perguntou.

— Posso entrar? — ela pediu.

Sem esperar por uma resposta, ela deu um passo à frente, sabendo que nós, como pessoas educadas da Carolina do Norte que somos, a deixaríamos passar. Olhando para trás, percebo que ela estava tão acostumada a ser rejeitada que tinha de avançar antes que a gravidade da situação amadurecesse na cabeça de quem quer que fosse seu interlocutor.

— Espere aí — disse Eddie. — Deixe eu ver seu distintivo.

— Aqui, ela me deu isso — eu disse a ele, passando o cartão de visitas que eu estivera observando sem entender.

— O que está acontecendo? — ele perguntou, sem nem olhar o cartão.

O resto daquela noite é uma confusão de lágrimas e perplexidade e, no fim, de uma fúria impotente. Resumindo: os Dresser tinham visto machucados em Caroline quando ela bateu na porta deles para vender biscoitos das Bandeirantes, o que, aliás, ela tinha implorado para fazer, porque *isso é o que crianças normais fazem*, ela havia dito. Caroline tinha prometido voltar para casa quando se sentisse cansada. *Além do mais, vou vender um monte, porque ninguém vai bater a porta na cara de uma Bandeirante com leucemia*, ela dissera. Ela era assim, nossa Caroline. Sempre me fazendo sorrir. Ela tinha o senso de humor do pai.

Em vez de nos procurarem ou a algum outro vizinho, os Dresser ligaram para a polícia, e o Serviço de Proteção à Infância caiu em cima da gente como se tivéssemos uma creche num laboratório de drogas. Nem o fato de Eddie estar na polícia impediu a *investigação rigorosa* que eles disseram ser obrigados a conduzir por lei. Uma investigação que culminou com Caroline sendo levada embora — sozinha e chorando —, num carro sem identificação, para um local desconhecido, para fazerem uma entrevista. Dizer que fiquei fora de mim seria pouco. Achei que Eddie teria um infarto de tão nervoso. Foi notícia de primeira página nos jornais locais. FAMÍLIA CHAPLIN INVESTIGADA POR MAUS-TRATOS A CRIANÇAS. Isso foi tudo que alguém precisava ver. *Todo mundo* estava falando do assunto. Os olhares e comentários em voz baixa fizeram com que eu evitasse ir a qualquer lugar, a não ser ao hospital, por um longo tempo. Ed foi colocado numa função burocrática, porque muitas pessoas em sua ronda o reconheciam e isso colocava sua segurança em risco. Uma pessoa chegou até a jogar uma garrafa nele, embora, graças a Deus, a pontaria fosse ruim. O chefe do Ed disse a ele que o caso estava *prejudicando a credibilidade da polícia*. Nós paramos de ir às festas da vizinhança e fazíamos nossas compras de supermercado à noite, na loja da Kroger, que fica aberta vinte e quatro horas, nos arredores da cidade. Nossos amigos — nossos amigos de verdade — ficaram do nosso lado, mas muitos dos vizinhos que eu considerava amigos simplesmente sumiram. O que certamente tornou a nossa mudança muito mais fácil. No fim das contas, é claro, fomos inocentados de qualquer acusação, mas até hoje a sombra de "agressora de crianças" me persegue como um perfume barato. Memórias do tumulto que isso trouxe para a nossa vida permanecerão comigo até o fim.

Bom Deus, o calor está castigando hoje. Após darmos uma passada no supermercado, finalmente dobramos no acesso de casa.

— Agora, meninas, eu tenho um compromisso, então vou deixar vocês aqui e fazer isso logo para me livrar de uma vez. Vão brincar no quarto lá em cima e não deem trabalho para a vovó, está bem?

— Mãe, não somos criancinhas — Cricket diz, lançando um olhar conspirador para Carrie. — A gente não *brinca*.

— Está bem — eu digo, pressionando o botão para destrancar a porta do carro. — Cricket, tem salgadinho e pipoca para vocês beliscarem se estiverem com fome. Tem Coca na porta da geladeira. Agora se virem. Não quero que peçam para a vovó ou ela vai ficar servindo vocês.

— Nossa, tá bom, tá bom — diz Cricket, abrindo a porta lateral e saltando do carro.

Eu as observo subir para a calçada com um pulo, e então, a caminho dos degraus da varanda, Carrie escorrega sua mãozinha na de Cricket e meu coração quase se derrete. Eu gostaria que Eddie pudesse ver isso.

Dou um suspiro e começo a juntar os papéis usados, a mochila que a Cricket esqueceu, um embrulho amassado de Big Mac e as duas latas de Coca vazias que vinham batendo debaixo do assento durante dias porque eu esqueci de tirar toda essa sujeira. É um milagre que eu consiga andar até a calçada, seguir pela porta da frente e entrar na cozinha sem que nada caia da pirâmide de lixo que oscila em meus braços.

E então o universo se manifesta.

Eu mal esvaziei tudo no balcão da cozinha e disse "olá" para minha mãe quando ouço o carro de Edsil Ford chegar fazendo barulho no acesso da casa. Eu reconheceria o som daquela picape velha em qualquer lugar do mundo.

— Toc-toc! — ele chama, entrando pela porta da frente. — Alguém em casa?

Minha mãe olha para mim na defensiva, os olhos arregalados, falando apenas com os lábios "Eu não tenho nada a ver com isso", mas ultimamente ela está numa onda de nos juntar de novo, então isso, ao lado de seu amor por filmes da Nora Ephron, significa que não posso eliminar a hipótese de um encontro arranjado. Até que Cricket voa escada abaixo e para os braços do pai. Então tudo se esclarece.

— Paaai! — ela diz, enquanto ele a gira num círculo antes de colocá-la no chão, soltando-a do seu abraço. — Espera aqui, pai. Eu tenho algo incrível pra te mostrar.

Ele ri e observa Cricket correr de volta escada acima, satisfeito em ver a filha tão cheia de vida pela primeira vez num longo tempo.

— Oi — eu digo. Vou para a entrada para prepará-lo, avisá-lo, não sei... Acho que talvez até protegê-lo. Estou preocupada com a reação dele, mas, para ser sincera, parte de mim também está curiosa para ver que emoção ele vai ter, *se* vai ter. Quando a vir Carrie. Caroline.

— Oi, baby — ele sorri quando me vê e finjo me incomodar, mas secretamente fico contente que ele ainda me chame de baby de vez em quando.

— Ela chamou você aqui, foi isso? — eu sorrio e olho de relance para cima, para o turbilhão invisível que Cricket deixou para trás.

Para ganhar um pouco de tempo antes que ele seja atingido pelo choque, saio com ele porta afora, explicando que preciso lhe falar em particular. Eddie abre a porta do passageiro da picape e eu subo nela, sorrindo por um momento com o cheiro familiar de McDonald's e diesel.

— Desculpe, está muito sujo — ele diz, tirando o lixo de cima do descanso de braço entre nós e dando partida no motor. — Vou ligar o ar-condicionado. Cara, que forno. Falando em calor, o que está deixando a nossa menina tão entusiasmada? Ela me ligou ontem e disse que eu precisava vir logo, mas que não era uma questão de vida ou morte, e eu estava de plantão, então...

— Shhh, não temos muito tempo — eu o interrompo. — Bom, em primeiro lugar, colocaram uma notificação de despejo na porta da casa da mamãe ontem. Essa é a questão número um.

— O quê? — Ele se vira no banco para me encarar. — Você está brincando...

— Não, infelizmente não estou. Pelo visto ela tem dado todo o dinheiro dela para o Hunter, embora, é claro, ela não vá admitir. Mas tem algo mais. Quero te preparar. A Cricket tem uma nova amiga. Uma garotinha. Não sabemos grande coisa sobre ela ainda... Ela é nova na cidade e está hospedada com a mãe justo no Loveless.

— O que é que isso tem a ver com o despejo? — ele pergunta. — E o que elas estão fazendo naquele *lixo*?

— Bem, o problema é esse — digo, anuindo. — Pelo visto, elas mal estão conseguindo sobreviver, mas essa é outra questão. Essa menina, ela parece...

Antes que eu possa terminar, Cricket bate na janela e aponta para a pequena Carrie parada ao lado dela no sol escaldante. Eu não as tinha visto saindo da casa. Ed está mergulhando agora no choque de reconhecimento que Cricket, minha mãe e eu tivemos. Ele tateia em busca da maçaneta e abre a porta como um robô, sem tirar por um segundo os olhos de Carrie.

— Eu tentei te avisar — murmuro as palavras enquanto pulo para o acesso da casa, mas ele não me ouve, e qual a importância disso agora?

— Pai, essa é minha amiga — Cricket segura Carrie carinhosamente pelos ombros. Não dá para perceber claramente o que se passa pela cabeça do Eddie, fora um choque monumental.

— Caroline — ele sussurra o nome.

— O senhor pode me chamar de Carrie — ela diz, observando meu rosto para ver se o Ed ouvindo aquele nome seria uma coisa ruim para ela, pobrezinha.

Eu jamais teria previsto o que aconteceu em seguida. Nunca em um milhão de anos. Edsil Ford, meu marido estoico que mal demonstrou um traço de emoção após a morte de Caroline, cai de joelhos na frente de Carrie. De joelhos!

— O seu nome é *Caroline*? — ele pergunta, quase num sussurro. Ela anui.

Cricket se aproxima para ficar ao meu lado, eu coloco o braço em torno dela, e juntas observamos completamente surpresas enquanto Ed cai no choro. No choro!

Carrie olha para nós em pânico, e, antes que eu possa tranquilizá-la ou explicar ou mesmo apenas sorrir, Eddie a puxa para si e a abraça, ainda chorando como um recém-nascido. Após um minuto mais ou menos, Cricket se coloca na ponta dos pés para sussurrar no meu ouvido:

— Mãe, faz alguma coisa. — E acaba com meu devaneio. Eu limpo a garganta porque, bem, porque quero dar a Eddie uma chance de recuperar a compostura por conta própria. Ele é um homem orgulhoso, o Eddie. Mas limpar a garganta não adianta. Ele está arrasado de verdade.

— Hum, Carrie, querida, sinto muito — eu digo, avançando um passo para colocar a mão nas costas de Eddie e sentindo intensamente a dor de amor, tristeza e luto no contato. — O sr. Ford só está surpreso com a semelhança que lhe falamos.

Eu me inclino para confortar carinhosamente o Ed, que ainda está segurando Carrie como se sua vida dependesse disso.

— Eddie, vamos deixar a pobre da Carrie respirar um pouco, está bem? Ed? Baby, eu sei. Eu sei.

Ele solta Carrie e se levanta com dificuldade.

— É claro, é claro. — Ele funga e limpa o rosto com o lenço vermelho que tirou do bolso de trás. — Me desculpa, nossa.

— Cricket, leve a Carrie para dentro enquanto seu pai e eu conversamos um pouco, está bem? — sorrio para ela para que saiba que ele vai ficar bem, mas será verdade? Não sei.

— Vamos, Carrie — diz Cricket.

Então o desejo em que eu havia pensado minutos atrás é satisfeito. Dessa vez, no entanto, Cricket procura a mão de Carrie e, com o Eddie e eu as acompanhando boquiabertos, elas correm leves pela calçada, depois pela escada, até entrarem em casa. A porta se fecha atrás delas. Nós nos viramos para olhar um para o outro e, mais uma vez, esse homem que tão malditamente me confunde, me surpreende. Agora sou eu que ele está puxando para si, enfiando a cabeça no meu cabelo, suas palavras entrando aos tropeços no meu ouvido.

— Eu rezei para Deus que ele me desse mais tempo com ela — ele se engasga, aos soluços. — Eu jurei que me manteria firme, que seria um marido e um pai melhor, se eu pudesse ter mais tempo. Você desmoronou, e não tem problema, Honor, você tem todo o direito. Não podíamos os dois desmoronar juntos, e, de qualquer maneira, eu sou o homem. Espera-se que eu seja firme como uma rocha. Mas quer saber a verdade? A verdade é que eu estive esperando por um milagre. Todo esse tempo, estive esperando. Eu ainda rezo para que Deus me deixe ver nossa filha novamente, só mais uma vez. Eu rezo tanto, baby, eu rezo tanto que acho que estou enlouquecendo.

Eu o abraço, faço um carinho em suas costas e sussurro:

— Shhh...

— Você não entende — ele está soluçando. — Você não entende. Mas eu entendo.

Porque faço a mesma coisa.

15

Carrie

Coisas que agora eu sei sobre a mamãe

1. Ela tinha uma melhor amiga chamada Suzy Bridges. Elas foram pegas fumando dentro da escola. Mais de uma vez.
2. Ela não participava de nenhum clube na escola e não praticava esportes.
3. A mamãe foi a rainha do baile de formatura.
4. O sr. White foi o príncipe do baile. E ele tinha cabelo nessa época.
5. A mamãe foi votada a Mais Bela.

Coisas que agora eu sei sobre o papai

1. Seu apelido na escola era Hef.
2. Ele dirigia muito rápido, mas nunca foi multado.
3. Ele era o capitão do time de futebol.
4. Ele era bom em conseguir cerveja de graça.
5. Ele foi votado o Mais Provável de Ser Encontrado Morto em uma Vala.

O computador da Cricket realmente tem a resposta para qualquer pergunta que você fizer. Eu nunca tinha visto uma foto de escola da mamãe — e eu sou sua filha! —, mas o computador tem, e tudo que a Cricket teve de fazer foi apertar alguns botões para encontrar. A mamãe era quase um milhão de vezes mais bonita na época, e ela é bem bonita até hoje. O anuário dela a mostra sorrindo, o cabelo quase tocando o cotovelo, enrolado nas pontas. Ela não usava tanta maquiagem quanto algumas outras garotas da sua turma — a gente viu as fotos delas também. O anuário inteiro estava esperando por nós. Mamãe usava uma cruz em torno do pescoço e uma camisa abotoada cor-de-rosa que parecia passada a ferro. E pelo que parte das legendas das fotos dizia, ela e Suzy Bridges faziam tudo juntas. Elas eram *inseparáveis*, dizia o anuário. Também dizia que meu pai teve que cumprir uma *detenção* por desatarraxar todas as tampas dos saleiros no refeitório da escola. O anuário dizia *mais uma detenção*, mas não dizia qual era a outra encrenca em que ele tinha se metido. Ah, e listava o sr. White como presidente da turma do último ano.

Por mim, eu faria perguntas para o computador da Cricket o dia inteiro. Nós passamos dias olhando para todo tipo de coisas nele — o que mais me interessa são coisas sobre Toast, a mamãe e o papai, mas isso fica chato para a Cricket depois de um tempo, então ontem, quando ela disse que eu não podia vir hoje depois da escola dela, eu me preocupei que fosse porque eu não tinha sido divertida e não porque ela tinha hora no médico, como ela disse. Se você pudesse ver como elas me papariçam, juraria que a Cricket está dizendo a verdade, mas isso não impede que eu sinta medo de fazer algo que a leve a deixar de gostar de mim. Os últimos dias foram os melhores da minha vida inteira. Eu faria qualquer coisa para não perder a minha amiga.

A mamãe não me diz qual é o seu trabalho, mas eles certamente a fazem trabalhar um monte. No primeiro dia, eles conseguiram um vestido novo para ela, mas, se você me perguntar, não acho que ficou bom nela. É muito apertado, e é um pouco constrangedor ver minha mãe nele, porque os peitos dela aparecem como se ela estivesse só de sutiã. Ela usa esse vestido para trabalhar todos os dias, com mais maquiagem do que eu já a vi usar na vida. A única coisa que é a mesma é o seu par de sapatos de salto que eu pinto com caneta hidrocor quando estão arranhados. Eles machucam os pés da mamãe porque o chefe dela a obriga a ficar de pé e a caminhar por aí a noite inteira, mas, como eu só fico sabendo das poucas coisas que a mamãe deixa escapar, eu não sei o motivo. Tudo que a mamãe disse quando chegou usando o vestido novo era que ela finalmente estava sendo paga pelo que costumava dar de graça, mas a mamãe não dá nada de graça, então não sei do que ela está falando. Além disso, apesar de ela ficar muito nervosa com entrevistas de emprego, ela não parece tão nervosa assim com esse trabalho atual. Desde o primeiro dia, ela parecia triste quanto a ele. Como se estivesse sendo punida. Quando perguntei por que ela não estava feliz de finalmente encontrar trabalho, tudo que ela disse foi:

— Esse não é o tipo de trabalho que uma mulher decente estaria feliz em fazer.

O chefe dela a paga em dinheiro, e uma vez ela chegou em casa com o primeiro saco de compras do supermercado que tivemos desde Hendersonville, cheio de salgadinhos, refrigerantes, um maço de cigarros, pãezinhos frescos e frios fatiados. Parecia uma festa, mas em poucos dias tinha acabado tudo e não tivemos um saco de compras do supermercado no quarto 217 desde então. A coisa boa sobre o trabalho da mamãe é que ela fica fora por mais tempo, então é mais fácil para eu ir e vir. Mas não logo de manhã. A mamãe só vai trabalhar quando tem vontade (*diabos, só quando eu me sentir bem e pronta*, como ela fala), que é normalmente de tarde, mas, quando ela vai embora, eu sei que vai demorar para voltar. Uma vez ela não voltou para casa até o meio-dia do dia seguinte! Sorte minha que tenho a sra. Ford e a sra. Chaplin me enfiando comida o tempo inteiro. Elas preparam "saquinhos de delícias" para eu levar para casa, e posso fazer a comida durar. De qualquer maneira, hoje não vou passar lá por causa da consulta médica — talvez falsa, talvez verdadeira — da Cricket, então, depois que a mamãe parte para o seu trabalho secreto, eu decido que vou caminhar o mais longe que já caminhei até hoje para fazer o tempo passar até que seja amanhã e eu possa ver a Cricket e a família dela de novo.

 Eu não fazia ideia que tinha lojas tão grandes que você podia enfiar quatro do nosso motel lá dentro! E supermercados com cestos grandes de frutas e legumes *em promoção* bem do lado de fora, onde qualquer um poderia passar e roubar! Bem na cara de todo mundo! E ninguém está roubando nada. Ah, e as pessoas compram terra aqui em Hartsville. Juro por Deus que compram. Grandes sacos plásticos de terra. Bem fechados para que a terra não suje os carros. E todos os carros brilham de tão limpos. Todos parecem novinhos em folha, como se escolhessem o caminho em torno das poças d'água depois da chuva.

 No Shopping Center Hart's Corner, todas as coisas que você vê são gigantescas. É um monte de lojas amontoadas em volta de um estacionamento, como se estivessem se aquecendo em torno de uma fogueira. Se essas lojas enormes estivessem vivas, seriam como no filme do Godzilla que a Cricket e eu assistimos uns dias atrás. Elas seriam capazes de pisar em cima dos motéis e postos de gasolina, e mesmo em alguns prédios de escritórios — e matariam tudo que estivesse na frente. Em vez disso, elas ficam paradas ali, de boca aberta, prontas para engolir qualquer um que procure TVs, comida e livros com *desconto de 20%*. Eu estou caminhando na direção de uma loja chamada Books Galore, passando pela Bedding Superstore, então Best Electronics, para chegar lá. Na frente da Best Electronics, do nada, as portas se escancaram como se estivessem esperando por mim, uma rajada de vendo frio sai para a rua, e eu não faço a menor ideia do que esteja acontecendo. Caminho para trás e para frente algumas vezes por nunca ter visto nada parecido com o que as portas estão fazendo (como elas sabem que é para abrir?), até que um homem de camisa social amarela com um crachá escrito BILLY aparece e diz para eu *parar de acionar os sensores*. Eu nunca ouvi falar de um adulto com o nome de uma criança. Por que ele não se chama de Bill? Algo mais a ver com a idade dele.

— Mas o que você pensa que está fazendo? — diz Billy. — Você pode, por favor, e estou pedindo com educação aqui, parar de mexer com os sensores? Essa garotada está me enlouquecendo. Nosso negócio não é resfriar a cidade inteira, sabia?

— Sim, senhor. Desculpa, senhor.

Ele me encara com os olhos semicerrados e diz:

— Você tem bons modos. Ou isso ou você é uma metida a espertinha. Você é metida a espertinha? Você está com seus amigos aqui para causar confusão?

Eu digo "não, senhor", mesmo que ele não esteja esperando pela resposta. Ele está protegendo os olhos da claridade. Olhando para a direita e para a esquerda. Quando vê que estou sozinha, seus ombros relaxam e ele olha para a rua.

— A situação do estacionamento está fora de controle, se quer saber minha opinião. É ridículo. As pessoas circulando por vinte minutos esperando que apareça uma vaga... — E volta para dentro da loja fria, falando sozinho.

As portas ficam abertas até que eu passo para dentro. Alguém diz: "Bem-vinda à Best Electronics", mas pode ter sido qualquer um. Estão todos sorrindo pra valer e usando camisas que combinam com os crachás. Essa loja é incrível com I maiúsculo. Tem uma parede enorme com um milhão de televisões de todos os tamanhos que uma pessoa possa querer. Estantes e mais estantes de música e estéreos e outros tipos de aparelhos de música e um zilhão de máquinas — eu nem sei o nome de algumas coisas que eles vendem aqui. Vou voltar e olhar com mais atenção outra hora.

A Books Galore é na porta ao lado e, ah, meu Deus, essa loja é como uma terra dos sonhos. É como se alguém dissesse *nossa, o que será que a Carrie Parker gostaria mais do que qualquer coisa? Talvez ela queira uma loja com tantos livros para escolher que até ia enlou-*

quecer de alegria. Para você ter uma ideia de como esse lugar é incrível. Eu não quero mais ir embora. Acho que não sou a única que pensa desse jeito, porque as pessoas estão em cada canto dali, algumas até sentadas no chão, e não tem problema nisso. E veja só — você pode comprar bebida e comida e *comer ali mesmo, dentro da loja, enquanto você lê*. E mais ainda, eu adoro as cadeiras grandes que eles têm lá. Elas estão por toda parte. Parece muito bom se aninhar nelas. Escolho uma roxa que está pegando sol perto da janela.

Minha cadeira roxa fica no andar de cima, próxima da seção de Juvenis, que exibe figuras de papelão em tamanho natural de três garotas que aparentemente são crianças, mas usam maquiagem e roupas de adultos. Acho que vou ler o livro mais tarde, só quero fechar os olhos por um minuto ou dois e depois sigo em frente. Meu pai teria adorado esse lugar: o tapete parece que não termina nunca. Ele teria ficado milionário só com essa loja. O meu pai provavelmente vinha para lugares como esse o tempo inteiro, vendendo tapetes como ele fazia. Não é de espantar que ele sempre falasse da gente se mudar de Toast.

O papai voltava de suas viagens e me perguntava como tinha sido o meu dia e me chamava de *mimosa*, como sempre. Ele sempre cheirava a tapete novo e roupa limpa. Seu cabelo estava molhado, mas não estava chovendo na rua.

— A enfermeira foi na escola hoje na caminhonete dela, papai — eu digo. Ele não está prestando atenção. Está olhando sobre a minha cabeça para a mamãe, que está fingindo que não o viu chegar em casa depois de passar a noite fora. — Ela conferiu a cabeça de todo mundo com uma varinha de madeira — eu conto para ele.

Ele se agacha para me encarar e coloca as mãos sobre os meus ombros.

— O que você acha de morar num lugar onde eles não examinassem sua cabeça para ver se ela tem piolhos, mimosa? Que tal viver numa casa bem-arrumada com uma calçada de verdade na frente, onde você possa plantar flores de cima a baixo? Você gostaria?

Por alguma razão ele está falando alto para a cozinha, embora supostamente ele esteja falando só comigo.

— A gente vai mudar? Mamãe, a gente vai mudar, a gente vai mudar, mamãe!

Eu corro para a cozinha para contar para ela a boa notícia. Ela bate a tampa sobre a panela no fogão e mexe nas prateleiras como se estivesse com raiva delas. Toda vez que a porta do armário da cozinha se fecha, quero tapar os ouvidos.

— Bem, isso não é perfeito? — ela diz. O papai tenta beijar seu pescoço enquanto ela está na pia, mas ela o empurra para longe e cruza a cozinha até o fogão.

— Ei, mimosa, o que você acha de morar num lugar com onze sinais de trânsito? Vem cá, garota — ele diz e, sem tirar os olhos da mamãe, abre os braços para que eu salte nele, como eu adoro fazer.

— Onze sinais de trânsito? Quantos carros? Quantos carros, papai?

— Não vá ficar cheia de esperanças — a mamãe diz para mim. — Nós já trilhamos *esse* caminho antes.

Quando vejo, eles estão em um canto e o papai está tentando beijar a mamãe de novo, dizendo coisas que não consigo entender, mas então ela se vira rápido e diz:

— Você não vai dar um jeito em tudo simplesmente indo para longe daqui.

— Lib, você sempre disse que queria sair dessa cidade. Nós vamos conseguir, Lib. Vai acontecer mesmo.

E então a mamãe diz alguma coisa sobre Garland, e isso não é um bom sinal, não mesmo. Garland foi onde o papai prometeu que nós iríamos um ano antes. Ainda bem que a bebê Emma está dormindo profundamente no seu berço-gaveta no outro quarto e não está ouvindo isso.

— Não é minha culpa que Garland não deu certo, Libby — papai diz. — Nós já discutimos isso. Dessa vez é diferente, eu juro. Agora vai.

Eu chamava a cidade de Garland Piscadela, porque, toda vez que o papai dizia o seu nome, dava uma piscadela para mim e para a Emma.

Mesmo a mamãe ficou bem animada com a ideia. Ela sorria o tempo inteiro na época. Ela planejou tudo até os pregos e as tábuas, o que nós levaríamos com a gente e o que deixaríamos para trás. Ela disse que até o lixeiro ia deixar de levar a velha cadeira bamba com a perna quebrada e o papai riu e disse que teríamos cadeiras novas e nenhuma delas seria bamba.

Então, um dia, o andar de cima sacudiu como se uma manada de elefantes tivesse disparado. Portas bateram e eu peguei a Emma e fui para trás do sofá para esperar passar. O papai desceu voando os degraus com a mamãe atrás dele gritando para ele *sumir dali*.

— Dê uma boa olhada, porque essa é a última vez que você vai ver este lugar, seu filho da puta — ela gritou para as costas dele.

Ele saiu pela porta da frente e ela correu até ela, trancando a porta atrás dele. Acompanhei enquanto ela subia a escada de dois em dois degraus e, antes que eu pudesse decidir se a deveria seguir, ouvi a vidraça corrediça da janela de cima se abrir com violência. Espiei para fora, pela janela da frente, a tempo de ver os sapatos finos do papai, os que eu sempre o ajudava a polir, voando para o jardim da frente, o primeiro picando na terra não muito longe de uma velha caixa de madeira de pêssegos que a mamãe usava para plantar flores. O segundo acertou as lajes de pedra lisas que formavam a nossa calçada da frente. Não consigo lembrar quanto tempo levou, mas a mamãe finalmente se acalmou a ponto do papai voltar na ponta dos pés e algo foi decidido sem precisar que fosse discutido em voz alta. Ficou acertado. Não era para falar mais sobre Garland.

Espero que isso não aconteça dessa vez, porque eu realmente gostaria de ver um lugar tão grande que tem onze sinais de trânsito.

A mamãe empurra o papai para longe de novo, dizendo para ele deixá-la em paz.

— Lib, me ouve — o papai diz numa voz que acalmaria até uma serpente. — Apenas escute. Lembra que nós sempre dissemos que íamos explodir esse muquifo um dia? Lembra? Você queria sair daqui tanto quanto eu. Cacete, você costumava dizer que era por isso que tinha casado comigo, para que eu te tirasse dessas malditas montanhas! Lembra, Lib?

A mamãe ri com desdém, balança a cabeça e diz:

— Bela ajuda que isso foi para mim. — E o papai joga as mãos para cima, tipo *desisto*. Pode esquecer a voz de encantar serpentes.

— Então me diz! — ele continua. — Eu aqui dizendo que talvez a gente consiga no fim das contas e você me manda pra longe. Então me diz o que você quer, Libby. Me diz o que eu preciso fazer para te deixar feliz, porque pelo visto não estou acertando.

— Sabe o que me deixaria feliz? — a mamãe levanta a voz para ficar na mesma altura da dele. — Eu ficaria feliz se você não saísse por aí atrás de um monte de rabo de saia. Voltando para casa com cheiro de perfume barato de alguma vagabunda de segunda categoria...

— Que cara de pau a sua dizer que *eu* saio por aí atrás de rabo de saia — ele diz, gritando de novo. — É o sujo falando do mal lavado.

— Não começa — ela diz. — Não se atreva a começar.

— Você acha que eu sou cego, não é? Você acha que eu não vejo com meus próprios olhos a *estranha semelhança* que ela tem com um determinado farmacêutico? Por que você foi morar com a sua mãe, que, aliás, *te trata que nem merda*, o tempo inteiro em que estava grávida? Por que você manteve tudo em segredo, hein? As pessoas nem *sabem* sobre ela!

— Não seja um maldito idiota — ela diz. — Aquela menina é sua e você sabe disso. Você só está querendo desviar a atenção das suas traições... E sabe o que mais? Dessa vez eu *não vou* morder a isca. Diferentemente de *algumas* pessoas, eu vou sair com classe dessa.

— Ora, ulalá, vejam só se não é a Miss Nariz Empinado. Fingindo que você e ele não tinham alguma coisa desde os tempos da escola. Vocês eram apaixonadinhos um pelo outro, como Romeu e a maldita Julieta.

— Ah, por favor — diz a mamãe. — Você não sabe do que está falando.

O silêncio é tamanho na sala que é fácil de ouvir o clique do isqueiro que ela usa para acender os cigarros.

— É mesmo? Então é normal passar perfume e se arrumar toda para ir até a farmácia?

— Para com isso — a mamãe diz, assoprando a fumaça pelo canto da boca.

— Fingindo estar surpresa em ver o cara, como se ele não fosse o dono do maldito lugar! Ele está sempre lá, e você faz aquele teatro *ah, você por aqui*, como se não fizesse a menor ideia que fosse encontrar o cara ali, toda enfeitada, feito uma vagabunda.

Estou com uma vontade enorme de rir alto de ver o papai imitando uma mulher, quebrando o punho na frente do rosto como ele fez quando disse *ah, você por aqui* e rebolando os quadris.

— Você está agindo como um idiota — diz a mamãe.

— Se eu sou um idiota, o Rick Bulkeley também é, pois ele disse que viu você e o White na Riverbend Road, no carro do White. Que, pelo que eu me lembro, foi uns dois meses antes de você criar coragem para me contar que estava grávida de novo. E há quanto tempo foi isso? Pouco mais de um ano atrás. E que idade tem o bebê? Ora, que surpresa, um pouco mais de um ano. Que coincidência incrível!

— Ah, meu Cristo, quantas vezes vamos repassar isso?

— Você está dizendo que o Rick Bulkeley não viu vocês dois? Você está dizendo...

— Estou dizendo que o Rick Bulkeley é um maldito de um bêbado que juraria que um óvni pousou no centro da cidade se acreditasse que ganharia uma bebida com isso — disse a mamãe. — Rick Bulkeley, ha! Desde quando *alguém* leva a sério qualquer coisa que aquele bufão diz?

— E então a bebê nasce com aquela marca... a mesma marca que ele tem. E você tem coragem de mentir sobre isso na minha cara? *Aquela criança não é minha e nada que você diga vai mudar isso* — ele diz com uma voz brava que eu só tinha ouvido uma vez antes, quando esquilos cavaram buracos no jardim da frente e acertaram um cano que terminou congelando e rachando mais tarde no inverno. Ele lembra uma cascavel quando usa aquela voz.

— Sabe de uma coisa? — a mamãe pergunta para ele.

— O quê?

— Vou lhe dizer o quê. *Lamento* que ela não seja dele.

Ela cospe as palavras. O papai recua sua cabeça de cascavel como se ela tivesse lhe acertado um tapa. Tudo fica quieto.

— Chega — ele diz finalmente. — Não preciso aceitar isso na minha própria casa, *pela qual eu paguei*, muito obrigado. Acabou.

— Papai. Não vá, papai. — Eu corro até ele e abraço forte a sua perna. — Espera, papai, por favor!

A mamãe aponta para mim e diz para o papai:

— Está vendo? Está vendo o que você fez? Você vê o que eu preciso aguentar dia após dia? Enquanto você está na rua *atendendo clientes*.

— Fui — ele diz.

Ele bate a porta ao sair e eu quero gritar com a mamãe — ela estava sempre o afastando, sendo tão má com ele daquele jeito.

Em vez de odiar a mamãe, vou ver minha irmã, imaginando que ela deve ter ouvido a mamãe e o papai brigando. Imaginando que ela provavelmente está muito chateada com isso também. Mas, mesmo quando ela era bebê, Emma sabia ficar na sua — pois lá está ela, desperta, mas completamente imóvel. Sorrindo para mim, tipo *oi, mana, eu estava esperando você aparecer aqui.*

— Shhh — eu acaricio seu cabelo loiro de bebê. — Está tudo bem, Em. Shhhh.

Ela estende a mão e toca o meu cabelo como se ele fosse feito de ouro.

— Você tem um cabelo lindo. Talvez precise pentear um pouco, mas não tenho dúvida, ele é simplesmente lindo.

O que é estranho, porque a Emma não falava na época. Definitivamente não frases inteiras. Ela ainda era só um bebê.

— Hora de acordar, querida.

Saio de um sono profundo para o som de uma voz suave acima da minha cabeça.

— Hora de acordar.

Meu pescoço ainda está tão duro que não posso mexer e, por um segundo, penso que talvez tenha ocorrido um acidente horrível, que eu tenha quebrado o pescoço e esse lugar onde estou acordando é um hospital. A pessoa atrás da voz continua alisando o meu cabelo e uma parte de mim gostaria que ela continuasse fazendo isso para sempre. A outra parte está triste em perceber que eu só estava sonhando. Sinto saudade da Emma, do papai e da mamãe — de como ela costumava ser —, uma saudade que é como um murro violento.

— Que cabelo lindo. Nós estamos fechando, querida, hora de acordar — uma senhora diz. — Você precisa ir encontrar a sua mãe.

— O quê? Onde estou?

— Você está na Books Galore. Não se preocupe. As pessoas dormem nessas cadeiras o tempo inteiro. Você estava tendo uns pesadelos bem feios. Quem é Emma?

— Senhora?

Eu finalmente consigo sentar e viro a cabeça para o som da voz que pertence a uma senhora com uma pilha de livros na curva do braço e óculos pendurados em um colar em torno do pescoço.

— Você estava chamando uma tal de Emma — ela diz. — Eu digo sempre para eles que as cadeiras são confortáveis demais. Não que seja ruim se você cair no sono. É só que algumas pessoas tiram vantagem. Você sabe.

— Desculpa. Desculpa, senhora — coloco os chinelos de volta. — Que horas são? Eu preciso ir.

A senhora já saiu em direção a um corredor de livros. Eu preciso fazer xixi. Sinto como se estivesse meio dormindo ainda. Como se estivesse sonâmbula. Se eles estão fechando a loja é porque deve ter passado das cinco, mas é verão e não tem como dizer a hora no verão com essa claridade até tão tarde. Espero que eu tenha tempo de usar o banheiro antes que eles o tranquem.

Eu preciso me apressar — talvez eu tenha ficado aqui tanto tempo que a mamãe já esteja a caminho de casa. Se ela for para casa hoje à noite, o que ela talvez não faça, mas não posso correr esse risco. Que idiota! Se eu não estiver lá, ela vai ficar maluca de raiva. Ela vai andar de um lado para o outro murmurando para si mesma que vai curtir o meu traseiro com o cinto. Que vai me mostrar como é se sentir desrespeitada como eu a estou desrespeitando. Isso é sempre pior do que apanhar — porque a mamãe conhece um monte de maneiras de desrespeitar a pessoa, então, quando ela me *ensina uma lição*, pode ser qualquer um de uma série de desrespeitos.

Ao longe, ouço a voz de um homem anunciando *Senhoras e senhores, fecharemos em cinco minutos. Por favor, passem para a parte da frente da loja.* É uma pena que não comi nada antes, meu estômago está roncando alto. Eu perdi a hora do lixo antes que os lixeiros passassem e já comi o "saquinho de delícias" que a sra. Chaplin mandou para casa ontem comigo, droga. Eu realmente não quero que hoje seja uma noite de argila.

Tem um garoto, Kenny é o nome dele. Ele vive com o avô no andar de baixo e duas portas para lá de onde estamos no Loveless. O quarto deles é parecido com o nosso, mas cada centímetro da janela é coberto com adesivos, então mais parece uma parede do que uma janela. Kenny come pedacinhos de argila de um pote quebrado. Ele disse que a argila esquenta quando está dentro da barriga e, quando ela esquenta, volta a ser argila de modelar. Então você não sente fome, porque seu estômago está completamente cheio. Kenny disse que você se sente mais satisfeito do que no Dia de Ação de Graças.

Então outro dia eu fiz exatamente o que ele disse. Formei uma bola de cuspe e a segurei na boca para receber a argila dura. Antes de morder, usei a língua para mexer aquela mistura de um lado para o outro e dar um *banho de cuspe* nela. Foi assim que o Kenny chamou: *banho de cuspe*. Ele disse que você faz isso dentro da boca e, depois que você rolou o pedaço de um lado para o outro, sente mais vontade de dar uma mordida nele. *Finja que é* M&M, ele disse. Não era tão ruim, mas não era M&M também.

Deve ser o meu dia de sorte, porque eu volto para o Loveless e a mamãe ainda não está em casa. *Ufa!* Eu fecho a cortina e rapidamente me apronto para deitar, caso ela venha. E eis mais um lance de sorte: quando tiro o shorts, encontro cinco pacotinhos de ketchup nos bolsos. Depois de apertar cada gota de ketchup, engatinho para a cama. Pena que não peguei emprestado um dos livros que a Cricket me ofereceu, mas não dava, porque e se a mamãe visse? Tento fechar os olhos à força para lembrar que é hora de dormir, mas não estou cansada. Então lembro que escondi a lanterninha debaixo do colchão. Eu a aperto e o quarto fica prateado. Adoro esse aparelhinho. Finjo que é o farol de uma espaçonave e varro o chão com um facho de luz. É quando vejo.

A luz bate em algo brilhante que está atrás de uma ventilação de metal quadrada, mais ou menos a meio metro do chão. A Emma e eu adorávamos um livro para bebês sobre uma família de camundongos que morava nos túneis, atrás de uma ventilação na parede parecida com essa. Não acredito que nunca a tivesse notado antes. Eu me agacho na frente dela, ligo a lanterninha, e o que eu vejo? A mala de viagem da mamãe! Então foi *aí* que ela escondeu. Meus dedos são pequenos o suficiente para que eu escorregue a ponta da unha nas ranhuras dos parafusos que seguram a placa no lugar. Tenho que ser rápida — a mamãe pode chegar a qualquer momento. Meu coração está batendo tão forte que posso sentir nos ouvidos. Na minha cabeça, eu continuo ouvindo aquela velha canção de bluegrass que o sr. Wilson costumava cantarolar enquanto cortava madeira: "Time's A-Wastin'".

Aquelas eram as únicas palavras da canção que ele cantava em voz alta — o resto ele só assobiava ou cantarolava. Essas palavras vão e voltam de um ouvido ao outro pelo meu cérebro, como uma máquina de fliperama, enquanto viro o último parafuso.

Time's a-wastin'.

Eu tiro a placa de metal para o lado para que eu possa puxar a mala de viagem. Ela está muito empoeirada e eu quase espirro, mas prendo a respiração e conto até dez, como o sr. White me ensinou a fazer em caso de precisar evitar um espirro. Como na igreja.

Time's a-wastin'.

Preciso me apressar. *Vamos lá*, digo para mim mesma. Engraçado como você para de sentir fome quando está com pressa e assustada, com a possibilidade de ser pega fazendo algo que não deveria estar fazendo.

A mamãe provavelmente pensou que não precisava trancar a mala se ela a escondesse bem de mim. Dentro dela o cheiro é o mesmo de quando a mamãe costumava usar perfume. Tem um bracelete de madeira esquisito que eu nunca vi antes. Um pacote pequeno de papéis presos com um elástico — cartas talvez —, mas não tenho tempo de ler. Um isqueiro prateado Zippo que abre a tampa em cima. Um *diploma* dobrado com cuidado que mostra que a mamãe se formou no segundo grau. Um bracelete de amizade velho e sujo feito de fios trançados. Alguns canhotos de bilhetes.

Time's a-wastin'.

Agora eu praticamente posso sentir o *gosto* do meu batimento cardíaco, de tão rápido que meu coração bate. Eu tenho que me apressar, mas é difícil porque eu não sei o que estou procurando. Essa pode ser a minha única chance, então preciso me certificar que conferi tudo. Uma coisa boa é que tenho uma visão de águia como o sr. Wilson disse, porque outra pessoa poderia ter deixado passar o rasgão fino como papel no revestimento de tecido. Eu chego bem perto e assopro um pouco de ar nele e ali está. A coisa que eu nem sabia que estava procurando.

Sabe como às vezes você pode jurar que já esteve em algum lugar que nunca poderia ter estado, só porque você viu aquilo em fotos tantas vezes? Ou como você sente que conhece alguém que só ouviu falar a respeito? É como se seu cérebro pregasse uma peça nele mesmo. Bom, quando eu puxo do esconderijo a fotinho quadrada, com as mãos tremendo, eu tenho essa sensação. Só que dessa vez eu sei que não é minha mente brincando comigo. Eu não sei como explicar o que sinto, então vou apenas dizer que tenho cem por cento de certeza que estou segurando uma foto real da minha irmãzinha.

Emma. É ela! Com o rosto todo amassado, como se alguém tivesse beliscado a perna dela e ela estivesse prestes a abrir o berreiro. Após esse tempo todo ouvindo que ela não era real. Após uma cidade inteira me dizer que eu era maluca. Após jurar para a mamãe que eu nunca mais ia dizer o nome dela. Após prometer para a senhora do estado que eu não tinha uma irmã. Após tudo isso, eu tenho agora uma *prova*!

Eu achei que ia me sentir diferente, descobrindo que ela existiu, provando que não sou maluca. Achei que eu ia querer mostrar para alguém ou gritar dos telhados das casas ou apenas dizer *Ha! Eu disse!* para os garotos na escola que me chamavam de *Carrie Medonha*, mas no fim das contas não me importo com nada disso agora. Tudo o que eu quero é ver o rostinho dela de novo. Sorrio olhando para ele e, embora eu esteja quase explodindo de felicidade, parte de mim quer chorar.

Emma. Estou segurando a Emma! Sim, é só uma foto pequena dela, não a pessoa real, mas isso não importa. É ela! Emma. Emma Emma Emma.

Esqueci que bebês não têm dentes — a foto mostra umas serrinhas brancas nas gengivas dela, segurando os lugares onde os dentes vão crescer. Eu praticamente posso sentir o seu cabelinho loiro e macio de bebê quando passo o dedo no contorno da cabeça. Estudando a foto mais de perto, vejo que ela parece um pouco diferente de como eu lembro dela, e então vejo por quê. Num primeiro momento, achei que fosse uma sombra do lado do rosto dela, feita pela pessoa que tirou a foto (mamãe?), mas então percebo que é uma marca de nascença. O que é esquisito, porque é igual à do sr. White. Mas a dele era na testa, e a da Emma é no rosto. Mesmo assim, é esquisito.

Minha irmã.

Emma!

Então, *bum!* Sentada de pernas cruzadas na frente da ventilação aberta, tenho outro flash de algo que já vi antes, mas com um pouco mais de detalhes dessa vez. Um braço rechonchudo de bebê estendendo a mão para mim do ombro de um adulto, então — essa é a parte nova —, então vejo duas mãos grandes sacudindo sacudindo sacudindo algo, como alguém sacode um globo de neve. *Bum!* A coisa que está sendo sacudida? Por um segundo acho que é uma boneca, mas então me dou conta de que não é uma boneca de jeito nenhum. É uma bebê de verdade! E não sei como levei tanto tempo para perceber de quem é aquele bracinho rechonchudo buscando ajuda! É da Emma. Os flashes vêm tentando me contar algo, só que não tenho dado atenção a eles! Droga, tenho que pensar sobre isso mais tarde.

Time's a-wastin'.

Eu corro para enfiar a foto debaixo do colchão, tomando cuidado para não amassar ou dobrar, então pressiono o tecido que cobre a parte interna da mala de viagem e ele fica no lugar. A mamãe não vai notar a falta da foto. Por um tempo, pelo menos, aposto, e então já vou ter pensado o que fazer. Quando abri a mala, o bracelete tramado estava metade para fora, embaixo do monte de papéis, mas talvez a mamãe não lembre, então, apesar de ter sido ela quem fez isso, ela vai pensar que fui eu. É melhor arrumar direito. Mas talvez seja uma armadilha. Talvez ela tenha deixado o bracelete desse jeito de propósito, porque ela sabe que eu ia endireitar, e então eu seria pega. O *que fazer o que fazer o que fazer?* O que a sra. Ford faria?

Time's a-wastin'.

A sra. Ford se apressaria, é isso que ela faria.

Eu deixo tudo exatamente como encontrei, fecho a mala e a escorrego de volta no túnel, tudo sem fazer barulho. A chapa de metal se encaixa de volta no lugar e, bem quando estou apertando o segundo parafuso, ouço a mamãe na porta. Eu me jogo na cama e fecho os olhos apertados para ela pensar que estou dormindo.

Com o ruído da mamãe batendo nas coisas e falando palavrões baixinho no fundo, deixo que minha mente saia para bem longe. Às vezes, como hoje à noite, se estou com muita fome mesmo ou não consigo pegar no sono fácil, fecho os olhos e dou um passeio fantasma por nossa antiga casa em Toast e como nós éramos dentro dela.

Mas o que me preocupa é que estou começando a esquecer como o papai era. Eu vou bem devagar, indo de quarto em quarto, procurando não esquecer nada que cruze na frente do meu eu fantasma, para que eu possa me lembrar depois. Na minha imaginação, posso ver os mínimos detalhes, mas ultimamente, não importa quanto eu me esforce, não consigo ver o rosto do papai. Lembro da última vez em que botei os olhos nele, mas isso é exatamente o que não quero lembrar.

Ele parecia menor que de costume, deitado com o rosto virado para o chão, passando um pouco da porta para o lado de dentro. Lembro de pensar que ele estava fazendo um truque de mágica, porque uma flor de um vermelho bem escuro começou a florescer para fora de um buraquinho mais ou menos no meio das suas costas, abaixo do ombro esquerdo, bem na frente dos meus olhos. As pétalas, de um vermelho-claro na camisa de trabalho branca que ele estava usando, desabrochando bem abertas enquanto eu olhava para ele. A mamãe ficou zangada de verdade e disse para eu ir para o meu quarto quando entrei e perguntei onde estava a Emma — ainda posso ouvir a voz dela.

— *Maldição, vá!*

Do alto da escada, eu a ouço bufando para tentar mexer o papai e lembro de me perguntar por que ele não acorda sendo puxado daquele jeito, quando a mamãe finalmente desiste. Eu ainda estava ali quando ela se agachou ao lado dele, colocou as mãos na cabeça e começou a chorar. Enquanto soluçava, ela falava com ele, mas ele continuou deitado, parado do mesmo jeito.

Ela não parecia se importar com o papai dormindo enquanto chorava e fazia todas aquelas perguntas. Eu me afastei na ponta dos pés para ir atrás da Emma.

Mais tarde aquela noite, a mamãe, toda inchada e de olhos vermelhos, me chamou para o quarto dela e me disse para sentar ao seu lado na cama porque ela tinha *algo importante* para me contar.

— Eu não acredito em dourar a pílula, então a questão é a seguinte — ela disse, batendo a cinza no pires transbordando usado como cinzeiro. — O seu pai morreu. Eu estava estendendo a roupa no varal dos fundos quando um homem bateu na porta...

— O papai morreu? — lembro de revirar as palavras na cabeça, sem compreender direito o que aquilo queria dizer.

— Escute — ela disse. — Estou tentando lhe contar. Um homem bateu na porta gritando por ele e então eu ouvi um estouro e entrei correndo na casa a tempo de ver o marido de Selma Blake caminhando de volta para a sua picape com um rifle, frio como gelo, como se não tivesse acabado de matar o homem que estava dormindo com a esposa dele.

Eu chorei tanto que não consegui ouvir o resto.

Era uma casa pequena, a nossa casa em Toast. O chão da cozinha estava sempre *no capricho* — a mamãe gostava de tudo *no capricho* na época —, e eu nunca soube como era difícil manter as coisas daquele jeito até que a mamãe parou de sair do quarto e deixou tudo para mim. Eu lembro de ouvir a mamãe chorando, pensando um tempo que até a *casa* estava triste porque o papai tinha morrido, porque a mamãe chorava tanto na cama que as paredes chegavam a tremer. Eu passei um tempão desejando e rezando para Deus que ela saísse do quarto e que o papai voltasse a viver e levasse a gente para tomar sorvete.

Meu passeio fantasma seguiu pela entrada da casa, passando ao lado da travessa onde o papai jogava as chaves sempre que chegava. Elas tilintavam lá dentro, cobrindo os três Ks azuis. Quando a mamãe descobriu isso numa venda de garagem, ela disse para a senhora que estava vendendo a travessa: *bem, olha só se não é a coisa mais engraçada*, e a senhora respondeu para a mamãe que não era o que ela estava pensando — o KKK eram as iniciais da irmã dela ou algo assim. Mas como ela sabia o que a mamãe estava pensando e por que a mamãe disse que era engraçado ainda é um mistério para mim. A mamãe deu a travessa para o papai de Natal aquele ano, dizendo *eu não sabia que vocês tinham uma loja de presentes — talvez eu vá a um dos encontros que vocês estão sempre promovendo*, e ele riu e disse *essa eu quero ver*.

Aquela época é confusa em algumas partes, clara em outras. Tipo, eu consigo me ver misturando farinha e água para fazer panqueca ou procurando nos armários da cozinha, cada dia mais vazios, qualquer migalha para a gente sobreviver — Emma e eu. A mamãe também precisava comer. E eu deixava qualquer coisa que eu tivesse feito ou encontrado do lado de fora da porta do quarto dela. Chego a ver uma pilha de roupa suja que começou a se formar na parte de baixo da escada, quando a mamãe estava escondida no quarto dela. Aquela pilha era superlegal — eu pulava nela do terceiro degrau, fingindo que ele era um trampolim de circo.

Depois que a mamãe saiu do quarto e começou a andar pelo mundo de novo, ela entrava no meu quarto para me acordar no meio da noite. Eu nunca me acostumei com isso. Eu sempre morria de medo. A pior parte era não saber quando isso ia acontecer. Eu ia dormir sem saber se a noite terminaria sendo uma das noites em que ela entraria no meu quarto. Sempre acontecia bem quando eu tinha parado de me preocupar em acordar no escuro absoluto, daí eu sentia um empurrão e *clique!* — a lâmpada pendurada no teto acendia e a mamãe estava parada em cima de mim, sem conseguir ficar de pé direito, balançando de um lado para o outro como os negros na igreja, me fazendo perguntas que eu não tinha respostas para dar.

— Conta o que aconteceu — ela disse da primeira vez. Sua voz era uma voz que ela usava de dia, mas que parecia mais alta porque ela estava usando de noite.

Lembro de esfregar os olhos e fechar por causa da claridade. Num primeiro momento, pensei que estava sonhando. Tudo aquilo não fazia o menor sentido. Ela usava maquiagem nos olhos na época — eu lembro porque ficava tudo borrado por ela ter chorado.

— Conta o que aconteceu com ele, cacete!

— Eu estava dormindo, mamãe — sussurrei, esperando que ela baixasse a voz para não destoar da minha. Naquela primeira vez não lembro de ter chorado. — Não sei o que aconteceu. Eu estava dormindo.

— Não estou falando de *agora* — ela disse e então meteu a mão na minha cara para provar que não era um sonho.

Levei alguns minutos para entender do que ela estava falando e então cheguei ao que ela queria ouvir e ao que eu precisava dizer para ser deixada em paz e ela se sentir melhor. Tudo que eu queria era que a mamãe se sentisse melhor.

— Um homem veio e bateu na porta — eu respondia.

— O que eu estava fazendo nessa hora? — ela perguntava.

— Você estava estendendo roupa no varal — eu respondia.

Ela anuía e dizia:

— Vá em frente.

— Você ouviu um estouro e veio correndo a tempo de ver o homem com o rifle voltando para o carro dele.

— Era uma picape — ela me corrigia —, mas continue. Quem era o homem?

— O marido de Selma Blake — eu respondia.

— Algo mais?

Aprendi a dar o tempo certo para minhas respostas. Se eu respondesse muito rápido, ela me dava um tapa e me dizia para *pensar com vontade* antes de abrir *a maldita boca*. Se eu demorasse muito para responder, ela me sacudia, dizendo *não guarde nenhum segredo, diga já o que está pensando*. Por fim, eu sabia que tinha de esperar o tempo de um-Mississippi-dois-Mississippi antes de dizer:

— Nada, mamãe, eu juro.

— Você está certa — ela dizia. Quando ela concordava com a cabeça, eu sabia que o humor dela ia melhorar nos próximos dias. E se ela não concordasse? Bem, então eu sabia que qualquer coisa podia acontecer. — Você está se lembrando agora.

— Sim, senhora.

— Então vá dormir.

— Sim, senhora.

Eu fechava os olhos para ela ver, assim ela pensaria que eu tinha caído dura, mas sono nenhum voltava naquelas noites. Eu ficava deitada, acordada, ouvindo minha própria respiração, pensando sobre as perguntas da mamãe e como tudo aquilo era estranho, e, quando o sol voltava e era hora de levantar, eu me sentia enjoada de tão cansada.

Quando a polícia finalmente apareceu e me perguntou sobre a última vez que eu tinha visto meu pai vivo, eu praticamente podia ver o marido ciumento de Selma Blake subindo de volta na picape. Num primeiro momento, eles ficaram interessados em tudo o que eu disse — perguntaram o que ele estava usando e se eu tinha notado alguma coisa mais. A mamãe parecia preocupada, não sei por quê. A polícia nos deixou sozinhas depois disso.

Eu lembro de tudo claramente, como se tivesse acontecido ontem. Mas não importa quanto eu me esforce, não consigo mais ver o rosto do papai. Deitada aqui nos lençóis ásperos do Loveless, eu fecho os olhos bem apertados para tentar ver meu pai, mas nada. Nem uma imagem. Preciso esquecer completamente a foto debaixo do colchão porque de outra forma não consigo dormir. Digo para mim mesma que vou estar com ela de novo depois que a mamãe sair para o seu trabalho secreto.

Na manhã seguinte, ouço a mamãe se mexendo na cama, o que significa que ela está com sede. Está quieto o suficiente para ouvir a mamãe dando um gole do que quer que tenha sobrado ao lado da cama dela, da noite anterior. Normalmente é uísque e Coca-Cola.

— Mamãe? — pergunto a seu montinho sonolento. — A gente tem alguma foto de antes? Tipo, do papai ou algo assim?

Ela não se mexe por baixo das cobertas, mas eu sei que está acordada. Afinal de contas, ela acabou de tirar a cabeça para fora e dar um golinho no uísque com Coca-Cola.

— Ou de quando eu era pequena? Alguma foto da época que a gente morava em Toast?

Toast é a palavra mágica. Engraçado, porque no momento em que eu a disse, o quarto parece ter ficado diferente, e eu soube que a mamãe ia me responder.

— Por que você está me perguntando isso? — Ela me espia por cima das cobertas. Algo em sua voz me diz que foi uma burrice minha tocar no assunto. Agora ela vai suspeitar que eu tenha feito exatamente o que fiz! — O que você andou aprontando?

— Eu não sei — eu digo, desviando o olhar dela. — Nada.

Mas eu *sei*. Aposto que eu lhe perguntaria sobre isso de qualquer maneira, afinal andei vendo todos os zilhões de fotos da vida da Cricket e, mesmo antes de encontrar a foto na mala de viagem da mamãe, isso me fez pensar como eu gostaria de ver uma ou duas fotografias minhas quando bebê.

— A resposta é não — ela diz. — Nós não temos nenhuma foto.

— Por quê?

— O quê?

— Por que não temos nenhuma foto nossa? — pergunto a ela.

— Ora, me desculpa, mas não somos *ricas* o suficiente para ter uma câmera para você — ela diz. — Senhorita Princesinha. — Essa última parte foi abafada porque ela enfiou a cabeça debaixo dos cobertores novamente.

Alguns minutos mais tarde, nós duas sacudimos com o ruído súbito de batidas na porta. A sra. Burdock. De novo.

— Eu sei que vocês estão aí — ela grita pela porta fina. — Não pensem que eu não sei.

Ela bate de novo.

Eu fiquei boa mesmo em prender a respiração. Quando a sra. Burdock começou a aparecer em nosso quarto e bater na porta, a mamãe fazia sinal de silêncio com um dedo na boca para eu ficar calada e eu prendia o ar por tanto tempo que fazia barulho quando o soltava, mas agora eu sei como soltar o ar em silêncio para que ninguém ouça, nem quem está parado bem do meu lado. Tanto a mamãe quanto eu aprendemos rápido que o sr. Burdock não andava contando toda a verdade para a sra. Burdock, porque ele nos viu entrar e sair todos os dias, mas deve ter contado para a sra. Burdock que a gente se escondia no quarto e nunca saía, assim ela não o incomodava por não cobrar o aluguel.

— Abram a porta e vamos acertar isso como adultas. Vocês acham que podem nos enganar, vivendo aqui sem pagar aluguel, como estão fazendo? Vocês acham que é assim que tocamos o nosso negócio? As pessoas podem deixar as coisas degringolarem lá nas montanhas de onde vocês vieram, mas aqui embaixo, no *mundo real*, temos um negócio para tocar. Vocês estão me ouvindo?

A sra. Burdock usa o antebraço inteiro, então toda a porta sacode quando ela bate nela.

— Vocês podem ter convencido o meu marido a fazer vista grossa, mas chega — ela diz do lado de fora. — Ele não vai segurar a barra de vocês para sempre. Abram a porta e vamos conversar sobre isso como pessoas civilizadas. Vocês ainda são pessoas civilizadas, não é?

Eu olho para o lado, para o monte da mamãe deitada na cama. Ela chegou ao ponto em que puxa as cobertas sobre a cabeça se está em casa quando a sra. Burdock aparece para nos cobrar.

— Isso não pode continuar assim, vocês sabem disso — diz a sra. Burdock.

Eu espiei um dia pela janela, quando ela começou a nos cobrar da primeira vez, e o que ela faz é fechar as mãos em torno da boca e colar o rosto na porta para falar com a gente. Ela é esperta — o som vem direto para nós sem incomodar nenhum vizinho.

— Não me façam ligar para a po-lícia — ela diz a palavra como se ela fosse dividida em duas. — É isso que vai acontecer, estão me ouvindo? Vou ligar para a po-lícia se vocês não pagarem o que me devem. E tenho uma novidade: eles vão arrastar vocês para a rua tão rápido que vocês não vão nem ver.

A sra. Burdock continua falando, não importa se tem gente perto ou não. Ela não se importa de levar adiante uma conversa inteira consigo mesma. Se você aparecer quando ela estiver no meio do discurso, ela vai apenas falar mais alto para que você fique com a sensação de ter feito parte da conversa desde o começo. Eu posso ouvir palavras soltas de sua conversa e então percebo a voz grave do sr. Burdock no meio:

— Qual o motivo de todo esse tumulto? — ele pergunta para a sra. Burdock.

— Eu não sei quem elas acham que estão enganando, agindo como se o quarto estivesse vazio — diz a sra. Burdock.

— Calma, calma — diz o sr. Burdock. — Vamos deixar assim por enquanto.

— Nós temos deixado — diz a sra. Burdock — e olhe a que ponto chegamos. Parados aqui de mãos vazias, é isso. Não dá mais. Eu quero elas longe daqui, Hap. Eu quero elas fora.

— Bess, vamos lá — ele diz —, essas duas não têm nada.

— Então elas não deviam ter alugado um quarto!

— O que vai acontecer com a menina, hein? Se jogarmos as duas na rua, o que vai acontecer com a menininha? — diz o sr. Burdock. — Não é culpa *dela* elas não terem dinheiro...

— Bem, é uma mãe e tanto essa, não é? — diz a sra. Burdock. — Deixando a filha remexer latas de lixo atrás de comida como um maldito *furão*...

A sra. Burdock continua falando, mas o sr. Burdock deve estar levando a esposa para longe, porque as vozes ficam mais difíceis de ouvir antes de desaparecerem por completo. Após ter certeza que eles foram embora mesmo, eu sento na cama.

— Mamãe? Por que a sra. Burdock está vindo atrás da gente se você tem emprego agora? — pergunto.

Ela não se mexe.

Olho à minha volta e penso que eu gostaria de perguntar ao homem cujo nome está em todas as garrafas largadas pelo quarto. Aposto que Jim Beam saberia por que a sra. Burdock está tão brava com a gente. Eu não devo jogar fora as garrafas, porque quando elas batem uma na outra faz muito barulho, e a lixeira fica bem do lado da janela dos Burdock. A sra. Burdock espia para fora sempre que alguém joga alguma coisa fora, querendo pegar quem esquece de fechar a tampa da lixeira direito. Ela colocou uma placa dizendo que havia gambás na área e que, por favor, ninguém esquecesse de fechar a tampa, mas alguém (eu não) não está dando a menor importância para isso.

16

Honor

Percebo agora por que a mamãe estava tão interessada em transformar a casa em patrimônio histórico. Lamento profundamente que eu não tivesse prestado mais atenção e ajudado a mamãe a dar um jeito melhor nisso, mas como eu ia saber que ela seria despejada? E, de qualquer maneira, não tenho certeza se o significado histórico da casa a teria salvado. Bem, isso é o que vamos ver.

Dirijo até a prefeitura, um prédio que lembra um bloco de cimento e que sempre me decepciona por sua falta de graça. Lembra um centro comunitário de Provo nos anos 70. Ele deprime todo mundo que trabalha ali também, a julgar pela postura curvada de quase todos os ocupantes dos cubículos.

Após vinte agonizantes minutos observando um tal de sr. Sylvester, o ser humano mais lento que já vi na vida, tentar localizar nosso arquivo, vamos aos fatos. O que, nesse caso, significa uma série de suspiros aborrecidos, análise de papéis e meneares de cabeça.

— Sim, é o que eu pensei — ele diz, fechando a pasta e olhando para mim. — A reivindicação histórica não foi verificada. E sem a verificação e a autenticação apropriada, não podemos seguir em frente. Pelo visto, o responsável pelo caso chegou a conversar com a sua mãe e explicou a questão para ela *de novo* uns dias atrás. Como uma cortesia. E, francamente, estamos ficando um pouco cansados das ligações.

— Ligações de quem? Nós não ligamos para vocês — eu digo.

— Senhora, a sua mãe tem ligado para cá todos os dias, às vezes várias vezes ao dia — ele diz, suspirando para enfatizar a resposta. — Com todo respeito, está começando a cansar. A chateação.

— Em primeiro lugar, acho que o senhor está equivocado — eu digo. — O senhor a confundiu com outra pessoa. Isso não é do feitio da minha mãe. Ela não incomodaria nem uma pulga. E, além disso, esse retorno sobre o caso foi o primeiro que tivemos...

Deixo a frase inacabada porque ele começou a balançar a cabeça vigorosamente, claramente não me ouvindo, apenas esperando que eu termine para que ele possa contestar tudo que eu estou dizendo.

— Senhora, tenho um registro aqui de todos os contatos que tivemos com a sua mãe sobre essa questão — ele diz, triunfantemente se referindo à sua pastinha idiota de novo. — Posso provar para a senhora todas as vezes que ela nos contatou sobre isso. Pelo visto, a primeira vez que dissemos para ela que o caso havia sido rejeitado, foi no ano passado. Quase um ano atrás. Nove meses atrás. Ela tentou de novo e aqui diz que ela incluiu *documentos suplementares*, embora não diga quais. Hum. Eles foram devolvidos para ela, e o caso foi novamente rejeitado. Isso foi há sete meses. Observações do caso... Vou ler em voz alta, tendo em vista que não é permitido mostrar documentos oficiais, mas posso ler essa parte em voz alta. O responsável pelo caso escreve... e estou citando: "Informei a ela que a pesquisa genealógica que ela nos forneceu está incorreta. Mostrei que a pesquisa independente que conduzimos prova inequivocamente que ela não tem parentesco com Charles Chaplin. Informei que todas as pesquisas genealógicas corroboram nossas conclusões. Mesmo a dela".

Ele fecha a pasta e tira os óculos de leitura.

— Espere, espere só um segundo aí — eu digo. — O *quê*? Nós não temos parentesco com Charles Chaplin? Isso é um absurdo.

— Sra. Ford, posso ser franco com a senhora?

— Sim, é claro.

— Se a senhora quer saber a minha opinião, a sua mãe sempre soube disso.

— Isso é impossível — eu digo. — Se o senhor visse a casa dela, todas as lembranças... Ela colecionou isso a vida inteira. Heranças de família. Bonecos. Objetos de colecionadores! Chegamos a ter excursões que vinham para conhecer a casa. Bem, eram excursões escolares e de clubes locais. Mas mesmo assim!

— Senhora, eu poderia colecionar coisas da princesa Diana, mas isso não me tornaria um membro da família real — ele observa. — Qualquer um pode colecionar qualquer coisa. Vocês têm o mesmo sobrenome, só isso.

— Com todo respeito, o senhor não sabe do que está falando — eu digo, passando a alça da bolsa pelo ombro e me levantando para ir embora. — Mas agradeço a sua atenção.

Os Chaplin sempre saem por cima.

— Eu estou lhe dizendo: é pura coincidência. — Ele suspira e senta de volta na cadeira. — Sinto muito.

Por que as pessoas dizem que sentem muito quando não é verdade?

— Sabe, eu disse tudo isso para sua mãe quando ela veio aqui — ele diz. — E o jeito como ela reagiu... Meu palpite é que ela sempre soube disso.

No estacionamento, estou tremendo tanto que pressiono o botão de pânico em vez do de destrancar no controle remoto do carro e o alarme dispara. Um ato falho freudiano, claramente.

Os Chaplin sempre saem por cima, realmente, mãe.

Não consigo encarar isso. É demais. Isso muda *tudo*. *Pense*. Preciso pensar. Preciso compreender o que está acontecendo, mas antes preciso ir ao banco, e só Deus sabe o que vou encontrar lá.

* * *

No fim das contas, a situação é pior do que pensei.

— A sua mãe assumiu uma hipoteca considerável para a casa — diz o funcionário do banco chamado Clifford.

Pelo visto, Clifford gosta de abrir o clipe de papel até ele ficar reto, e depois ele tenta dobrar de volta para o formato original. Acho que o Clifford aqui é fã de causas perdidas.

— Infelizmente, a essa altura, não há nada que possamos fazer. Ela deixou de pagar tanto a hipoteca quanto o empréstimo pessoal que fez em maio passado. Ela deve muito dinheiro. Estamos falando de uns trinta mil dólares. A única saída é tomar a propriedade. Lamento não ter notícias melhores para a senhora.

— Quanto tempo temos? Para conseguir o dinheiro. — Eu me inclino para a ponta da cadeira e pressiono os braços contra as laterais do peito para aumentar o decote. Uma garota tem que fazer o que for preciso. Pena que não estou usando algo mais decotado.

Clifford limpa a garganta e diz que pode retardar o despejo um pouco mais, mas não muito, e, em vez de pedir que ele esclareça quantos dias isso quer dizer, decido que é melhor deixar assim. Mais adiante posso me referir a essa resposta vaga se a pressão começar a apertar antes que tenhamos uma solução. A mão pegajosa e fria de Clifford dobra ao fazer contato e não escorrega até o fim do V formado pela minha, transformando nosso cumprimento em um meio-cumprimento afetado, com apenas os dedos se tocando, não o tipo tradicional em que os polegares se encontram e as palmas se pressionam num aperto limpo. Pobre Clifford.

A única outra cliente no banco é uma mulher obesa numa cadeira de rodas elétrica que tem uma minibandeira dos Estados Unidos presa atrás e está cheia de adesivos éticos encorajando as pessoas a deixar de comer carne, votar, dirigir devagar, viver um dia de cada vez. No meio deles, há um lembrete na forma de um diamante amarelo avisando que ela dá passagem para extraterrestres. Então noto um cachorro de pelos compridos sentado pacientemente num cesto dianteiro coberto por uma toalha. Ele está usando um boné de marinheiro. *Poderia ser pior: eu poderia ter um cachorro com um boné de marinheiro.*

Minha mãe não tem dinheiro.

Minha mãe está profundamente endividada.

Estamos morando numa casa que nos será tomada.

Estamos numa grande enrascada.

No entanto, cá estou eu, dando partida no carro, ligando o ar-condicionado, voltando à lembrança do Eddie segurando a Carrie e chorando como uma criança de três anos. Cá estou eu, dobrando na Elm Avenue, sorrindo ao pensar nele me puxando para perto, me segurando como costumava fazer anos atrás, quando ainda éramos namorados e parecia uma tortura ficar separados, nem que fosse por um dia.

Não deixo de perceber a ironia: tudo à nossa volta está desmoronando, a não ser a nossa família — minha e de Ed. Parece que... não posso me permitir nem pensar no assunto, mas talvez eu desabafe agora, enquanto estou sozinha. Essa ideia ridícula. Talvez se eu disser em voz alta, vou perceber como ela é absurda e então posso me concentrar novamente em consertar essa confusão que não para de crescer. Então, aí vai:

Por alguma razão, enquanto todo o resto à nossa volta está desmoronando, a nossa pequena família está se reconstruindo.

Pronto. Aí está. Mas agora que eu disse isso, a ideia não parece nem um pouco ridícula. Nós estamos dando a volta por cima, Eddie, Cricket e eu. E eu sei por quê.

Eu costumava dizer para mim mesma (e para a Cricket) que às vezes, quando os pais enterram um filho, ficam tão desconsolados que nada pode uni-los novamente. Eu dizia que eles não conseguiam mais se refazer. Mas então eu fui ao Wendy's e encontrei aquela garotinha problemática tão incrivelmente parecida com a nossa dor que foi impossível ignorá-la. Parada ali, com a mão numa tigela de croûtons, meu Deus, estava o nosso elo perdido. Nós precisamos daquela criança tanto quanto ela precisa de nós. E, já que estou no embalo, eu bem posso admitir: quero acertar as coisas com o Eddie. Eu o quero de volta. Eu quero a *gente* de volta. Mas, nesse momento, todos estão precisando de um teto para morar, então preciso me concentrar nos detalhes práticos.

Aperto o acelerador e aumento o volume do Rascal Flatts no rádio. Prepare-se, mãe, estou chegando.

17

Carrie

A essa altura, não tenho mais problema algum em colocar o cinto de segurança. Digo *olá* para a Cricket e para a sra. Ford e coloco o cinto com a maior facilidade. A sra. Ford me pergunta de novo se pode conhecer a minha mãe, e como eu dormi e se estou com fome. Ela liga o rádio e eu me inclino para sussurrar com a Cricket. Bem como a Emma e eu costumávamos fazer. A gente sussurrava uma com a outra mesmo quando não precisava ficar em silêncio, só porque era divertido. Às vezes a gente sussurrava em código, como dizendo tudo ao contrário ("Eu *não* estou com a menor fome" ou "*Adorei* a escola hoje"), ou dizendo todas as palavras de trás para frente ("Eu adoro *sotag*"). Pensando bem, a Cricket e eu devíamos fazer um jogo desse tipo para nós.

— Eu tive um sonho superesquisito essa noite — Cricket sussurra para mim.

— Com o quê? — sussurro de volta.

— O problema é esse — ela diz. — Não lembro, e, quando tento lembrar, eu quase consigo, mas aí ele já foi. Eu odeio quando isso acontece! Nossa, temos que jogar Tetris quando chegarmos em casa... Completei agora mesmo meu primeiro T e estou, tipo assim, obcecada pelo jogo agora. Não se preocupa, vou te mostrar. Na verdade, não é tão difícil. É só pegar o jeito.

Quando chegamos em casa, a sra. Chaplin me mostra algumas coisas do Charlie Chaplin. Ela faz um estardalhaço a respeito de um prêmio que ele ganhou por um filme que fez chamado O *circo*. Mas a estatueta dá vergonha de olhar, porque é de um homem nu. A sra. Chaplin diz que é uma réplica exata da estátua real e, enquanto ela está falando, eu quero dizer para ela que ela está segurando a estatueta bem nas partes íntimas, mas decido não falar nada no último minuto. Então a Cricket finalmente diz *vamos subir*.

Estamos prontas para nos ajeitar na mesa dela, onde agora tenho meu próprio lugar para sentar. A Cricket trouxe uma cadeira dobrável que a sra. Chaplin tinha em algum armário da *bagunça* e, alguns dias atrás, colocamos dois *travesseiros decorativos* sobre ela para me deixar mais alta e a pusemos bem ao lado da cadeira dela. Assim, nós duas podemos compartilhar a mesa e eu posso ver melhor o computador. A Cricket é tão bacana em compartilhar as coisas quanto a Emma.

— Na verdade, primeiro preciso fazer xixi, porque assim que eu começar a jogar Tetris, não paro mais — Cricket diz, saindo do quarto. — Já volto.

— Tá — eu digo, olhando à minha volta, pegando o ursinho de pelúcia bonitinho que usa uma capa de chuva e um chapéu. Eu dobro seus braços duros para fazer de conta que ele está digitando no computador. *Dum-di-dum-di...*

De uma hora para outra, a tela do computador deixa de ser preta (achei que ela estava desligada) para mostrar uma foto de jornal com o rosto do meu pai bem ali, na primeira página!

MORADOR ASSASSINADO: POLÍCIA INTERROGA O MARIDO CIUMENTO DA AMANTE.

O ursinho de pelúcia cai no chão. Eu encaro a foto, chocada, meu estômago revirando em um nó, minha cabeça explodindo — a Cricket sabe que o meu pai morreu! Ela sabe que eu menti! Será que ela contou para a mãe dela e para a sra. Chaplin que ela me pegou mentindo? E de onde veio aquela foto do meu pai? Eu nunca a vi antes. O que eles disseram sobre ele no jornal? Eu vou na ponta dos pés até a porta para espiar o corredor. A porta do banheiro ainda está fechada, então tenho tempo de fazer com que a foto vá embora para que ela não fique sabendo que eu sei que ela sabe. Talvez eu possa confessar antes que ela chame a minha atenção e assim ela não me odeie. Mas como eu faço para tirar a foto da tela? Estou tentando encontrar o botão liga/desliga quando ela volta para o quarto e me pega de olhos arregalados e cheia de culpa.

— Ah, nossa, eu... quer dizer... — ela gagueja, corre até mim, aperta algo e então o papai desaparece. — Eu ia te contar, juro. Acho que eu não sabia como tocar no assunto.

— Desculpa por ter mentido para você — eu digo, baixando a cabeça porque sinto muita vergonha. Dizer isso em voz alta me fez sentir pior ainda. — Eu sinto muito *mesmo*, Cricket. Eu vou descer e ver se a sua mãe pode me dar uma carona de volta e você não vai precisar me ver de novo.

Agora eu sei o que eles querem dizer com "coração partido". O meu parece de vidro, e alguém o deixou cair no chão, quebrando em pedaços. Mas então a Cricket diz:

— Espere, o quê? — e coloca a mão no meu ombro para me segurar na cadeira quando eu levanto para ir embora. — Você não vai a lugar *nenhum*! Eu ia dizer agora mesmo que *eu* sinto muito. Eu bisbilhotei a sua vida sem te avisar, mas juro que não foi porque eu não confiava em você. Quando a gente colocou o nome da sua mãe e do seu pai no Google no outro dia, aquela manchete esquisita me chamou a atenção, e fiz uma nota mental para voltar e conferir depois que a gente olhasse o anuário, mas eu esqueci. Então, ontem à noite eu estava olhando no meu histórico atrás de outro link e, quando eu vi a pesquisa no Google, lembrei que tinha algum motivo para eu querer voltar. Foi assim que isso apareceu.

Eu não entendo quase nada do que ela está dizendo, mas acho que ela está se sentindo culpada.

— Posso te perguntar uma coisa? — ela diz.

— Claro.

— Não estou perguntando para você se sentir mal, mas... por que você não quis me contar que o seu pai morreu? Não é sua culpa. Por que você me contou tudo aquilo sobre os seus pais terem voltado e tudo o mais?

Ela chuta os chinelos e sobe na cama, se sentando ao lado dos travesseiros fofos, com as pernas cruzadas como um índio, esperando que eu responda. Eu tenho que contar a verdade. Agora é o momento de contar a verdade. Eu sei disso. Mas saber disso não torna as coisas mais fáceis. Eu levanto da cadeira e subo na cama para ficar perto dela.

— Tem uma coisa que eu preciso te contar — eu digo. — Algo pior.

Eu respiro fundo e digo as palavras enquanto solto o ar, porque, se eu não fizer isso agora, tenho medo que talvez não tenha mais coragem.

— Eu tinha uma irmã — digo. — Eu tinha uma irmã e o nome dela era Emma.

Cricket inclina a cabeça para o lado e rugas aparecem entre suas sobrancelhas.

— Mas... por que você nunca disse nada? — ela pergunta. — Quer dizer, por que você não falou nisso antes? Ela morreu? Você disse que *tinha* uma irmã...

— Desculpa, eu não te contei tudo — digo, sentindo um frio na barriga. — Não é só que *eu tinha uma irmã*. Eu não sabia como explicar e então fiquei preocupada que vocês achassem que eu sou maluca e não quisessem mais que eu viesse aqui. Ainda mais com meu pai morto, tudo isso parece inventado e esquisito, e eu achei que você não ia mais querer ser minha amiga...

Eu não termino o que estava dizendo porque começo a chorar. Cricket estende a mão até o pé da cama onde estou sentada e toca minha perna, algo que aposto que sua mãe faria se ela estivesse aqui. Eu ainda não me acostumei com isso, como elas se tocam o tempo inteiro nessa família, abraços, carinhos... A Cricket se joga toda sobre a mãe — e ela não se importa!

— Carrie, está tudo bem — diz Cricket, se endireitando de novo. — Só para você saber, a gente nunca ia achar que você é maluca. Isso é ridículo! E de jeito nenhum a gente não ia mais querer você aqui. Você está brincando? Vamos jurar com os mindinhos, daí eu posso prometer isso, tá bom?

Sorrio em meio às lágrimas e enganchamos nossos dedos mindinhos. E sabe de uma coisa? Eu me sinto um pouco melhor depois.

— Então me conta — ela diz.

Antes de começar de novo, tem outra coisa que tem me incomodado tanto que já não posso mais *pensar* sobre ela, e muito menos escrever sobre ela em meu caderno.

— Se eu te contar — digo bem devagar, porque quase não consigo pronunciar as palavras seguintes —, hum, se eu te contar e a minha mãe descobrir... Se ela descobrir que eu contei qualquer coisa, ela vai me mandar embora.

— Embora? — Cricket arregala os olhos. — Como assim, *te mandar embora*? Tipo, ir morar com parentes distantes?

— Não, não. Ser internada no hospício para crianças, onde eles podem trancar você para sempre se os seus pais pedirem. E a mamãe com certeza ia falar para eles me internarem se descobrisse que eu te contei tudo o que vou contar agora.

— Tá, em primeiro lugar, não existe um *hospício para crianças* — diz Cricket. Ela parece ter certeza disso, mas como ela sabe? — E, em segundo lugar, juro que não vou contar para ninguém o que você me contar, então a sua mãe não vai ficar sabendo.

Estendo meu mindinho de novo para ela prometer e a Cricket promete, então continuo.

— A Emma é minha irmãzinha — eu digo, sem saber por onde mais começar. — Ela é o oposto de mim. Ela tinha o cabelo loiro, quase branco, que ficava embaraçado a maior parte do tempo, porque ela odiava pentear. Ela era bem pequenininha, com ossinhos de passarinho. Eu podia dar a volta em torno do punho dela com um dedo e ainda sobrava a ponta. Os olhos dela ficavam verdes quando ela ficava brava, mas normalmente tinham o tom azul-claro de uma casca de ovo de tordo que encontramos uma primavera. Na época que eu ia para a escola, minhas roupas me serviam bem e, quando deixavam de servir, a mamãe nos levava para a casa da nossa vizinha para pegar as sobras de Maisey Wells, que era cinco anos mais velha do que eu e *crescia como um capim*. A mãe dela chamava todo mundo de *coração* e dizia que a Maisey não se importava de me deixar ficar com suas roupas velhas, mas eu sei com certeza que ela se importava sim. E muito. Ela se fazia toda de querida na frente dos adultos, mas então ia e contava para todo mundo na escola que a gente era umas caipiras pobres. Bom, como a Emma era bem menor do que eu, ela andava só de fralda. A mamãe dizia que não fazia sentido comprar roupa de bebê para ela porque elas ficariam pequenas em cinco minutos, e também no verão ela parecia mais feliz simplesmente sem roupa. E tem outra coisa: a mamãe não se importava de falar sobre a Emma na época, quando ela era uma bebezinha. Ela não se importava de ouvir o nome da Emma de jeito nenhum. Mas daí não era para eu dizer nunca mais o nome da Emma. E é assim que é agora. Não posso falar nunca mais sobre a Emma nem dizer o nome dela.

— Para, para, para, espera um pouco. Onde está a Emma agora? — Cricket pergunta.

Eu não sei como responder, então olho para baixo sem dizer nada.

— Carrie? Onde está a sua irmã?

Eu respiro fundo de novo. Isso é mais difícil de explicar do que pensei.

— Bom, olha só, o problema é esse — eu digo. Minha boca fica seca, o que acontece provavelmente por ser a parte difícil. — A mamãe disse... ela ainda diz... que a Emma nunca existiu. A mamãe disse que eu inventei minha irmã do nada. Bom, hum, depois...

— Depois que o seu pai morreu?

Eu não parava de olhar para minhas mãos, mas, quando ela disse isso, minha cabeça levantou num estalo, como se o pai do Pinóquio tivesse puxado uma corda invisível, para ver como ela tinha dito isso. Tipo, ela tinha uma expressão brava no rosto, ou estava fazendo graça da minha mentira idiota? Mas era apenas... a Cricket. Ela estava dizendo as palavras em voz alta para que eu não precisasse dizer.

— Desculpa por ter mentido sobre isso — digo para ela de novo.

— Nossa, está tudo bem — ela diz, espantando minhas palavras como se fossem moscas. E então ela fez uma pausa, o que ela nunca faz depois que começa a falar. Ela pega uma girafa de pelúcia e a abraça forte, cheirando seu pescoço manchado. — Sabe, por um longo tempo depois que a minha irmã morreu, eu mentia quando encontrava qualquer pessoa nova. Qualquer pessoa que eu não conhecesse. Eu dizia que eu tinha uma irmã e que ela tinha ido estudar num colégio interno. Se era verão, eu dizia que ela estava num acampamento. Eu inventei um monte de histórias sobre o que ela estava fazendo lá e tudo o mais. Então não se preocupe, eu também menti. Mas espere... A sua mãe diz que você inventou que tinha uma irmã porque você estava muito triste por causa do seu pai, que tinha morrido?

— É. A mamãe diz que sentiu pena de mim por eu não ter um pai, então ela me *deixou* ter uma amiga invisível por um tempo... Era assim que ela chamava a Emma. Minha *amiga invisível*. Mas aí eu continuei falando sobre a Emma e aí... essa é a parte que você vai dizer que sou maluca... aí cheguei simplesmente a acreditar que a Emma *era* real. Não consigo explicar direito, mas eu vi a Emma, falei com ela, brinquei com ela. Tudo. A maioria das vezes eu sentia como se a Emma fosse tudo que eu tinha, entende? Você não pode entender, na verdade. Você tem a melhor família do mundo e um monte de amigas e tudo o mais.

Cricket olha para baixo, para a girafa no colo, e traça círculos em torno dos olhinhos de vidro.

— Isso é o que *você* pensa — ela diz, ainda brincando com a girafa. Em seguida, olha para mim. — Você não é a única que tem segredos. Você acha que eu tenho um monte de amigas?

Eu concordo com a cabeça e ela dá uma risada.

— Bom, eu não tenho — ela diz. Num primeiro momento, acho que ela está tentando fazer com que eu me sinta melhor, mas então ela segue em frente. — Não tenho nenhuma. Zero. Nada. A Caroline... a minha irmã, Caroline, quero dizer... ela era, tipo, minha melhor amiga. Quando a gente estava crescendo, eu copiava tudo que ela fazia, então, tipo assim, se ela queria ir nadar no clube, eu também queria, mesmo que no fundo eu nunca tenha gostado de verdade de colocar a cabeça debaixo da água. Ela era um peixe, ela adorava água. Qualquer música que ela ouvia, eu também ouvia. Eu copiava tudo que ela usava, a letra dela, o jeito que ela conversava... Ela tinha um jeito de fazer tudo ficar engraçado, sabe, quando as pessoas fazem isso? Tipo, se a minha mãe estivesse fazendo um regime, mas a gente soubesse que ela ainda estava comendo de tudo, a Caroline ia dizer *está indo bem a dieta?*, e a mamãe ia rir, mas, se fosse comigo, eu provavelmente teria dito algo horroroso, como *mas você ainda está comendo feito uma porca?*, e então eu ia me meter numa encrenca por ter sido malvada. Bom, a Caroline era a popular de nós duas — ela diz. — *Todo mundo* amava a Caroline. Ela tinha tantos amigos que as paredes do quarto dela no hospital ficaram praticamente cobertas de cima a baixo com cartões desejando melhoras e pôsteres que todo mundo da classe dela assinou. Eu não cheguei a ver muito a minha irmã quando ela estava no hospital, porque meus pais estavam tentando me proteger ou sei lá... Como se eu não soubesse que ela ia morrer.

Ela fez uma pausa, então seus olhos se encheram de lágrimas e ela desviou o olhar para não chorar.

— Eu sabia. É claro que eu sabia — Cricket diz, fungando. — Tudo o que todos faziam na nossa casa era sussurrar e, se eu entrava no quarto, eles paravam e colocavam um sorriso falso no rosto para tentar encobrir o que todo mundo sabia, inclusive eu. Um monte de vezes meus pais me deixavam na casa dos Cutler porque a filha deles, a Lucy, estava na minha turma na escola, e você sabe como os adultos pensam, que só porque vocês têm a mesma idade vão ser melhores amigas na hora. Bom, eu odiava a Lucy, principalmente porque ela me odiava. Ela não podia dizer isso porque os pais dela tinham dito para ela ser legal comigo por causa da Caroline, mas, quando a gente estava sozinha, era como se eu fosse invisível. Eu começava a falar para ela sobre algo... não algo sobre a Caroline, mas só, sabe, *qualquer coisa*, e ela literalmente pegava um livro e fingia que estava muito interessada nele. Eu passava a noite nos Cutler um monte de vezes e eles eram educados comigo, mas todos nós ficávamos aliviados quando a minha mãe ou o meu pai vinham me pegar. Eu tinha que abraçar eles para dizer obrigada e tchau, e a Lucy simplesmente ficava ali, com os braços ao lado do corpo, sem me abraçar, para me fazer sentir ainda mais idiota. Eu nunca disse para os meus pais que odiava ir lá, porque eu sabia que eles precisavam de mim fora do caminho para que eles pudessem ficar com a Caroline. Quando ela morreu, sabe quantas pessoas da minha turma foram no enterro? Duas. E isso só porque uma era o filho do diretor da escola e a outra tinha uma irmã mais velha na turma da Caroline, então a família inteira veio.

Eu não sei o que dizer para ajudar a Cricket a se sentir melhor, então simplesmente coloco para fora a primeira coisa que me ocorre.

— *Eu* sou sua amiga.

Ela tira os olhos da girafa, com lágrimas nos olhos.

— Você *é* minha amiga — ela diz, sem sorrir. — Você é minha *única* amiga. E, já que estamos fazendo confissões, faz tempo que quero te pedir desculpa por ontem. Eu te disse que tinha uma consulta no médico, mas na verdade eu estava indo para a casa do meu pai e não queria que você fosse, mas eu não queria te magoar.

— Não tem problema — eu digo.

— Não é que eu não queria te levar na casa do meu pai — ela diz. — É claro que eu queria! E, obviamente, como você pode ver, ele está, tipo, apaixonado por você. É só que é tão *triste* na casa dele, sabe? É como se ele não soubesse se cuidar sozinho, sem a minha mãe. Metade do tempo eu fico limpando a casa para ele, lavando a louça que ele deixou empilhar na pia, secando os balcões, jogando fora caixas de pizza vazias, esse tipo de coisa, mas eu tenho de fazer isso quando ele está ocupado ou não está prestando atenção, porque eu sei que ele vai se sentir mal se ele me vir, tipo, sentindo pena dele ou sei lá. Além disso, ele só quer falar sobre a minha mãe e se ela fala dele. Quer dizer, ele não vai direto ao ponto e pergunta. Ele acha que eu não percebo. Tipo, nós estamos falando sobre as aulas de verão e, do nada, como se ele tivesse pensado naquele instante mesmo sobre aquilo, ele diz: *Aliás, como está a sua mãe? O que ela tem feito esse verão?* Então foi isso, é só que eu não queria que você visse o meu pai desse jeito. Não quero que você conheça essa versão dele. Sabe, ele é muito legal quando está bem.

— Você acha que eles vão voltar, a sua mãe e o seu pai? — pergunto.

— Eu gostaria que eles voltassem — ela diz —, mas não sei. Eu queria que eles voltassem.

Parece que esse é um bom momento para contar para a Cricket a última parte da minha história, e acho que a melhor maneira de fazer isso é mostrar para ela.

— O que é isso? — ela me pergunta, enquanto coloco cuidadosamente a foto sobre a cama na frente dela.

— Essa é a Emma — eu digo. — Minha irmã.

— Mas espere um pouco, achei que você tivesse inventado ela.

— Isso é o que a minha mãe diz, mas então descobri isso e tem essa outra coisa que eu ainda não te contei. Eu vejo umas imagens, entende? Na minha cabeça. Eu tenho uns flashes de memória ou algo assim. Não sei na verdade o que eles são, mas eu vejo um bebê sendo sacudido bem forte e uma Bíblia em chamas. Eu sei que isso me faz parecer maluca, mas, quando encontrei essa foto que a mamãe estava escondendo de mim, de uma hora para outra entendi tudo.

— O quê? O que você entendeu?

— Os flashes eram da Emma — eu digo, esperando que a Cricket entenda. Mas ela está me encarando como se não entendesse. — Os flashes do bebê... eles são da Emma. Ela *era* real! Eu não inventei minha irmã, no fim das contas! Acho que ela morreu, e é por *isso* que a mamãe diz que ela era coisa da minha imaginação e não queria falar sobre ela. Acho que a mamãe está escondendo alguma coisa.

— Uauuu — Cricket finalmente tem a expressão que eu achei que ela teria: choque misturado com medo misturado com uau-que-história-incrível. — Você acha que a sua mãe matou a sua irmã?

— O quê? Não! Quer dizer, sei lá. — Não sei o que pensar e, além disso, nunca achei que a história fosse tão simples. A mamãe matou a Emma? Ou o papai? Não. De jeito nenhum. — É isso o que você acha? Quer dizer, pelo que eu te contei, é isso que *você* acha que aconteceu?

Cricket salta da cama, vai até a escrivaninha e pega uma caneta e um bloco de papel. Então sobe de volta na cama.

—Vamos fazer o seguinte — ela diz. —Vamos fazer uma lista de todos os fatos que temos e depois pesquisar na internet. Espere, como você não contou para a polícia sobre isso?

— Eles nunca iam acreditar em mim — eu digo, esperando que ela deixe a história de lado e volte a fazer a lista. *Por favor, esqueça isso, Cricket, por favor por favor por favor...*

— Como você sabe? Você podia contar para o meu pai. Ele ia acreditar em você — ela diz, segurando a caneta sobre o papel. — A gente devia contar para o meu pai. Vou ficar com você o tempo todo, então você não precisa ficar com medo, e além disso meu pai não é nem um pouco assustador. Espera, qual é o problema? Por que você está chorando?

Estou chorando porque agora eu preciso contar para ela sobre o Richard e talvez eu seja idiota, mas até *eu* sei que ela nunca mais vai olhar para mim do mesmo jeito.

— O que foi? — ela se aproxima sem levantar para fazer um carinho nas minhas costas. — Pode me contar.

Eu fungo e limpo as lágrimas com as costas da mão. *Ela nunca mais vai me olhar do mesmo jeito.*

— Tem outra coisa — eu digo, mas me seguro, pois talvez tenha uma maneira de responder para ela sem contar sobre o Richard.

— Me conte, Carrie — diz Cricket.

Pena que não tenho uma varinha mágica que me fizesse desaparecer daqui numa máquina do tempo que me levasse de volta para a carona de carro, de volta para antes de eu abrir minha boca grande e me enredar na verdade. Ou que me mandasse para o futuro, bem longe do dia de hoje, quando a Cricket e a família dela já tivessem passado faz tempo da parte em que estamos agora. Quando já se acostumaram a não pensar em mim como uma assassina. Mas minha própria mãe não aprendeu isso até agora, e ela é minha mãe. Então sou uma superidiota de pensar que a Cricket vai superar isso um dia.

— Carrie, sério — ela diz. — Você tem que me contar o que é.

De repente eu não tenho mais dúvidas. Ela está certa. Eu *tenho* que contar para ela porque ela *tem* que saber tudo porque eu *tenho* que descobrir o que aconteceu com a minha irmã.

— Tá. Bom, tinha um homem — eu começo do princípio —, e o nome dele era Richard.

O sol está começando a se pôr quando eu finalmente chego ao fim da história. Cricket está deitada de barriga para baixo, o queixo nas mãos, os pés fazendo círculos preguiçosos no ar atrás dela. Eu ainda estou de pernas cruzadas e tenho certeza que as duas pernas devem estar dormentes a essa altura. Vou sentir aquele formigamento quando me levantar.

— Aha! — ela diz. — Então é por *isso* que você diz que a polícia não vai acreditar em você.

Eu concordo com a cabeça e espero que ela me olhe daquele jeito eu-não-sabia-que-você-era-uma-assassina. Mas ela segue em frente e me surpreende de novo.

— Tudo bem, então — diz Cricket, sentando na cama e depois saltando para fora. — Vamos começar.

— Hã? — pergunto, observando enquanto ela liga o computador.

— Ai!

Minhas pernas estão dormindo mesmo. A Cricket bate no travesseiro na minha cadeira para que eu sente ao lado dela. Eu não digo para ela *obrigada por não me olhar diferente, agora que você sabe a verdade sobre mim*. Eu não digo para ela que tenho muita sorte de ela ser minha amiga. Eu não começo a chorar como uma criancinha e lhe dou um abraço.

Eu quero fazer tudo isso, mas não faço.

— Vamos lá, temos trabalho a fazer — ela diz. — Espera, de onde você disse que a sua mãe veio quando ela voltou para casa com a Emma?

— Acho que ela estava na casa da minha vó — eu digo. — Não lembro bem onde eu estava quando a mamãe estava lá. Talvez eu tenha ido e ficado lá também, mas não lembro.

— Onde a sua avó mora mesmo?

— Num lugar pequeno perto de Asheville, é só o que eu sei. Ela nos mandava coisas de uma loja em Asheville que ela ia sempre, então é em algum lugar ali perto.

— Tá, então vamos tentar isso — diz Cricket, clicando em algo. — Acho que o site do condado é nossa melhor aposta. Droga. Não sei por que não temos nada em "registros públicos". Parece que devia ser... Espera! Como fui deixar passar esse link? Estava na minha cara o tempo inteiro.

Estou empolgada porque ela está empolgada. É por isso que a Cricket é tão legal. Ela sabe que isso é importante para mim, então é como se fosse importante para *ela* também.

— Aqui está! — ela diz, como se tivesse ganhado na loteria, girando na cadeira, com os braços acenando no ar e cantando: — Achei, haha, eu acheeei...

Esfrego os olhos e leio de novo para ter certeza que não estou vendo coisas.

— E isso é a única coisa que eles têm com o nome da minha irmã, certo? — pergunto a ela.

— Ãhã. Só a certidão de nascimento. Nada mais. *Em nenhum lugar.*

E então eu a copio no meu caderno, palavra por palavra.

> **CERTIDÃO DE NASCIMENTO**
> Hospital do condado de Buncombe
> Condado de Buncombe
> Carolina do Norte
>
> Certifico que Emma Margaret nasceu neste hospital, às 9:33 da manhã, terça-feira, 17 de fevereiro. Dou fé de que esta certidão de nascimento foi devidamente assinada pelos funcionários autorizados do hospital, que afixaram o selo corporativo neste documento.

— Agora podemos falar com o meu pai — Cricket diz, balançando na cadeira enquanto me esforço para compreender as palavras. — Meu pai é o melhor policial que existe. Ele pode descobrir o que realmente aconteceu com a sua irmã. Ei, estou morrendo de fome. Janta com a gente hoje. Por favor?

— Que horas são mesmo? — pergunto a ela, colocando a tampa na caneta e fechando o livro.

De uma hora para outra me sinto tão cansada que poderia dormir de pé. Contar a história da minha vida inteira sugou as minhas forças, e agora tudo que quero fazer é me arrastar até a cama da Cricket e dormir até me recuperar. Mas não posso arriscar passar a noite aqui — pode ser a única vez que a mamãe vai chegar em casa antes do amanhecer.

— Eu acho que preciso ir agora.

— Tá bom — ela diz, franzindo o cenho. — Tem certeza?

Concordo com a cabeça e a sigo escada abaixo até a cozinha para encontrar a sra. Ford para uma carona de volta.

Quando encostamos no Loveless, minhas pernas parecem que foram mergulhadas em cimento fresco e secadas em blocos. A porta para a recepção parece trancada, de tão pesada que está para abrir. Agora eu sei o que a mamãe quer dizer quando diz que está *cansada até os ossos*.

Quando o sr. Burdock abre a porta e vê que sou eu, ele corre para fechar, assim a sra. Burdock não me vê, mas não sem antes eu ouvi-la gritar de algum lugar atrás por ele. Ele parece tão cansado quanto eu e aposto que está perdendo a briga que eles estão tendo. Em vez de fazer um carinho no meu cabelo ou cantar uma canção esquisita para mim, ele apenas balança a cabeça, aponta na direção do quarto 217 e diz:

— Acho que você tem companhia.

O *quê?* A mamãe já voltou do trabalho? Eu sabia! Ah, Deus, vou apanhar pra valer. Eu chego no topo da escada a tempo de ver um homem usando botas de caubói, saindo do nosso quarto e abotoando a camisa de rodeio. Ele passa apressado por mim escada abaixo, levando com ele o cheiro da mamãe — cigarros, Jim Beam e o velho perfume de lírio do vale. A mamãe já o usou quase todo. Eu o observo do parapeito da sacada. Ele olha sobre os ombros, para a direita e para a esquerda, antes de entrar num carro marrom, dar partida no motor e arrancar noite adentro. Tenho a sensação de que ele não queria ser visto aqui no Loveless.

Eu tento pensar numa razão para dizer por que eu não estava aqui quando a mamãe chegou em casa, ouvindo do lado de fora antes de bater para entrar. A mamãe destranca a porta, mas deixa que eu a abra com um empurrão. Ela está na pia quando eu entro. Estou pronta para o que der e vier. Mas ela não parece notar que estou parada ali no meio do quarto.

— Oi, mamãe — digo, mantendo a voz baixa e casual. — Você chegou cedo do trabalho.

Ela está se desequilibrando, esfregando o rosto e jogando água sobre a pele ensaboada, então acho que Jim Beam me salvou dessa vez. De tempos em tempos, a mamãe bebe a quantidade certinha e então fico invisível para ela. É quando eu adoro o sr. Jim Beam.

Vou para a cama rapidinho e torço pelo melhor. Dito e feito: a mamãe vai tropeçando até a cama, cai nela e em minutos está dormindo. Barbada. Eu desligo o abajur da mesinha de cabeceira entre nossas camas e espero até ela roncar. *Ufa,* essa noite tive sorte.

Não tem nada para fazer no silêncio, a não ser ler e escrever, e hoje fico contente com isso. Após ter certeza que a mamãe apagou de verdade, uso minha lanterninha para olhar fixamente para as palavras no meu caderno e deixar minha mente trabalhar a novidade. A Emma era real! A Emma era real. Eu sabia, eu sabia. Mas por que a mamãe disse que ela não era? Por que ela disse que eu inventei a Emma e que não era para eu jamais voltar a falar dela? Talvez a mamãe estivesse tão triste com a morte dela que simplesmente não conseguia pensar nisso. Mas a sra. Ford e a família dela estão tristes por causa da morte da Caroline e eles *falam* dela o tempo inteiro. A Cricket diz que devíamos falar com o pai dela sobre tudo isso, mas não tenho tanta certeza. Acredito que *ela* não pensa mal de mim depois de ficar sabendo de toda a história, mas os pais dela são adultos e nunca sabemos o que adultos vão fazer. O pai dela poderia me mandar para o hospício de crianças tão fácil quanto a mamãe — ele é da polícia.

Andei lendo a Bíblia e a tenho nas mãos agora, caso a mamãe se mexa e pergunte o que estou olhando. Se ela acordar, eu largo o caderno na hora e pego a Bíblia, tipo é isso que eu estava lendo. Tomo todo o cuidado de não a abrir muito, caso o dono volte e a peça de novo. Eu quero que ela pareça novinha em folha, do jeito que está agora. Eu deito na cama e viro as páginas sem fazer barulho e leio sobre o menino Jesus, só que a história não tem nada a ver com o menino Jesus. Pelo menos não na parte que eu estou — sou uma leitora lenta e um monte dessas palavras não fazem nenhum sentido para mim.

— Idiota... sujo... — a mamãe diz do seu travesseiro, mais ou menos uma hora depois.

Eu sento na cama para ver melhor enquanto ela fala dormindo de novo. Não dá para saber com o que ela está sonhando.

— Maldito... vira-lata... — ela murmura.

Seus olhos ainda estão fechados. Eu escondo o caderno debaixo da colcha e caminho até o outro lado da cama dela, porque não consigo ver bem o rosto dela da minha.

Quando me aproximo, percebo que a mamãe não cheira muito bem. Tinha uma garota na minha antiga escola chamada Penny que nunca tomava banho, *nunca mesmo*. Depois de uns dois meses, a Penny começou a cheirar tão mal que ninguém sentava do lado dela. Ou, se sentava, fingia prender o nariz. A professora teve que falar com os pais da Penny, que disseram que não tinham mais esperanças de que ela superasse sua *aversão por água*. Um dia eu fui para a escola bem cedo para ficar longe do Richard em casa, e vi uma professora nos fundos da escola perto do campo de futebol segurando a Penny enquanto a velha senhora negra que limpava a escola esfregava os braços da menina. Ela estava chorando e lutando para se livrar dos braços da professora. Lembro de ver a mangueira largada ali e me perguntar se a grama pode morrer afogada.

— Tão idiota, você nem percebe — a mamãe diz, com os olhos fundos piscando para mim. Ela está usando sua voz estou-acordada--para-valer-agora. — Você, folheando essa Bíblia... essa Bíblia preciosa...

De repente ela está me olhando com raiva e sentando na cama. Ela limpa a garganta e, sem nenhum aviso, cospe no meu rosto! Tentando não pensar como isso é nojento, limpo com as costas da mão.

— Olha só para você, parada aí como uma completa idiota — ela diz, como se a minha visão a enjoasse.

— Mas eu não fiz nada, mamãe — eu digo. *Não chore. Não chore.*

— Deixa eu ver esse livro. — Ela aponta para a minha cama com o queixo.

Por um segundo entro em pânico, pensando que ela está prestes a tomar o meu caderno. Ela estende a mão e vejo que ela está se referindo à Bíblia. Não quero fazer isso, mas não posso dizer não para a mamãe.

Lentamente eu a coloco na mão dela. Imagino que assim que ela vir de perto como as letras são gravadas na capa e então pintadas de ouro, assim que ela sentir as páginas superfinas, vai perceber que a Bíblia é realmente preciosa e vai tomar tanto cuidado com ela quanto eu.

Mas a mamãe não poupa nem Jesus do seu mau humor. Ela escancara as páginas como se fossem asas de borboleta, rasgando a espinha do livro antes que eu possa lembrar a ela que ele não é nosso.

— Onde está? — Ela vai folheando as páginas rápido atrás de algo que eu não sei o que é.

— Onde está o quê, mamãe?

— Onde está? — Suas mãos passam as páginas nervosamente para lá e para cá. — Aha! Lá vamos nós — ela diz, olhando para frente para ter certeza que estou prestando atenção. — O amor é paciente, o amor é generoso... blá-blá-blá... Lá vamos nós, aqui está. O *amor supera tudo, acredita em tudo, tem esperança em tudo, suporta tudo*.

Ela fecha o livro com força e olha para mim como se tivesse vencido uma aposta. Talvez eu tenha tido um acesso de esquecimento de novo, porque parece que ela está esperando que eu diga algo.

— Esse é o *seu livro* falando de amor — ela diz.

— Senhora? — eu digo, esperando que ela diga mais coisa para que eu saiba o que devo fazer agora.

— Vou ser bem clara para ver se você entende. — Ela fala devagar, como se estivesse falando com um bebê. — Eu não *suporto* você, eu não *acredito* em você e certamente não *aguento* você nem mais um minuto. Eu. Nunca. Amei. Você! E eu *nunca* vou amar você, e você *continua* me seguindo como um cachorro perdido, por toda parte, me observando. Mesmo quando estou dormindo. Tudo que eu faço. Você me observa como se soubesse de algo. Sabe de uma coisa? Não aguento mais.

— Mamãe, não — eu digo. Droga, odeio quando não consigo evitar as lágrimas. E tentar parar de chorar só me faz chorar mais.

— Vá em frente e chore — ela diz. — Bem na hora. Onde está o diretor, rainha do drama? Tragam as câmeras.

— Por favor, mamãe...

— *Mamãe, por favor, não* — ela diz com a voz aguda. — Ouça você mesma. Está ouvindo sua voz? *Mamãe, não*. Agora sai da minha frente, está me ouvindo? Ah, e não esqueça a sua preciosa *Bíblia*. Você mal consegue entender uma palavra, mas aí está você, carregando esse livro pra lá e pra cá, como se você e Jesus andassem juntos. Os dois me julgando o dia inteiro. Pega esse maldito livro e *cai fora daqui!*

As páginas finas como sedas farfalham no ar quando ela joga a Bíblia pelo quarto e, num primeiro momento, acho que elas estão rasgando, mas, *ufa*, elas estão inteiras. Algumas estão amassadas, mas posso alisar de volta. Eu corro para pegar a Bíblia e aproveito para pegar meu caderno. A última coisa que lembro de pensar é: *Quando a mamãe me chuta descalça, dói a mesma coisa de quando ela está de sapato.*

Ela me dá uns bons tapas com força antes de me jogar para a sacada, chuta o meu caderno e a Bíblia para fora também, depois bate a porta do quarto 217 e tranca, caso eu queira tentar voltar, o que não vou fazer. Eu me arrasto para me sentar contra a parede do lado de fora do nosso quarto, engolindo o gosto de metal do sangue na minha boca. Não sei quanto tempo fico ali — acho que caí no sono, mas não tenho certeza. A lua está clara o suficiente para eu encontrar meu caminho escada abaixo, até a cerca de arame na piscina vazia. Eu já pulei essa cerca um milhão de vezes, mas nunca quando estava tão machucada, então faço algumas tentativas antes de conseguir chegar com segurança até o fundo da piscina, onde posso me encolher e dormir. Eu sei que a mamãe não vai aparecer procurando por mim, então deixo meu cérebro desligar e apago.

Não sei quanto tempo dormi, mas acho que não foram muitas horas, porque a noite ainda está de um veludo negro quando acordo e ouço alguém pisando numa lata de Coca-Cola vazia e xingando baixinho. Eu tateio à minha volta em busca dos meus dois livros e os abraço contra o peito.

É a voz de um homem. E ele está parado bem em cima de mim.

18

Honor

Eu mexo o adoçante no meu chá e me sento numa cadeira da sala de jantar, diante de pilhas de pastas de papéis, abarrotadas de registros financeiros da minha mãe e só Deus sabe o que mais. É uma montanha de papéis tão alta que minha mente se perde toda vez que tento encará-la, então não a encaro.

Repasso várias vezes a imagem do meu ex-chefe me apressando porta afora após eu ser demitida — após minha posição como gerente ter sido *eliminada*, eu diria —, sua mão nas minhas costas como se eu subitamente tivesse esquecido o caminho até a porta. Antes de me virar para ele para dizer adeus, ouço um arroto abafado, então o cheiro de cebola na minha nuca.

— Maldita economia — ele disse, dando tapinhas no meu ombro. — Eu sinto muito mesmo, Honor. De verdade.

— Em que você estava pensando? — A voz da minha mãe me assusta e me traz de volta para a realidade.

— Que estamos entre a cruz e a espada, se quer saber a verdade — eu digo. — E honestamente não sei o que fazer. Eu sei que você não quer ouvir isso, mas eu poderia torcer o pescoço do Hunter.

— Ah, Honor, por favor — minha mãe diz, abrindo a porta vai e vem que leva para a cozinha e empurrando com o pé um calço em formato de Charlie Chaplin para mantê-la aberta. — Não quero ouvir você falando mal do seu irmão sobre isso. Sobre coisa nenhuma, na verdade. A culpa não é dele.

Ouço a geladeira abrindo. Ela está procurando algo para comer. Prendo o cabelo num rabo de cavalo apressado e examino as pilhas — atrás do quê, não sei.

— É claro que a culpa é dele — eu digo. Há várias cartas oficiais do condado fechadas. Tenho quase medo de abri-las, porque sei que elas vão me deixar mais brava ainda. — De quem mais seria, mãe? Por favor.

Fico surpresa em ver minha mãe reaparecer de mãos vazias no vão da porta. Ela normalmente não anda tão rápido.

— Honor, me escute e me escute bem — ela diz, apontando um dedo para mim. — Porque eu não vou dizer isso de novo. Deixe o Hunter fora disso, está me ouvindo? Você não sabe do que está falando e, além disso, ele é seu *irmão*. Ele é sua família. Seu sangue. Quando eu estiver longe daqui, ele é tudo que terá sobrado para você da nossa família. Esse é o tipo de coisa que pode separar irmãos para sempre, e simplesmente não vou deixar isso acontecer, está me entendendo? Isso seria a morte para mim.

— Tudo bem, tudo bem — digo, rendendo-me com as mãos para cima. — Já entendi.

Tem algo de errado nisso, mas não sei dizer o quê. Enquanto ela está falando, percebo que nunca vou chegar a lugar nenhum discutindo com minha mãe, então simplesmente vou ligar para o Eddie e ver isso com ele. Eddie pode resolver isso comigo.

— Mãe, eu sei que você não quer ouvir isso, mas precisamos vender a coleção inteira. Você sabe disso, não é?

— Não, não sei — ela diz —, e não vou fazer isso, então pode tratar de esquecer.

— Você está brincando — eu digo. — *Mãe*. Essas coisas podem realmente valer alguma coisa... Estamos sentadas numa mina de ouro e você quer fechar o buraco? Por quê? Por que se agarrar a tudo isso?

— Honor Chaplin Ford, este é o seu legado, pelo amor de Deus — ela diz, horrorizada que eu tenha mencionado me desfazer dele. — Este é o legado da sua filha. Pensei que você gostaria de deixá-lo intacto pelo menos para ela.

— Ah, mãe — eu suspiro. É tentador contar para ela sobre meu encontro na prefeitura com o sr. Sylvester. Mas preciso refletir bem sobre isso antes de abordar o assunto com ela, e talvez eu fale com o Ed a respeito para ver o que ele pensa. Então, em vez disso, eu digo: — A Cricket não precisa de bonecos e pôsteres e cartas para saber que é uma Chaplin. Sério. Me deixe pesquisar um pouco para ver o que podemos conseguir...

— Não!

— Poderia nos dar um pouco mais de tempo na casa — falo, suplicante.

Para minha grande surpresa, agora ela está pensando no assunto. *Vamos lá, mãe, você consegue...*

— Não vou vender os bonecos de madame Alexander — ela diz, mal-humorada. — Nem as fotos autografadas. Nem a réplica do Oscar.

— Tá, tudo bem. Não precisa. Comece com algumas coisas que não sejam tão importantes para você e depois continuamos, que tal? Ah, sinto tanto orgulho de você. Isso é ótimo. Agora me traga alguns bonecos que você pode dispensar e seguimos daí.

— Tudo bem, fazer o quê? — ela diz. — Mas não vá surrupiando as coisas sem eu saber, está me ouvindo? *Eu* vou escolher o que vender.

— Claro.

— Não quero que a gente brigue por causa disso — ela diz.

— Sem brigas. Prometo.

— Agora vamos estabelecer as prioridades aqui — minha mãe diz. — Você precisa ir pegar a nossa garotinha.

— Ela está lá em cima, no quarto — eu digo.

— Não essa — ela diz. — A nossa *outra* garotinha.

Eu chamo a Cricket e vamos para o Loveless.

• • •

Após esperar no estacionamento no Loveless por quase vinte minutos, entro para usar o telefone do hotel, para ligar para o quarto de Carrie, ver por que ela está demorando tanto e talvez até falar com a mãe dela. Não é do feitio de Carrie se atrasar — normalmente ela fica nos esperando na calçada. O aromatizante de ambiente no formato de um pinheiro pendurado na porta do escritório não é páreo para a caixa de areia do gato, e enquanto o sr. Burdock fala comigo como se estivesse cacarejando, começo a desejar que a esposa dele apareça para que eu possa insinuar que ela talvez deva regar aquele patético fícus no canto.

— O telefone foi a primeira coisa que a gente cortou — o sr. Burdock diz. — Diabos, elas não pagam o aluguel há duas semanas, e a sra. Burdock está quase tendo um ataque. Ela acompanha a conta delas praticamente de hora em hora, e está possessa com isso. Você acha que eu gosto de ouvir sobre as Parker dia e noite do jeito que eu ouço? Dia e noite sou obrigado a ouvir reclamação. Dia e noite. E tudo para evitar que ela entre no quarto delas e mande embora aquela merda toda, perdoe o meu francês, e troque a fechadura. Não sou o bandido nessa situação! Eu sei que as coisas não estão exatamente certas, mas não vamos perder a cabeça.

— Não estou perdendo a...

Ele ergue as mãos rapidamente e diz:

— Está bem, está bem. Digamos que alguma coisa *está* errada. O que a senhora espera que eu faça, quando a própria mãe da menina não se preocupa? Será que devo ligar para a polícia toda hora que aquela menina decidir procurar comida em algum lugar diferente? Porque eu ligaria o maldito número todos os dias, nesse caso. A garota se vira na rua... ela é assim. Aquela mãe dela só abre a porta para o Jim Beam. Ela não põe comida na mesa, então a garota tem que se virar. Na realidade eu gosto da menina, é sério. Eu não quero que ela se machuque. Nem ela nem ninguém. Sou um cidadão que respeita as leis e ama o seu país.

— O que o amor pelo país tem a ver com isso? — Tento conter a raiva. *Os Chaplin sempre saem por cima.* — Escute, tudo que estou lhe pedindo é o número do quarto delas, não a chave. A essa altura, acho que o senhor sabe que não estou aqui para incomodar nenhum dos seus outros... hã... hóspedes. Eu só queria ver se ela está lá em cima e avisar que estamos aqui, esperando por ela. É provável que ela esteja atrasada, e o senhor mesmo disse que o telefone delas foi cortado. Se não fosse por isso, eu simplesmente ligaria.

Isso o faz pensar.

— Nenhum gerente de hotel que se preze daria o número de um quarto — ele diz. — É a regra número um do gerenciamento de um hotel. Mas se eu, digamos, deixasse esse livro-registro aqui, *esse livro-registro com os números dos quartos e os nomes dos hóspedes*, e a senhora, digamos, desse uma olhada nele, acho que isso estaria fora do meu controle, não é?

— Ah, sr. Burdock, eu poderia dar um beijo no senhor agora mesmo...

Ele ergue a mão rapidamente de novo, então me calo.

— Então... — ele continua — vou conferir algumas coisas lá nos fundos. Pode ser que leve alguns minutos. Talvez eu veja a senhora quando voltar, talvez não...

Enquanto ele fala, olhando direto nos meus olhos, vira o livro de cabeça para baixo, para que fique de frente para mim. Antes de se retirar para a sala dos fundos, ele me olha e diz:

— Se contar a alguém sobre isso, eu nego.

Silenciosamente faço um gesto de que estou trancando os lábios e jogando a chave fora.

— E mais uma coisa — diz Hap Burdock. — Tire essa menina daqui, está bem?

E então sai. Estou ainda mais preocupada do que estava quando cheguei ao hotel. O pânico me dá uma injeção de adrenalina que sobe pela espinha, e é como se meu sangue tivesse bebido meia dúzia de Red Bulls. Leva apenas um segundo, ele está certo, para encontrar "Parker" no registro de hóspedes. Quarto 217. Eu saio correndo para a rua no calor da tarde, dou um aceno falso de que está tudo bem para a Cricket no carro e, uma vez fora da vista dela, subo voando a escada para o segundo andar.

Num primeiro momento, bato suavemente. *Tap-tap-tap-tap-tap*, pausa, então *tap-tap*. A batida "amigável" universal.

Nada acontece.

Olho para a esquerda e para a direita, e, quando tenho certeza de que ninguém me vê, bato de novo e coloco o ouvido na porta para escutar se tem alguma movimentação lá dentro.

Nada ainda.

— Carrie? Sra. Parker? — chamo com um sorriso falso, de maneira que eu soe relaxada e casual. — É Honor Ford. Só estava querendo saber se tem alguém em casa.

Bato de novo. Mais forte dessa vez.

— Olá? — chamo pela porta. — Alguém em casa?

Por favor, meu Deus, não permita que seja tarde demais. Agora todo o fingimento não existe mais, e bato na porta com tudo. Sem resultado. As cortinas estão fechadas, então não consigo ver através da janela. Por favor, meu Deus.

— Carrie? Querida, é a sra. Ford. — Tento ouvir de novo. Nada.

Agora eu sei o que preciso fazer. Desço de volta para o carro, coloco o cinto de segurança e passo para a Cricket meu telefone celular.

— Ligue para o seu pai — digo a ela, engatando a marcha e me sentindo como o Exterminador, pronta para sair detonando.

— O que aconteceu? — Cricket pergunta, cheia de medo. — Cadê a Carrie?

— Apenas coloque o seu pai na linha e me passe o telefone.

Meia hora mais tarde, Eddie e eu estamos em casa, sentados à mesa da sala de jantar. Cricket e minha mãe estão vendo TV no quarto da mamãe. Não quero que nenhuma das duas ouça a discussão que vou ter com meu marido.

— Meu Deus, Honor, achei que alguém estava sendo assassinado, pelo jeito que você falou no telefone — diz Ed. — O que está acontecendo? Por que tudo isso?

Ele indica com o queixo as pilhas de bonecos que a mamãe começou a fazer. Levando em consideração a pequena quantidade, acho que vou precisar conversar de novo com ela para convencê-la a se desfazer de mais peças da coleção para levantar o dinheiro de que precisamos.

— Aliás, tenho apenas uma hora — acrescenta Eddie. — Eu disse para o sargento de plantão que ia sair mais cedo, mas tenho que voltar, então...

— Vou direto ao ponto — digo, passando uma mecha de cabelo atrás da orelha e respirando fundo. — Francamente, eu não sei o que fazer com a situação da Carrie. Achei que tudo se resolveria naturalmente ou que alguma coisa responderia às minhas perguntas... Ah, não sei o que pensei. Eu não queria me precipitar chegando à mesma conclusão a que os Dresser chegaram a nosso respeito.

— Qual é a situação da Carrie? Os Dresser? Honor, fale de uma vez, pelo amor de Deus.

— Tudo bem! Nossa! É o seguinte. Está claro que a mãe da Carrie não está nem aí para ela. Você consegue enxergar isso também, não é? Quer dizer, eu sei que você esteve com ela por alguns minutos e foi muito emocionante e tudo o mais, mas com certeza você pôde ver que ela vive abandonada, para dizer o mínimo. Ela é desnutrida, as roupas são pequenas demais para ela, ela aparece com machucados e marcas estranhas. E agora ela está desaparecida.

— Como assim, ela está desaparecida? — ele pergunta, inclinando-se para frente e colocando os cotovelos na mesa. Vejo o intenso instinto protetor que tornou meu marido um policial tão bom.

— Bem, eu fui até o Loveless para pegar a Carrie e, depois de esperar um tempo no carro, acabei indo até o quarto delas...

— É só ela e a mãe, certo? — ele interrompe.

— Sim, e eu *ainda* não conheci a mãe dela — digo —, o que é outra coisa. Você não ia querer conhecer a pessoa com quem a sua filha passa praticamente o dia inteiro? Como é que essa mãe pode deixar a filha de nove anos sair com estranhos todos os dias? Nós poderíamos ser pedófilos!

— O que aconteceu quando você subiu até o quarto delas? Imagino que não tinha ninguém lá.

— Não tinha ninguém — digo, anuindo.

— Então como você sabe que ela sumiu, e não que está com a mãe resolvendo algum problema ou algo assim? — ele diz.

— Ed, estou lhe dizendo, tem algo errado. Eu posso sentir. Talvez seja intuição de mãe, talvez premonição, eu realmente não sei. Mas estou lhe pedindo, estou implorando, me ajude a esclarecer essa situação.

— Baby, você sabe que não pode dar queixa por desaparecimento a não ser que a pessoa esteja desaparecida há...

— Não precisa terminar a frase. Eu sei. Mas sou *eu* que estou pedindo. Não é uma mulher tapada tendo um ataque de nervos que não sabe nada do mundo. Sou eu, e estou lhe dizendo que tenho um pressentimento muito ruim a respeito disso.

Nós cruzamos o olhar apenas por um momento, mas por tempo suficiente para que eu saiba que ele ainda me ama. Ele ainda me ama! *Foco, Honor, foco.*

— E a Cricket? — ele pergunta, olhando para baixo, para uma pilha largada ao acaso na sua frente. — Presumo que você tenha perguntado para ela onde a Carrie pode estar.

— Ela estava comigo, esperando no carro, quando eu subi até o quarto no Loveless — digo —, e parecia muito preocupada, quase em pânico, quando eu disse que a Carrie não estava ali, então só tentei acalmá-la e liguei para você.

— Vamos chamar ela aqui — Ed diz, levantando-se. — Cricket? Desça aqui.

— Elas estão no quarto da mamãe com a TV ligada. Pode deixar que eu vou até lá — digo.

Quando volto, Eddie ergue o olhar da leitura de um dos documentos de despejo.

— Inacreditável — ele diz, balançando a cabeça e olhando para baixo.

— Acabei de ter uma conversa muito esclarecedora com a mamãe sobre isso esta manhã — eu digo, com uma ponta de ironia. Esclarecedora é que não foi.

Eddie levanta a cabeça de um salto.

— Então ela contou para você — ele diz, sem perceber a ironia.

Em vez de demonstrar minha confusão, apenas suspiro, desabo na cadeira da mesa de jantar e espero que Eddie elabore a questão.

— Honor, eu juro que não sabia e, além disso, foi ela que me procurou — ele diz. — Não quero que você pense que foi o contrário.

Este é o truque mais antigo do mundo: finja que você sabe sobre o que alguém está falando até que você *saiba* sobre o que alguém está falando.

— Ela te procurou — repito, tomando o cuidado para não soar como uma acusação.

— Não muito tempo antes de nós... nos separarmos — ele diz —, a sua mãe me procurou e disse que tinha umas economias consideráveis e queria ajudar a diminuir a pressão sobre nós. Acho que ela pensou que os nossos problemas eram todos relacionados a dinheiro, com todas as contas médicas e tudo o mais. Eu não queria envolver sua mãe nisso e simplesmente recusei a oferta da primeira vez que ela fez. Achei que você ia me odiar ainda mais se achasse que eu estava aceitando esmola da sua mãe. Mas então ela disse que você não precisava ficar sabendo. Que podia ser um segredo entre ela e eu, até que... ah, não sei, até que eu pudesse de alguma forma me restabelecer financeiramente.

Então ela não mandou o dinheiro para o Hunter no fim das contas. É por isso que ela não queria que eu o culpasse. Ela não queria que eu contasse a ele sobre o despejo porque não era mesmo culpa dele. Ah, meu Deus. As contas médicas levaram minha mãe à falência. Ah, meu Deus.

— Por quanto tempo vocês acharam que poderiam manter isso em segredo? — pergunto. — Nem me responda, eu já sei a resposta: para sempre. Você achou que poderia esconder esse segredo de mim para sempre. Você chegou até esse ponto, então pelo visto achou que tinha quase conseguido. Você nunca foi de se abrir, Edsil, então isso não devia me surpreender realmente.

— Honor, por favor — diz Ed, com os olhos suplicando. — Você acha que eu queria estar nessa posição? Você acha que eu queria que a sua mãe arriscasse a vida dela desse jeito? Eu não sabia! Ela disse que tinha muitas economias e prometi que pagaria de volta...

Eu deveria controlar o meu humor. Eu sei que deveria. Mas não controlo. Pode me processar.

— *Esse é exatamente o tipo de coisa que nos separou* — cuspo as palavras nele como uma cobra. — Você não se abre para mim, Ed. Você nunca se abriu para mim. Você é tão fechado, tão orgulhoso, meu Deus. *Eu sou sua esposa!* Era *comigo* que você tinha que ter conversado sobre problemas de dinheiro! Não com a minha mãe. *Comigo.* Sua *esposa*. Todas as vezes que você abria a caixa de correio ou sentava para pagar as contas, todas as *malditas* vezes que eu perguntava como estávamos indo e você dizia, *ah, tudo bem*, até que foi tarde demais!

— Honor...

Ele não vai conseguir me parar agora. Ninguém vai.

— E todas as vezes que surgia o nome dela, *todas as malditas vezes que surgia o nome dela*, uma nuvem passava pelo seu rosto e você saía da sala — eu grito. As lágrimas estão me deixando rouca. — Ou, se você não podia sair da sala fisicamente, mentalmente você se fechava, me deixando completamente de fora. Voltando para o trabalho quando não precisava porque você não suportava chorar a perda dela comigo!

— Eu voltei para o trabalho porque nós tínhamos sido acusados de *maltratar uma criança*, Honor, você lembra disso? Eu voltei para o trabalho porque, quanto mais tempo eu ficasse longe, mais culpado eu ia parecer! Eu voltei para o trabalho para tentar manter o meu emprego, Honor, por favor!

Ed tem lágrimas nos olhos agora também.

— Você podia ter demonstrado alguma emoção quando ela morreu — eu suspiro, ainda sem disposição para aceitar sua explicação, por mais sensata que seja. — Teria matado você derramar uma lágrima ou duas que fossem quando ela morreu? Você não chorou! Você não chorou uma única vez. Até... até...

— Até a Carrie.

Nós dois levamos um susto com a chegada súbita de Cricket. Eu fui tomada de tal forma pela raiva, pela dor e pela tristeza que me esqueci completamente da Cricket. Mais uma vez.

— Por que vocês não deixam o passado no passado pra valer? — Cricket nos pergunta. — Por que não podemos *seguir em frente*? Vocês acham que a Caroline ia ficar feliz em saber que vocês se separaram depois que ela morreu? Vocês acham que ela ia se sentir bem em saber que a morte dela *causou* a separação de vocês? Hein? Porque foi isso que aconteceu. A Caroline morreu e *eu* não sou motivo suficiente para vocês tentarem ficar juntos.

Quando Eddie e eu começamos a protestar, Cricket pede que fiquemos quietos. Na verdade, isso nos enche de vergonha.

— Escutem. Vocês se amam, certo? *Certo?*

Ela olha friamente para nós, como uma diretora de escola distribuindo castigos. Então Eddie me olha nos olhos e responde:

— Sim, querida. Sim, sua mãe e eu nos amamos.

— Mãe?

Não preciso olhar para Cricket para saber que seu olhar intenso se voltou para mim. Olho Eddie nos olhos e... ah, seja o que Deus quiser.

— *Mãe?* — ela me pressiona.

— Está bem! Você venceu! — grito. — Eu amo o seu pai, tá bom? Eu amo o seu pai, mas ele me deixa louca. E se ele acha que...

O resto da frase é abafado, pois Eddie saltou da cadeira para vir até onde estou e me pegou nos braços, rindo do meu orgulho em não desistir da minha raiva. Ele beija o alto da minha cabeça e murmura meu nome, sabendo que agora podemos dar um jeito nisso. Vai dar muito trabalho, mas agora podemos dar um jeito em *nós*.

— Então, pai? Você encontrou a Carrie? — Cricket, a inveterada trocadora de assuntos, traz Eddie e eu de volta à realidade.

— Ah, meu Deus, a Carrie — digo, ajeitando o cabelo e endireitando a blusa, após nossa cena de cinema.

Ed também está perturbado, mas seu endireitar tem a ver com as calças, e isso é tudo que vou dizer.

Ele limpa a garganta e senta na cadeira ao lado da minha.

— Cricket, a Carrie mencionou algum esconderijo favorito? Alguma coisa que ela gostava de manter em segredo?

Agora é Cricket que está sem jeito, e isso é surpreendente. Achei que ela diria não, afinal por que ela não teria contado antes? Mas seu silêncio é revelador. Eu conheço a minha filha bem o suficiente para saber que ela está escondendo algo.

— Não tem problema, querida, pode nos contar — eu digo.

— Você precisa nos contar se quiser encontrar a Carrie — diz Ed.

Cricket parece assustada, mas não pronuncia uma palavra. O que prova que ela sabe de alguma coisa.

— Cricket, você não está quebrando nenhuma promessa quando é uma questão de vida ou morte — Ed lhe diz. — Eu sei que você quer ser uma boa amiga para a pequena Caroline, guardando um segredo que ela lhe pediu para guardar, mas uma amiga *de verdade* sabe que qualquer detalhezinho pode ajudar a encontrá-la. Então, qualquer que seja esse segredo, você precisa nos contar.

— É uma questão de vida ou morte? — Seus olhos estão arregalados de puro terror.

— Pode ser — eu digo.

Ed concorda com a cabeça.

Após agonizar sobre o assunto um pouco mais, Cricket finalmente diz:

— Então, hum, a Carrie estava me fazendo todo tipo de perguntas sobre o computador, sabe, porque ela nunca tinha visto um antes. Lembra como ela chegou aquele primeiro dia? Era como se ela fosse de outro planeta. Quer dizer, quem nunca viu um computador?

Ela estava toda *você pode perguntar qualquer coisa para ele* e *até sobre a história de uma família* e tudo o mais. Eu dizia sempre sim e perguntava para ela o que ela precisava saber, mas no começo ela não me contou nada. Não naquele dia, pelo menos. Bom, resumindo, hum, parece que o pai dela foi assassinado quando ela era pequena. Então ela disse que tinha uma irmãzinha, mas tinha um segredo a respeito dela. Ela queria que eu olhasse certidões de nascimento para ela. Disse que a mãe dela fala que ela nunca teve uma irmã, mas ela tem certeza que teve. Ela me fez prometer que eu não ia falar com ninguém sobre isso. Eu tive que jurar de tudo que é jeito que não ia dizer uma palavra para vocês nem para ninguém.

— O pai dela foi assassinado? — Ed e eu perguntamos ao mesmo tempo, em uníssono.

— Eu perguntei se a mãe dela tinha pastas ou fotos que ela pudesse olhar, e a Carrie disse que não. — Cricket ignora a nossa pergunta e segue em frente. — Acho que a mãe dela é má ou maluca ou algo assim, não sei. A Carrie nunca fala mal dela... é só um sentimento que eu tenho. Enfim, eu descobri a certidão de nascimento da irmã dela na internet. Nós ficamos malucas com isso. Foi incrível. Ela copiou a certidão palavra por palavra no caderno dela. Eu perguntei para a Carrie por que a mãe dela dizia que ela não tinha uma irmã menor se ela tinha, mas acho que a Carrie não tinha uma resposta para isso que fosse melhor do que a minha.

Ed não consegue mais ficar parado.

— Vou atrás disso — ele diz, levantando-se e ligando do celular.

— Por quê? O que vocês acham que aconteceu com ela? — pergunta Cricket.

— Mãe? Ela está bem, não é? Agora estou assustada.

Eu estendo a mão para ela e, ainda uma garotinha de coração, ela vem até mim e senta no meu colo, apesar de ser grande demais para isso. Então enfia a cabeça nos meus braços, enquanto ouvimos Eddie falar com a central de polícia.

Onde você está, Carrie? Onde você está?

19

Carrie

Quando você está machucada e longe de casa, tudo parece assustador. Buzinas de carros soam como se fossem para você e só para você. As luzes são ameaçadoras de tão claras. Passos estão sempre vindo na sua direção, prestes a descobrir para onde você vai. Todos os cheiros fazem com que você tenha vontade de vomitar.

Quando o sol do dia seguinte começa a torrar o chão e qualquer pessoa idiota o suficiente para caminhar nele de pés descalços, resolvo me proteger debaixo de umas amoreiras em um estacionamento vazio, a algumas horas de caminhada do Loveless, e me encolho para caber em qualquer sombrinha que elas fizerem. Se eu tivesse os meus chinelos, eu poderia continuar caminhando, mas não tenho, então espero que o sol caia antes de continuar. Examino o chão em busca de qualquer coisa que pareça comida e vejo um lixo mais ou menos no meio do estacionamento que pode ser alguma coisa. Eu desvio dos cacos de vidro e dos pneus abandonados e descubro que ainda há alguns restos de salgadinho no fundo de um saco chamado Lay's. Então viro o saco inteiro na boca para ter certeza que peguei até o último resto. Alguém passa caminhando. Eu entro em pânico e volto correndo para minha amoreira, mas ninguém me vê. *Ufa*. Meu coração desacelera. Não quero ser uma medrosa, mas a mamãe sempre diz *nem sempre você consegue o que quer* e acho que ela está certa. Sou uma medrosa. Pelo menos hoje eu sou. Após ouvir minha barriga roncar o suficiente, desisto e faço um monte de terra para ir comendo aos poucos. Não é tão ruim quanto você pode imaginar, e acalma meu estômago. Essa é a boa notícia. A notícia ruim é que agora, em vez de pensar em comida, não consigo deixar de pensar no que aconteceu no escuro, lá na piscina. Acordei com um homem de pé em cima de mim. Os resmungos dele enquanto me agarrava. O fedor do seu bafo de cerveja enquanto ele tentava baixar o shorts do meu pijama. A dor nas minhas pernas enquanto eu o chutava antes que ele conseguisse. O barulho do lixo debaixo dos meus pés enquanto eu abria caminho até a escada. Os degraus frios de metal que me levavam para cima, para cima, para cima, até a borda da piscina vazia que eu achava que ninguém mais conhecia. Meu coração aos saltos, de puro medo. O ruído dos meus passos descalços no chão, me levando para longe do homem na piscina, para longe do quarto 217, para longe da mamãe.

Eu durmo, acordo, então caio no sono de novo. Quando acordo para valer, o sol se pôs, mas a noite ainda não assumiu o seu lugar completamente, então deixo o estacionamento me sentindo tonta e dolorida, mas preciso seguir em frente. Fico repetindo isso todo o caminho até lá. *Continue. Continue. Continue.* Meus olhos estão me incomodando, mas penso que esse é o menor dos meus problemas.

* * *

No mesmo instante em que aperto a campainha, percebo que provavelmente é mais tarde do que parece e eu não deveria estar incomodando ninguém. Uma luz aparece sobre a minha cabeça e a varanda da frente fica mais clara quando fecho bem meu olho ruim e pisco com o bom. No balanço da varanda, um livro está aberto. Ele parece familiar, mas, como eu disse, não consigo ver tão bem agora. Se eu tivesse ar-condicionado como eles têm aqui, nunca mais colocaria os pés na rua nesse calor. Mesmo se o livro que eu estivesse lendo fosse muito bom.

— Ah, meu Deus, Carrie! Nós estávamos procurando você por toda parte, querida — diz a sra. Ford, me puxando para um abraço e então me afastando um pouco para me ver melhor. — Você nos deixou muito preocupados. Ah, meu Deus, o que aconteceu? Meu Deus do céu, *o que aconteceu com você?* Entre, vamos, entre, isso. Mais um passo. Eddie! Mãe! Alguém venha aqui, agora! Isso, querida. Ah, Jesus, olhe para você.

Eu ouço a voz da sra. Ford pedindo ajuda de novo e isso é praticamente a última coisa que ouço antes de minhas baterias se apagarem completamente. A próxima coisa que vejo são rostos borrados olhando para mim e alguém levantando algo frio da minha testa, então colocando de volta de novo, de um jeito que parece mais frio ainda.

— Aí está ela — uma voz diz. — Aí está a nossa menina. Querida, você consegue me ouvir? Carrie? Você pode nos dizer por onde andou?

— Devagar — a voz de um homem diz. — Vamos deixar que ela se recupere antes de bombardeá-la com perguntas.

Parece que tem uma dúzia de pessoas na sala. Vêm vozes de todos os lugares.

— A gente devia levá-la para o hospital...

— Vamos ver o que aconteceu primeiro, certo?

Preciso piscar várias vezes para conseguir focá-los de novo.

— Parece que ela tem algo no olho esquerdo — diz a primeira voz. Vejo agora que é a sra. Ford. — Está incomodando a Caroline. Mãe, fale para a Cricket me trazer uma toalha de rosto do armário, está bem? Deixe os olhos fechados por enquanto, querida — ela diz para mim, numa voz mais suave. — Acho que tem alguma coisa dentro do seu olho. Se você continuar abrindo ele desse jeito, pode machucar a córnea.

De algum lugar que parece distante, mas provavelmente não é, ouço a sra. Chaplin gritando para Cricket. Então o ruído de passos no andar de cima, depois um monte de vozes falando ao mesmo tempo.

— Desculpe incomodar — eu digo. Pelo menos acho que disse. A sra. Ford está sentada bem aqui ao meu lado, na ponta do lugar onde estou deitada, mas ela não me ouve, então tento mexer a boca de novo. — Desculpem por fazer vocês passarem por isso — eu digo.

— Acho que ela está tentando dizer algo — diz a sra. Chaplin.

— O que você está tentando dizer, meu bem? — a mãe da Cricket me pergunta. — Você está tentando nos contar alguma ciosa?

Por que elas não estão me ouvindo?

— Desculpe... — começo de novo, mas, de uma hora para outra, me sinto cansada demais para formular qualquer palavra.

Frases sem sentido enchem meus ouvidos.

— Onde está aquela toalha de rosto?

— Água fria. Não gelada, fria.

— Mãe? Pai? O que está acontecendo? Ah, meu Deus, *Carrie*? O que *aconteceu* com ela?

— Shhhh, vamos chegar lá, mas primeiro precisamos limpar a cabeça dela.

— Ela está dormindo?

— Cricket, traz uma tigela com um pouco de gelo.

Estou fazendo um esforço enorme para ficar acordada, para fazer meu cérebro funcionar com a minha boca, para descobrir por que eles estão me olhando desse jeito, mas não consigo evitar o sono.

Então me deixo levar, flutuando para longe deles e desligando meu cérebro de novo. Até que, um pouco mais tarde, acho, ele volta a funcionar, dessa vez melhor. A pancada do pé da mamãe, então a dor da mão dela no meu rosto. A grama morta que picava como espinho em torno da piscina. Vejo tudo isso claro em meu cérebro até que ele se desliga para dormir. Quando acordo de novo, eu os ouço dizendo coisas a meu respeito e não sei o que é, mas sei que não é bom. Acho que estão me culpando por algo, e já que eu não sei o que é e não posso corrigir nada, sei que a melhor coisa que posso fazer agora é falar pouco para não incomodar mais. Eu quero gritar com todas as minhas forças *só me digam o que eu fiz de errado e juro que não vou fazer de novo. Eu sou muito boa em nunca mais fazer coisas erradas de novo, vocês vão ver.* Era isso que eu ia gritar, mas as palavras ficam presas na minha garganta, quase me sufocando.

— Olhe para as unhas dela — a voz do homem diz. Então percebo que a voz pertence ao sr. Ford. — Você está vendo isso? Estão cheias de terra.

O sr. Ford parece diferente no seu uniforme de polícia. Com uma aparência oficial. Se eu não o tivesse encontrado quando o encontrei e da maneira que o encontrei, eu certamente teria medo dele. Mas ele também tem esse bigodão curvado para cima nas pontas, que faz com que ele pareça estar sorrindo, mesmo quando não está.

— Olhe, olhe! Shhh. Ela está acordando — diz a sra. Ford. — Shh, silêncio um minuto. Meu amor? Carrie? Aí está a nossa bela garota. Você se lembra do sr. Ford? O pai da Cricket? Ele está aqui também.

— Olá, Caroline, querida.

O sr. Ford se aproxima para que eu possa ver seu rosto melhor. Ele sorri e me dá um breve aceno.

— Meu bem, o sr. Ford tem algumas perguntas que precisa fazer para você, está bem? — diz a sra. Ford. — Você consegue responder a algumas perguntas?

Sinto dor nas costelas quando falo com a boca, então quase sussurro — *sim, senhora* —, e a sra. Ford parece aliviada. Eu me sinto tão agradecida por eles que tenho vontade de pular e abraçá-los forte. Não consigo, mas tenho vontade. Talvez daqui a pouco eu consiga ir até a pia para lavar as mãos. Tirar a sujeira das unhas dos meus dedos.

— Querida, o que aconteceu com você? Dá para nos contar? — pergunta o sr. Ford.

Cricket está esticando o pescoço sobre o ombro do pai. Tenho tanta vontade de responder, mas sinto a língua pesada e grossa na boca, e minhas costelas parecem gravetos quebrados ao meio com um machado.

— A sua mãe fez isso com você, Caroline? — pergunta o sr. Ford. Quando suas sobrancelhas se juntam de preocupação, ele fica igual à Cricket. Ele se aproxima e inclina a cabeça para que minha voz possa ir direto para o seu ouvido. — Você pode nos contar qualquer coisa. Nada de ruim vai acontecer com você, eu prometo.

Não consigo deixar de fechar as pálpebras, mas ainda estou acordada.

— Eu juro, aquela mulher é um monstro saído de um filme de terror... — a sra. Chaplin diz, de algum lugar fora do meu campo de visão.

A sra. Ford pede para ela ficar quieta.

— Só estou dizendo.

— Bem, *não* diga. Não agora. Não na frente dela.

— Quem sabe vocês não me deixam um minuto sozinho com a Caroline? — o sr. Ford diz para elas, baixando a voz, então a erguendo para me acordar. — Aposto que gostaríamos de tomar um chá bem docinho, não é, Caroline? Não seria uma boa? Um bom chá gelado?

— Já está chegando — diz a sra. Chaplin. — Vamos lá, Honor. Cricket, você também, querida.

— Mas ela é *minha* amiga — Cricket diz.

— A vovó está certa, vamos deixar seu pai falar com a Carrie sozinho um pouco. Você pode voltar e ver como ela está mais tarde.

— Ah, droga — Cricket lamenta e se deixa levar para fora da sala. — Carrie, vou ficar na cozinha, tá bom? Se precisar de mim, é só dizer para o meu pai e ele vai me buscar. Pai, vai com calma, está bem?

— Eu sempre vou, princesa — ele diz. — Agora saiam. Todas vocês.

Meus dois olhos estão funcionando bem de novo e eu observo o sr. Ford acompanhando todas elas saindo da sala.

— Assim é melhor — ele diz, virando a cabeça de volta para mim e deixando a testa relaxar enquanto coloca um sorriso no rosto. Um sorriso que faz parecer como se o sol estivesse brilhando no rosto dele. Um sorriso como o da Cricket. — Finalmente alguma paz e sossego por aqui. Assim está bem melhor, não é? Escute, Caroline, eu quero que você me conte algo realmente importante aqui. Sou policial, eu sei que você sabe, e policiais são bons em guardar segredos, o que talvez você não saiba. Mas nós somos. Você pode me contar qualquer coisa mesmo, e, se você disser que eu não posso contar para ninguem sobre isso, eu não vou contar. Mas é muito importante que você me conte a verdade, está bem?

— Sim, senhor — digo com a língua tão inchada que sai *fim, fenhor*.

— Estou vendo que você está com dificuldade de falar, então vou fazer perguntas do tipo sim ou não. Tudo que você precisa fazer é concordar ou negar com a cabeça. Você não precisa nem dizer a palavra sim ou não, se achar que não vai dar. Está bem?

Concordo com a cabeça.

— Bom — ele diz. — Isso é muito bom. Você é uma garota inteligente, dá para ver isso. Às vezes pessoas inteligentes se veem em situações pouco inteligentes, sabia? Ou talvez elas façam coisas pouco inteligentes. Bem, vamos direto ao ponto: eu fiz algumas coisas bem idiotas. Minha mãe certamente teve trabalho comigo. E eu tinha oito irmãos, então você pode imaginar como ela ficou cansada. Eu fico exausto só de lidar com aquela ali!

Ele sorri e inclina a cabeça na direção da cozinha, para que eu saiba que é da Cricket que ele está falando.

— Você mora sozinha com sua mãe lá no Loveless, não é?

— Sim, senhor — digo em voz alta.

— Hum-hum, sim, a sua mãe provavelmente se preocupa muito com você, é o que estou pensando — ele diz. — É o que as mães fazem. Elas se preocupam.

Ele pega uma cadeira dobrável cinza de metal, daquelas que tem na igreja para quando pessoas demais aparecem para a missa. Do jeito que ele se recostou nela, você acharia que é a cadeira mais confortável do mundo, cruzando as pernas como um homem, um tornozelo sobre o outro.

— Nada de irmãs ou irmãos? Ah, aqui está — ele diz, olhando para algo atrás do sofá, então ficando de pé. — Chá doce para uma garotinha doce. Obrigado, dona Ruth. Estávamos precisando mesmo. Aqui, deixe eu pegar isso para você.

Ele pega algo, senta na ponta da cadeira dobrável e em seguida segura um canudo nos meus lábios.

— Isso aí, um pouco de hidratação vai lhe fazer bem — ele diz. — Quando foi sua última refeição, querida?

Faz só um dia que estou na rua sem comer, mas você acharia que faz um ano, pela maneira como minha boca fica cheia d'água ouvindo-o dizer a palavra *refeição*. Acho que ele pode adivinhar a fome que estou sentindo, porque diz:

— Faz muito tempo, não é? Dona Ruth? Com licença um minuto, Caroline. Vou ver se consigo arranjar um pouco de comida para você. Já volto.

— *Fim, fenhor.*

Estou cansada. Estou cansada de virar meu cérebro de um lado para o outro para pensar o que fazer. Se eu contar para ele que a mamãe perdeu a cabeça e me jogou para fora, se eu contar para ele que ela me machucou, ele vai até lá prender a minha mãe, e se ele for até lá prender a minha mãe, ela vai dizer para ele que sou maluca, e se ela disser para ele que sou maluca, ele vai me internar. Mas então eu me lembro.

Emma.

— Oi, menina, estou de volta — diz o sr. Ford, pousando uma bandeja de comida no colo. — Que tal uma torrada com canela? Parece bom?

Após comer catálogos, argila e pacotes de ketchup entre os saquinhos de delícias, não preciso nem dizer a delícia que é uma torrada com manteiga e açúcar de canela por cima. A sra. Chaplin chegou até a cortar a casca fora.

— Isso mesmo — ele diz, segurando o outro triângulo para quando eu terminar de mastigar esse. Ele sorri e diz: — Acho que você estava com fome *mesmo*.

Eu concordo e tento sorrir de volta para ele enquanto mastigo.

— Enquanto você se ocupa desse aí, tem algo que você precisa saber, Caroline — ele diz. Acho que ele vai me dizer de novo que não vai deixar que ninguém me machuque. Ou que posso contar qualquer coisa para ele. A última coisa que eu pensaria que ele fosse dizer é:

— Querida, nós sabemos sobre a Emma.

Eu paro de mastigar, pensando que talvez não tenha ouvido direito.

— Eu sei que você não queria que ninguém descobrisse, mas, Caroline, existem coisas que não devem ser mantidas em segredo. E, quando você desapareceu, a Cricket, a mãe dela e a sra. Chaplin... bem, elas ficaram muito preocupadas. E fizeram a coisa certa ao ligar para mim. Não fique brava com a Cricket, eu mandei que ela falasse. Ela não queria trair sua confiança, mas ela também sabia o que todos nós sabemos agora: você está com problemas demais para resolver sozinha, garota. Você precisa deixar a gente ajudar, e, para que eu possa ajudar, preciso saber onde você esteve e o que aconteceu que te fez ficar com a cara de um boxeador de segunda derrotado. Eu sei que pareço estar sendo bravo... não quero te pressionar... mas, se você não contar para mim, eu vou até o Loveless encontrar alguém que me fale a verdade. A sua mãe, talvez.

— Não! Não é culpa dela! — eu me apresso em dizer, sem conseguir sentar direito, mas eu bem que tento.

— Então me conte — ele diz e, enquanto eu termino de mastigar rapidamente o que está na minha boca, ele coloca a bandeja de comida na mesa baixa, na ponta do sofá. A mesa de vidro que tem um chapéu de Charlie Chaplin como abajur.

— Eu sabia que ela odiava quando eu olhava muito para ela — minha língua grossa faz com que eu fale devagar, mas parece que ele está me entendendo —, mas ela estava tendo um daqueles delírios, e eu fui até ela dizer que era só um pesadelo, e a mamãe me viu ali, parada perto dela, encarando. Mas eu não estava encarando, juro...

— Devagar, querida — o sr. Ford diz. — Não consigo entender quando você fala rápido desse jeito. Respire fundo e vá devagar.

Eu faço o que ele diz.

— Eu estava em cima dela, e a mamãe odeia quando fico em cima dela, e eu sabia disso, mas acho que não estava pensando exatamente nisso naquela hora.

— O que acontece quando você fica em cima dela? — ele pergunta.

Se eu contar o resto, ele não vai entender. Ele não conhece a mamãe como eu. Se eu contar o resto...

— Vá em frente, Caroline — ele diz, como se estivesse lendo os meus pensamentos. E então, se ele *consegue mesmo* ler os meus pensamentos, é melhor eu contar a verdade, como ele disse para eu fazer.

— Ela me castigou — sussurro as palavras. Então lembro de algo. — Sr. Ford? Vocês viram uma Bíblia quando me encontraram? Quer dizer, acho que eu estava carregando alguma coisa quando cheguei aqui. Uma Bíblia que pertence a outra pessoa, mas que eu peguei emprestada e queria trazer comigo.

Ele confirma com a cabeça.

— Nós encontramos um caderno e uma Bíblia lá na frente, no balanço da varanda da sra. Chaplin, não se preocupe. Nós guardamos os dois para você.

Eu me recosto nos travesseiros do sofá.

— Nós também encontramos você segurando isso com toda a força — ele diz, segurando...

A foto da Emma quando bebê.

Fecho os olhos e, pela primeira vez desde que defendi a mamãe e atirei no Richard, pela primeira vez desde que viramos a página e caímos no Loveless, pela primeira vez no que parece uma eternidade, sinto a Emma aqui comigo. E *isso* me dá coragem. Respiro fundo e começo a contar tudo.

— A Emma é minha irmãzinha — começo do princípio. — Ela é o oposto de mim. Ela tinha o cabelo loiro, quase branco, e ossinhos de passarinho...

20

Carrie

— Querida, lembra do que a gente combinou? Você prometeu ficar fora do caminho assim que a fizesse abrir a porta — a sra. Ford diz para mim —, então venha aqui para a sacada, para que os policiais façam o trabalho deles.

A mamãe olha para ela de cima a baixo e diz:

— Chamando ela de *querida* já? Não é perfeito isso?

O policial está falando com uma senhora negra de terno, que segura uma prancheta. Ela usa palavras como *serviços de proteção à criança, adoção* e *casas seguras*. A sra. Burdock está em seu vestido caseiro de cores claras, andando de um lado para o outro na sacada da frente da nossa porta aberta e murmurando para si mesma sobre *equipes de limpeza*. Todo mundo está falando ao mesmo tempo.

Outro policial passa pela sra. Burdock, falando no rádio. Ele para do outro lado da cama da mamãe, de frente para o sr. Ford.

— O que está acontecendo? O que vocês estão fazendo? — pergunto ao sr. Ford enquanto ele puxa as cobertas da mamãe para o lado. — Espera, para!

Eu gostaria que todos esses adultos só *a deixassem em paz*! Eles não sabem que isso vai piorar as coisas depois, quando eles forem embora? A mamãe vai me matar por isso.

Tudo acontece muito rápido. A sra. Ford continua acenando para chamar minha atenção, então vou até lá fora com ela, mas... e a mamãe?

— Há quanto tempo elas estão vivendo desse jeito? — a senhora de terno pergunta para a sra. Burdock.

— Há tempo demais. É só o que tenho a dizer — ela responde.

— Cinquenta-e-um-cinquenta — um policial fala alto no rádio. A ligação está ruim, e ele repete várias vezes.

— Esse lugar precisa ser dedetizado — a sra. Burdock diz para ninguém em particular.

E então eu vejo o quarto 217 como eles devem estar vendo. O lixo está empilhado bem alto em um canto — tenho certeza que eles acham que é culpa da mamãe, mas era *minha* responsabilidade esvaziar o lixo. Fui *eu* que esqueci de fazer isso, não ela. As moscas pousam — *elas só estão voando por toda parte porque vocês estão mexendo nas nossas coisas*, tenho vontade de gritar. Quero dizer a eles que *nem sempre é tão bagunçado*. Quero cobrir o corpo magro demais da mamãe — eu odeio que todo mundo veja minha mãe assim. *Ela é tão bonita*, quero gritar. *Vocês não sabem, mas ela foi votada a Mais Bela da escola*. De repente tudo parece feio e pequeno, com tanta gente dentro do quarto.

— A gente ia ficar aqui só até as coisas melhorarem — digo alto, caso alguém esteja escutando. — Até a mamãe arrumar um emprego. Vocês vão remexer tudo mesmo? Espera, não machuca ela! Mamãe? Por favor, sr. Ford, por favor, não machuca ela.

— Honor, você precisa tirar a Carrie daqui — diz o sr. Ford. — Ela não precisa ver isso.

— Querida — a sra. Ford diz. — Carrie, venha comigo agora. Vamos descer e esperar no estacionamento.

— Mamãe, desculpa — eu me livro da sra. Ford e corro até a mamãe, que está sendo segura de pé por dois policiais, um de cada lado dela. — Mamãe, por favor, não fica brava. Desculpa. Eu sei, eu nunca devia ter saído do quarto. Você está machucando ela! Espera, mamãe? Mamãe, essa é a sra. Ford, ela é legal. Ela tem sido muito boa comigo, mamãe.

A essa altura, os policiais estão com a mamãe no meio do quarto. Ela está balançando para uma música que não está tocando.

— Senhora, estamos procurando a sua filha, Emma — diz o sr. Ford. — Alguma ideia de onde ela pode estar?

— Pergunte a *ela* — a mamãe responde com a fala arrastada, inclinando a cabeça na minha direção e tirando um cigarro do maço.

— Nós gostaríamos que a *senhora* nos dissesse — continua o outro policial, lançando o facho de luz da lanterna no rosto dela, mas a mamãe apenas desvia o olhar e assopra a fumaça para cima. Fria como um gelo.

Então ela olha para mim.

Eu olho dela para a sra. Ford, para o sr. Ford, para a senhora de terno e para a sra. Burdock. O *que está acontecendo?*, quero gritar.

— Vamos, conte para eles — a mamãe diz.

— Carrie? Você sabe onde está a sua irmã? — a senhora de terno pergunta. Ela usa o meu nome como se me conhecesse e age como se eu tivesse mentido para ela, quando *eu nunca a vi na vida, muito obrigada*.

— Mamãe? — Não consigo entender nada disso tudo. — Mamãe, o que está acontecendo?

Estou mais enrascada do que achei que fosse possível. A melhor coisa que posso fazer agora é tentar me acertar com a mamãe, porque vou ter que a enfrentar quando eles forem embora. E daí ninguém vai poder me salvar.

— Conte para eles, mamãe — eu digo. Simplesmente não consigo evitar, as lágrimas correm sem que eu possa fazer nada. — Conte para eles que já passamos por isso antes. Eu sei que eu só imaginei a Emma, lembra? Você disse que ela não era real, mamãe. Conte para eles.

— Contar o que para eles? — a mamãe diz, tragando o cigarro. — Você acha que sabe o que aconteceu, conte você. Você, com seus olhos abrindo buracos na minha cabeça...

— Mamãe, desculpa — eu choro.

— Você estava lá, isso mesmo, mas você era pequena. Você não ficava acordada no meio de todas aquelas noites, horas de choro e choro e choro, o suficiente para me fazer arrancar os próprios cabelos com o som dos meus soluços. O seu *papai* querido. Ha!

— Mamãe, não fale mal do papai...

— Você acha que pode ficar aí me julgando? Você acha que eu não vejo os seus olhos jogando a culpa em cima de mim? Bom, aí está. Aí está o momento que você esperou por tanto tempo. Rufar de tambores, por favor! O seu papai querido sacudia e sacudia ela... para provar um ponto, ele simplesmente *tinha* que sacudir ela.

Todo mundo para de revirar as nossas coisas para cercar a mamãe quando um policial novo chega no vão da porta e diz:

— Ei, Ford, temos permissão para seguir em frente.

— Você tem o direito de permanecer calada — um deles diz, prendendo os braços dela atrás das costas com uma mão e procurando as algemas penduradas no cinto com a outra.

A mamãe começa a botar para fora uma avalanche de palavras que, pelo visto, ela estava morrendo de vontade de dizer há anos. Sua fala é arrastada, mas eu compreendo cada palavra:

— Moças da montanha devem saber manter uma casa limpinha, deixar o marido feliz e cozinhar uma boa refeição, mas, por Deus, eu nunca soube fazer nada disso. E pode ter certeza que a minha mãe adorava dizer isso. Eu nunca soube como parar aquele berreiro. Você... olhe para você. Você está fazendo agora, como sempre fez. Está parada aí, me encarando, esperando que eu fracasse, como sempre faço. Como se você soubesse que eu ia fracassar...

— Não, mamãe, por favor — digo, soluçando.

— Você ia continuar bancando a sabichona, como se *você* fosse a mãe e eu a filha. É claro que ela ficava quieta no instante em que você chegava perto dela...

— Qualquer coisa que disser poderá ser usada contra você no tribunal — diz o policial, fechando a segunda algema e conferindo um caderninho escondido no bolso de trás para ter certeza de que disse as palavras certas.

— Você pegava, a embalava e olhava pra mim como se *eu* fosse a retardada do vilarejo. — A mamãe fala comigo como se não tivesse mais ninguém no quarto, como se ela não estivesse sendo presa. —

Bem, eu tenho uma novidade para você: isso é um *alívio*. Eu sabia que esse dia ia chegar, mais cedo ou mais tarde.

Já que não posso parar o sr. Ford e os outros policiais, corro para a sra. Ford e para a senhora de terno.

— Para onde eles estão levando a mamãe? Por que vocês estão levando ela?

A senhora de terno olha para a prancheta e começa a responder:

— Deixe eu ver. Homicídio culposo. Exposição de menor a risco...

O sr. Ford ergue uma mão para que ela não fale mais e faz um sinal para os outros policiais esperarem um momento. Ele quer ouvir o que a mamãe tem a dizer tanto quanto eu.

— Não importava que eu dissesse pra ele que ela era dele — a mamãe continua, como se todos compreendessem sobre o que ela estava falando. — Nós dois sabíamos a verdade. Você era a *filhinha do coração* dele, mas ela era *minha*. Eu sabia que ele odiava que eu gostasse mais dela, mas eu nunca achei que ele podia machucá-la. Sacudiu ela tão forte aquela noite que quase arrancou a cabeça dela. Eu a tirei dele e a levei para o seu quarto. Eu e ele brigamos pra valer aquela noite, é, brigamos mesmo. Mas então nos cansamos de dizer sempre as mesmas coisas, fazendo sempre as mesmas ameaças. Eu fui para a cama e, quando acordei... ele tinha ido embora e ela também. Bom, eu simplesmente perdi a cabeça. Fiquei louca de ódio. Peguei a arma da caixa de sapato que ele deixava escondida na garagem, a arma que ele achava que eu não sabia que existia, mas ah, eu sabia. Eu estava esperando ele voltar, apontando a arma para a porta, e, quando vi a cara arrogante dele entrando, puxei o gatilho e num segundo tudo mudou. Nunca vou saber o que ele fez com o corpo dela.

O sr. Ford diz:

— Podem ir, rapazes — e eles levam a mamãe embora.

Eu me espremo contra o parapeito para poder passar no meio deles e seguir na frente pela escada. Eles a carregam lentamente, degrau a degrau. Suas pernas se dobram, mesmo com a ajuda dos policiais.

— Para de me encarar! — a mamãe grita para mim. — Vocês estão vendo? Vocês estão vendo o que ela faz? Ela tem um tribunal inteiro naqueles olhos. Olhem para ela. Olhem para ela e digam se vocês não estão vendo o que eu tive de aguentar todos esses anos.

— Mamãe, eu não sei do que você está falando. — Eu me engasgo com os soluços e isso me faz tossir. — E o marido da Selma Blake, mamãe? *Ele* matou o papai. Você estava pendurando roupa nos fundos quando ouviu alguém batendo na porta...

A mamãe balança a cabeça e, quando ela se aproxima, vejo um sorriso iluminando o seu rosto.

— Vocês vão precisar de uma ajuda extra com essa aqui. Ela não é exatamente a garota mais esperta do planeta — a mamãe diz, passando na minha frente.

— Cuidado, senhora.

O policial coloca a mão sobre a cabeça da mamãe, cuidando para que ela não a bata ao entrar na viatura, o que eu acho bem legal da parte dele. Quando ele se afasta, eu me aproximo perto o suficiente para ouvir o que ela está dizendo.

— Mamãe? Não estou entendendo, mamãe.

— Você era muito pequena... Com o seu pai morto, achei que eu podia fazer você acreditar que a tinha inventado — a mamãe diz, olhando para frente, mesmo que o carro não tivesse arrancado ainda, olhando para qualquer coisa, menos para mim. — Eu não sabia mais o que fazer. Você teria chamado um telefone de banana se eu dissesse que era assim que ele devia ser chamado.

— A senhora quer dizer...

— O seu pai... bom, ele simplesmente não conseguia superar o fato de que ela não era dele. Não só isso. Se ele odiava o Dan White antes, ele quase explodiu de raiva quando voltei da casa da minha mãe. Quando ele viu a marca no rosto dela, estou lhe dizendo, ele quase explodiu de raiva. Você entrou na sala quando eu estava queimando a Bíblia da família com a data de nascimento dela escrita. Nossa, isso matou o seu pai, quando ele viu que eu tinha escrito aquilo ali. Eu disse para ele que ia me livrar da Bíblia, se isso o incomodava tanto, eu ia me livrar dela.

— Está bem, garota, afaste-se um pouco — o policial diz para mim.

Acho que ela não percebe que está sendo presa para valer até que a porta do carro se fecha, porque é quando a voz da mamãe fica mais aguda e ela jamais admitiria estar com medo, mas posso ver claramente que está.

— Vá agora — ela diz pelo vidro, indicando com o queixo o sr. e a sra. Ford para mim.

— Mamãe! — eu consigo me livrar dos braços de alguém que está tentando me segurar para correr ao lado do carro quando ele começa a arrancar. Coloco a palma da mão sobre a janela fechada.

Pelo vidro, a mamãe diz:

— Você conseguiu uma vida nova pra você agora.

— Afaste-se do carro, senhorita — diz pela janela o policial que está dirigindo.

Então sinto mãos me afastando do carro com cuidado, mas com firmeza.

— Mamãe!

O policial diz algo para a mamãe e o carro arranca.

— Carrie, querida — a sra. Ford diz. — Vamos, Carrie. Shhhh, está tudo bem. Venha. Vamos para casa.

— Mamãe, mamãe, espera — tento gritar mais alto que o motor, através do vidro, por cima da voz da sra. Ford, que me chama.

O carro da polícia se afasta lentamente enquanto sai do estacionamento e entra na estrada, tocando brevemente a sirene. Palavras chegam aos meus ouvidos quando o silêncio é restabelecido: *vamos para casa agora. E ah, meu amor, vai ficar tudo bem. E Caroline...* seguido por... nada. Afinal, o que pode ser dito para suavizar o golpe de ver sua mãe sendo levada embora pela polícia? O que alguém pode dizer para suavizar o golpe de finalmente encontrar sua irmã, só para ficar sabendo que ela morreu há muito tempo? Nenhum travesseiro é *tão* macio assim.

21

TRÊS MESES DEPOIS

Carrie

— Alguém pode passar o purê de batatas, por favor, antes que ele fique frio?

— Espere, esquecemos do molho de cranberry! Ah, não vi ele ali.

— Caroline, querida, me passe aquela tigela, por favor?

Eu olho de um lado para o outro, tentando acompanhar a conversa, que me lembra as canções do alfabeto da *Vila Sésamo*, em que a bolinha quicava de letra em letra para ajudar as crianças a acompanhar a canção.

— Sim, senhora — digo para a sra. Ford.

— Qual a diferença entre carne branca e carne escura? — pergunta Cricket.

— Carne branca é para meninas, carne escura é para meninos — diz o sr. Ford.

— O peru está simplesmente perfeito, Honor — diz a sra. Chaplin, limpando os cantos da boca com o guardanapo. — Gostoso e macio.

— Que nada — diz Cricket, pegando com o garfo primeiro o recheio e então o peru. — Mãe? É verdade isso?

— É verdade o quê, querida?

— A carne branca é para as meninas e a carne escura para os meninos? — pergunta Cricket. — Isso não é verdade, é? Passa o sal?

— Passar o sal... — a sra. Ford ergue as sobrancelhas e faz o saleiro de refém até Cricket revirar os olhos e dizer:

— *Por favor.*

— Assim é melhor — diz a sra. Ford. — Sabem de uma coisa, meninas, quando alguém pede o sal ou a pimenta, vocês devem sempre passar os dois, mesmo se a pessoa só quiser um deles.

— Sim, senhora — eu digo.

— Isso é simplesmente *ridic* — diz Cricket.

— Como? — o pai dela diz.

— Eu não gosto desse tipo de linguagem na mesa, Cricket — diz a sra. Ford.

— Dona Ruth, a senhora gostaria que eu tirasse um pouco mais de carne branca? — o sr. Ford pergunta para a sra. Chaplin.

— *Ridic* não é um palavrão, mãe, nossa. É só uma abreviação de *ridículo*. Todo mundo diz isso.

— Não, obrigada, Edsil, ainda tenho no prato — diz a sra. Chaplin. Ela está começando a perder peso, e acho que finalmente está se acostumando com o jeito que sua casa parece agora, sem todas aquelas coisas do Chaplin.

Acho que a conversa cruzada é o que mais gosto a respeito dos Ford e dos Chaplin. As vozes se misturando, fazendo uma música bonita.

A campainha toca e dá um susto em todo mundo.

— Ah, meu Deus, elas chegaram cedo! — diz a sra. Chaplin. — Honor, me ajude com essa cadeira, por favor?

— Eu atendo!

Com um largo sorriso, Cricket salta da mesa, mas o sr. Ford é mais rápido e a pega pelo braço.

— Nã-não — ele diz para Cricket. — Nós já falamos sobre isso, meu amor, lembra?

Eu não faço a menor ideia do que está acontecendo, mas não é novidade. Sempre acontecem coisas por aqui que eu não estou sabendo, então já estou acostumada. Esses últimos meses foram um turbilhão. Ajudar a empacotar bonecos, primeiro num papel fino, depois no plástico bolha que eu e a Cricket gostamos de furar e estourar. Acordando com mais Charlies ainda para mandar pelo correio, esvaziando prateleira por prateleira. Limpando tampos de mesa. Viagens até o correio. Carregando o carro de novo. Mais viagens para o correio.

Então, compras para a volta às aulas! E começando na minha escola nova. Cricket e eu indo e voltando de ônibus para a escola todos os dias. Novas amigas aparecendo, às vezes até dormindo aqui em casa (mas *não em noites de escola*).

O sr. Ford vindo morar com todas nós, fazendo refeições com a gente nas noites em que não está trabalhando. Passeios surpresa em família. Piqueniques. O zoológico.

Eu nunca mais vi a senhora de terno, mas passei a conhecer a *colega* dela, Arleen, que aparece para *visitas não anunciadas* que eles fazem a todas as famílias em processo de adoção.

Como eu disse, sempre tem algo acontecendo nesta casa, então, quando a campainha toca e a sra. Ford corre da sala de jantar para atender a porta, eu não penso grande coisa a respeito.

Até que o sr. Ford diz para a Cricket voltar para o seu lugar e então diz que tem algo realmente incrível para me contar.

— Caroline, escuta — ele diz. O sr. Ford ainda é o único que me chama de Caroline. — Achei que teríamos um pouco mais de tempo para explicar essa situação, mas por ora isso vai ter que bastar. Querida, faz tempo que não conversamos sobre esse assunto, mas lembra que discutimos a importância da família e das raízes e de saber de onde viemos para saber para onde vamos?

— Sim, senhor — eu digo.

— Nós não terminamos de trabalhar essa questão, mas você lembra da árvore genealógica que começamos para você? A sua avó, ela ajudou com uma parte. Com o lado dela da família, pelo menos — ele diz.

A vovó respondia às minhas cartas, cada uma delas. Ela chegou a enfiar uma nota de cinco dólares no cartão de Halloween que me mandou. Acho que ela talvez se sinta mal por a mamãe estar presa, esperando julgamento, me deixando bem sozinha. Mas eu já disse para ela um milhão de vezes que estou feliz aqui na casa da sra. Chaplin. É a primeira família de verdade que eu já tive, mas eu não conto para ela essa parte, porque não quero magoar seus sentimentos. Mas logo, se *a papelada for aprovada*, como eles dizem que vai ser, nós seremos uma família de verdade!

Ouço um murmúrio baixo de cumprimentos e então passos vindos na nossa direção.

— Bem, eu fiz uma pesquisa por conta própria, buscando solucionar um mistério — o sr. Ford diz, levantando uma mão para alguém atrás de mim, querendo que esperem até que ele tenha terminado —, mas sem saber direito para onde isso estava me levando. Bem, veja só, descobri algo realmente surpreendente. Deu um pouco de trabalho, mas consegui. Nós temos uma grande surpresa para você, Caroline...

Mas, no instante em que ouço a palavra *surpresa*, eu me viro rápido antes que ele consiga terminar.

Eles dizem que foi como se eu estivesse em transe. Eles me contam que se apressaram para explicar como tudo acabou se encaixando. Dizem que cheguei a concordar com a cabeça, como se estivesse entendendo, mas não me lembro de nada disso.

Só me lembro de olhar fixamente para as duas paradas no vão da porta da sala de jantar, tentando descobrir se o meu cérebro estava brincando comigo de novo. A senhora de cabelos ruivos usava um suéter com folhas de outono bordadas, com o braço em torno de uma garotinha encolhida tão próxima da saia da mãe que estava quase escondida. A senhora sorriu para mim e se inclinou para sussurrar para a garotinha, que então andou para frente, ficando a um passo de mim. As cores do vestido da garota combinavam com o suéter de folhas que a senhora estava usando. Ela usava meia-calça marrom e sapatos elegantes e lustrados, que eu sabia que provavelmente não eram confortáveis. Ela ficou ali, com seu cabelo loiro que ia até os ombros, bem penteado e partido de lado, com uma presilha de cabelo que afastava a franja do rosto de um jeito bem arrumado, olhando de volta para mim.

— Oi — ela disse, estendendo a mãozinha para me cumprimentar, porque foi isso que lhe haviam ensinado a fazer. Ela era bem-educada.

Eu não fiquei olhando para a marca de nascença no seu rosto. Pelo menos tentei não olhar. Porque eu também era bem-educada.

— Eu sou a Carrie — eu disse, pegando a mão dela e apertando firme, sem querer largar nem por um segundo.

— Eu sou a Emma — ela disse.

Eles dizem que ficamos de mãos dadas o resto do dia. Dizem que sua mãe adotiva foi *simplesmente adorável* e *uma ótima companhia* naquele Dia de Ação de Graças. Dizem até que eu insisti para me sentar no meio, entre a Emma e a Cricket — chamando-as de *minhas duas irmãs*. Mas não me lembro disso.

Só lembro que foi o dia em que a Emma voltou para a minha vida. E nunca mais vou deixá-la partir outra vez. Nunca mais.

AGRADECIMENTOS

Teria sido impossível escrever este romance sem o apoio e o encorajamento da Random House e da minha extraordinária rede de amigos e família.

Meus profundos agradecimentos a Caitlin Alexander, minha brilhante e perspicaz editora. Obrigada também a Larry Kirshbaum e Susanna Einstein.

Durante os três anos que levei para dar vida a este livro, as seguintes pessoas — tenham elas percebido ou não — apoiaram-me quando eu mais precisava: Jim Brawders, Bill Brancucci, Fauzia Burke, Laura Caldwell, Cathleen Carmody, Jodie Chase, Mary Jane Clark, Edouard Daunas, Junot Diaz, Catherine DiBenedetto, Liz Getter, Kathryn Gregorio, Markie Hancock, Eamon Hickey, Heidi Holst-Knudsen, Linda Lee, Gregg Lempp, Ellie Lipman, Rick Livingston, Erika Mansourian, Wayne Merchant, Kathryn Mosteller, Joan Drummond Olson, Dotty Sonnemaker, Rosario Varela e Andy Weiner. Por terem me ajudado a não me perder na escuridão, serei para sempre grata a todos.

Meus pais extraordinários, Barbara e Reg Brack, são certamente as pessoas mais dedicadas, queridas e generosas que conheço. Sem eles eu desabaria e me desintegraria no abismo. Agradecer-lhes por tudo o que fizeram por mim é o mínimo que posso fazer.

Jill Brack é mais que minha cunhada — é uma das minhas melhores amigas. Sou sempre grata por seu amor inabalável. Para meus irmãos e minhas meninas... meu amor e minha gratidão.

Tematicamente, este é um livro sobre identidade: sobre quem somos e quem aspiramos a ser, e sobre por que as duas coisas raramente se harmonizam. Este é um livro sobre aquele fio de nós mesmos que tramamos no tecido das relações que forjamos, e sobre o sofrimento que toleramos apenas para nos emaranhar a ponto de nos tornar irreconhecíveis. É sobre família, aquela no seio da qual nascemos e aquela que escolhemos. Mas, essencialmente, este é um livro sobre mães e filhas. Embora eu não diga isso muitas vezes, espero que minha mãe saiba que eu a amo acima de tudo. Eu escrevo por causa dela. Eu escrevo para ela.

E, por fim, meus agradecimentos sinceros ao povo de Hendersonville, Carolina do Norte, por me conceder a licença poética de transformar sua cidade na cidadezinha nas montanhas que Carrie e sua mãe deixaram para trás quando viraram a página de sua vida.